疑惑

闇刑事《デカ》

南　英男

Minami Hideo

文芸社文庫

目次

第一章　集団密航事件

1

飴色《あめいろ》のカウンターが鳴った。

グラスの倒れた音だった。やけに高く響いた。

赤坂にあるシティホテルのバーだ。

客は疎《まば》らだった。初秋の夜である。時刻は九時過ぎだった。

丹治拳《たんじけん》は横を向いた。

ちょうどそのとき、カウンターに載《の》せた左肘《ひだりひじ》に冷たさを感じた。反射的に左腕を浮かせた。麻の白いジャケットの肘の部分が青く染まっている。

流れてきた液体が染《し》み込んでしまったのだ。カクテルは、ブルーハワイだったのではないか。

丹治は眉根《まゆね》を寄せて、視線を延ばした。

二つ離れたスツールに、二十五、六歳の女が腰かけていた。その横顔は、息を呑《の》むほど美しかった。

丹治は顔の強張《こわば》りがほぐれるのを自覚した。

女が慌《あわ》てた様子でカクテルグラスを摑《つか》み起こし、すぐに絹のハンカチでカウンターの上を拭《ぬぐ》いはじめた。

奥から、中年のバーテンダーが大股《おおまた》で歩いてくる。バーテンダーは美しい女の前に立ち、手馴《てな》れた仕種でダスターを操《あやつ》った。

「ありがとう」

女がバーテンダーに礼を言い、スツールから滑り降りた。

優美な動作だった。バーテンダーが目礼し、少し離れた。

「ごめんなさい。ついうっかりして、グラスを倒してしまったんです」

女が丹治のそばにたたずみ、素直に詫《わ》びた。いかにも済まなげな口調だった。

丹治はスツールごと振り返った。

「気にするほどのことじゃありませんよ。よくあることですんで」

「でも、お洋服を汚してしまったんじゃありません？」

「大丈夫ですよ」

「あら、肘のところに染《し》みができてしまいましたね」

「安物の上着です。本当に気にしないでください」

「ですけど、それでは申し訳ありません。せめてクリーニング代を払わせてください」

女がそう言い、クラッチバッグの留金《とめがね》を外そうとした。丹治は、それを手で制した。

「クリーニング代なんか受け取れない」

「それでは、わたしの気持ちが済みません」

「詫びは、もう充分にしてもらいました。それより、一緒に飲み直しませんか」

「ええ、でも……」

女は戸惑《とまど》っている様子だった。

「どなたかとお待ち合わせなのかな」

「いいえ、そうではありません。気分転換に独《ひと》りで軽く飲む気になったんです」

「それなら、つき合ってほしいな。こっちも独り淋《さび》しく飲んでたんですよ」

丹治は左隣のスツールを後ろに引いた。

女が短く迷ってから、スツールに浅く坐る。ベージュのスーツ姿だった。

丹治はスコッチをロックで飲んでいた。

ウイスキーはノッカンドウだった。女にギムレットを振る舞う。

「ここには、よく飲みに来るのかな」

「たまに来る程度です。あなたは？」

女が遠慮がちに訊《き》いた。

「こっちも気が向いたときに、ふらりと立ち寄る程度です」

「そうですか」

二人はグラスを傾けながら、取り留めのない話をした。

いつしか丹治は、気分が浮き立ちはじめていた。

女は一杯目のギムレットを飲み干すと、口が滑らかになった。問わず語りに、自分の姓名と職業を明かした。

入江千佳《いりえちか》という名だった。フリーの宝石デザイナーをしているらしい。

成り行きから、丹治も名乗った。だが、仕事については喋《しゃべ》らなかった。

三十四歳の丹治は裏調査員だ。主に表沙汰《おもてざた》にはできない各種の揉め事《トラブル》を秘密裏《ひみつり》に解決していた。オフィス兼自宅は代々木上原《よよぎうえはら》にある。

賃貸マンションの一室だった。間取りは１ＬＤＫだ。秘書や助手は雇っていない。

丹治の守備範囲は広かった。

失踪人《しっそうにん》捜しをはじめ、公金拐帯《かいたい》犯の追跡、脅迫者捜し、保険金詐取《さしゅ》屋や手形のパクリ屋狩りまで手がけていた。一般の探偵社とは違って、浮気調査や身許《みもと》調べの類《たぐい》は引き受けない。そんなことから、丹治は依頼人たちに〝闇刑事《デカ》〟と呼ばれていた。

この稼業に就《つ》いて、早《はや》三年が過ぎている。時には胡散臭《うさんくさ》い目で見られることもあったが、自分の性《しょう》には合っていた。

裏調査員になったのは、いわば運命のいたずらだった。

丹治は二十代のころ、プロの格闘家として活躍していた。二十五歳でキックボクシングの全日本ミドル級の王座に輝き、その後二年ほどチャンピオンベルトを守り通した。

丹治が編《あ》み出した〝稲妻ハイキック〟は、無敵の必殺技だった。四人の挑戦者を早いラウンドでノックダウンさせ、三人に再起不能のダメージを与えた。それほど強かった。

丹治は三十歳まで、現役で闘える自信があった。そうするつもりでもあった。しかし、人生設計は二十七歳の秋に狂ってしまった。馴染《なじ》みのクラブホステスに絡《から》んだチンピラやくざを蹴《け》り倒し、警察沙汰を起こしたのである。

丹治は緊急逮捕されたが、幸いにも起訴は免れた。怪我《けが》をした相手が虚勢を張り、被害事実を認めなかったからだ。

丹治は、ほっとした。

だが、安心するのは早かった。マスコミが事件を嗅《か》ぎつけ、派手に報道したのだ。その結果、丹治は格闘技界を去らざるを得《え》なくなった。

張りを失った日々は虚《うつ》ろだった。

丹治は逃《のが》れるような気持ちで、世界放浪の旅に出た。ロンドンで無一文になりかけたとき、現地の危機管理コンサルタント会社の重役と知り合った。その重役は、俳号を持つほどの親日家《しんにちか》だった。

丹治は親日家の英国人に誘われ、危機管理コンサルタント会社のアシスタント・スタッフになった。

正規スタッフは、英米の特殊部隊の出身者ばかりだった。知力と体力を併《あわ》せ持った彼らはプロの犯罪防止人として、商社マンや政財界人の誘拐・暗殺を未然に防いでいた。むろん、人質の救出活動にも携《たずさ》わっていた。

実にスリリングで、エキサイティングな仕事だった。

丹治は正規スタッフの助手を務《つと》めながら、調査や犯罪対策のテクニックを四年あまり学んだ。その体験を活《い》かして、裏調査員になったわけだ。

開業したてのころは、ろくに依頼がなかった。

家賃や光熱費を滞らせることも度々だった。しかし、丹治は弱音《よわね》を吐かなかった。借金で喰《く》いつなぎながら、しぶとく粘《ねば》り抜いた。

そうこうしているうちに、依頼人たちの口コミで依頼件数が次第に増えた。

いまでは、主たる顧客は大手商社や生保・損保会社だ。個人客も少なくない。政治家、財界人、文化人、アスリート、芸能人などからも、ちょくちょく調査依頼が舞い込む。

危険を伴《ともな》う仕事だけに、成功報酬は悪くない。

一件で四、五百万円になることもある。年収は毎年、五千万円を下《くだ》ることはない。高額所得者ながら、貯《たくわ》えはほとんどなかった。

丹治は収入の大半をギャンブルに注《つ》ぎ込んでしまう。競馬、競輪、競艇、オートレースと何でもやる。ポーカーなどカード賭博《とばく》にも目がない。根っからのギャンブル好きだった。

といっても、丹治は銭金《ぜにかね》だけを追い求めているのではない。勝負の烈《はげ》しいせめぎ合いに、男のロマンを掻《か》き立てられるのだ。

丹治は賭《か》け事だけではなく、女も好きだった。色っぽい女を見かけると、つい口説《くど》きたくなる性質《たち》だ。酒も嫌いではない。カーマニアでもあった。

「さっきは何か考えごとでもしてたのかな」

丹治はセブンスターに火を点《つ》け、千佳に顔を向けた。

「ええ、ちょっと」

「彼氏とうまくいってないの？」

「そういうことではないんです。ただ、少し心配事が……」

千佳は曖昧《あいまい》に答えた。

「美人の愁《うれ》い顔は男の何かをくすぐるな。いまのあなたは、とっても魅力的だ」

「そんなことをおっしゃってると、奥さまに叱《しか》られますよ」

「残念ながら、まだ独身なんだ」

「まあ、どうしましょう⁉　落ち着いていらっしゃるから、てっきり結婚されているものと思ってしまいました」

「あなたのような素敵な女性があちこちにいるんで、なかなか身を固める気にならなくてね」

丹治は軽口をたたき、ロックグラスを摑《つか》み上げた。

三杯目だった。まだ酔いは浅い。

千佳が釣られて、カクテルグラスを白いしなやかな指で持ち上げた。ギムレットは半分近く残っていた。

丹治は、行きずりの美女を横目で眺めつづけた。

千佳がグラスを上品に口に運んだ。喉《のど》が小さく上下した。妙に、なまめかしかった。

いい女だ。なんとかなるものなら、なんとかしたい。

丹治はスコッチを呷《あお》った。ノッカンドウは喉ごしの切れがよかった。

「わたし、ギムレットは初めてなんです。意外に飲みやすいわ」

千佳が言った。

「ベースはジンだが、量はたいして多くないからね。よかったら、お代わりをどうぞ！」

「ええ、でも……」

「なんです？」

「酔ってしまいそうで、ちょっぴり怖いわ」

「まだ素面《しらふ》と変わりませんよ」

「わたし、顔には出ないんですけど、アルコールにはあまり強くないんです。本当は少し酔ってるの」

「そんなふうには見えないな」

丹治は口を結んだ。

千佳が両手で頬《ほお》を軽く挟んだ。女っぽい仕種《しぐさ》だった。パーリーピンクのマニキュアが美しい光を放っている。

卵型の顔は完璧《かんぺき》なまでに整っていた。

眉は濃いが、細くたおやかだ。くっきりとした二重瞼《まぶた》の両眼は、ほどよい大きさだった。黒々とした瞳《ひとみ》は濡《ぬ》れたような光をたたえている。

睫毛《まつげ》は長かった。伏し目になると、上瞼が艶《つや》やかさを増す。なんとも色っぽい。鼻筋が通り、高さもあった。小鼻は小さかった。

それでいて、取り澄ました印象は与えない。

唇は、やや小さめだ。だが、肉厚である。何度も吸いつきたくなるようなセクシーな唇だった。

項《うなじ》はほっそりとしている。

といっても、痩《や》せてはいない。肉感的な肢体《したい》だった。ウエストのくびれは深かった。抱き心地は悪くなさそうだ。

丹治はそう思いながら、短くなった煙草《たばこ》の火を消した。

いつの間にか、千佳のグラスが空《から》になっていた。丹治はバーテンダーに合図し、ギムレットのお代わりをした。

「わたし、もう限界です。これ以上飲んだら、ご迷惑をかけることになってしまうわ」

千佳が困惑顔になった。

「たまには羽目《はめ》を外してみるのも、いいもんですよ。人生、スクエアに暮らしてるだけじゃ、味も素っ気もないからな」

「それはそうですけど」

「こうして知り合ったのも、何かの縁でしょう。一期一会《いちごいちえ》を大切にしたいな」

「一期一会って、いい言葉ですよね。わたし、大好きです」

「どうやら気が合いそうだ。大いに飲《や》りましょう」

丹治は唆《そそのか》した。

千佳が匂《にお》うような微笑を浮かべた。そのとき、彼女の前にカクテルグラスが置かれた。控え目なバーテンダーはこころもち頭を下《さ》げ、すぐさま酒棚《さかだな》の前に戻った。

隅の若いカップルが頬を寄せ合って、二本のストローでダイキリを啜《すす》っている。ヘミングウェイが愛飲していたカクテルだ。

「あんなふうに振る舞える若さが羨《うらや》ましいわ」

千佳が呟くように言った。

「あなただって、まだ若い。若いんだから、カクテルの二杯や三杯はどうってことないでしょ？　酔っ払ったら、タクシーで家まで送り届けてあげますよ」

「わたし、今夜はここに泊まることになってるんです」

「それだったら、ぐっと飲《や》ってほしいな」

丹治は煽《あお》った。

千佳がにっこりと笑い、三杯目のギムレットに口をつけた。覚悟を決めたのか、飲みっぷりはよかった。

丹治は小さく手を叩《たた》いた。すると、千佳が甘く睨《にら》んだ。

「悪い方ね。いつもこんなふうにして、行きずりの女性を口説いてるんじゃありません？」

「そんなふうに見られるのは心外だな。女性には割に臆病《おくびょう》なんですよ」

「だいぶ女馴《な》れしてるように見えますけど」

「入江さんは、まだ男性研究が足りないようだな。もう少し積極的に研究に励んだほうがいいですよ」

丹治は笑顔で冗談を言い、四杯目のロックを頼んだ。

飲むうちに、いつしか二人はうち解《と》けていた。千佳は三杯目のギムレットを飲み干すと、自分の腕時計に目をやった。ティファニーの高級腕時計だった。

丹治も自分のコルムを覗《のぞ》いた。十時半を回っていた。千佳が口を開いた。

「今夜は、すっかりご迷惑をかけてしまって」

「まだ、いいでしょ？」

「いいえ、そろそろお部屋に戻らなければ。ここの支払いは、わたしにさせてくださいね」

「こちらが誘ったんだから、勘定は任せてもらいたいな」

丹治はバーテンダーにチェックを頼んだ。

だが、千佳が素早く伝票にサインをしてしまった。丹治は、きまりが悪かった。

「ご縁があったら、また会いましょう」

千佳がほほえみ、スツールから形のいいヒップを浮かせた。立ち上がった瞬間、彼女はよろけた。

丹治は、とっさに千佳の体を支えた。掴んだのは右腕だった。肌は弾力性に富んでいた。

「大丈夫？」

「ええ、すみません。いやだわ。わたし、酔ってしまったのかしら」

「部屋まで送ろう」

丹治は、すっくと立ち上がった。

千佳が安堵《あんど》した表情になった。丹治は千佳を抱きかかえながら、地下一階にあるバーを出た。千佳の肌の温もりが優《やさ》しい。淡い香水の匂いも馨《かぐわ》しかった。

エレベーターホールは、すぐそばにあった。

二人は十三階に上がった。千佳の部屋は一三〇五号室だった。彼女の足取りは、いくらか心許《こころもと》なかった。

「無理強《じ》いして悪かったね」

「ううん、いいんです。とっても、いい気持ち！　なんだか雲の上を歩いてるようで、気分が明るくなりました」

「ドアはカードロックになってるんだな。カードキー、持ってるね？」

部屋の前で、丹治は確かめた。

千佳が子供のようにこっくりとうなずき、クラッチバッグから銀色のカードキーを抓《つま》み出した。

「開けてやろう」

丹治は手を差し出した。千佳が恐縮した風情《ふぜい》で首を振った。

「自分で開けます。わざわざ送ってくださって、ありがとう。お寝《やす》みなさい」

「本当に大丈夫かな」

「ええ」

「それじゃ、ここで！」

丹治は名残惜《なごりお》しい気がしたが、一三〇五室から離れた。

廊下を七、八メートル歩いてから、さりげなく振り返る。千佳が屈《かが》み込んで、落としたカードキーを拾いかけていた。丹治は、千佳の動きを見守った。

手探《てさぐ》りするように右腕を動かしている。動作が鈍《にぶ》い。酔いが、だいぶ回っている様子だ。

丹治は踵《きびす》を返した。

千佳よりも先にカードキーを抓み上げ、ドア・ロックを解いた。千佳が謝意を表した。

丹治は千佳を抱えるようにして、部屋に足を踏み入れた。

シングルルームだった。ベッドのほかには、コンパクトなソファが置いてあるだけだ。丹治は千佳をベッドに横たわらせ、カードキーをサイドテーブルの上に置いた。

「知り合ったばかりの方に、こんな醜態を晒《さら》してしまって……」

千佳が苦しげに息を弾ませ、ブラウスの襟元《えりもと》を緩《ゆる》めた。乳房の裾野《すその》が、わずかに覗いた。肌理《きめ》は濃《こま》やかだった。

丹治は、にわかに欲望を覚えた。

いまにも下腹部が熱を孕《はら》みそうだった。しかし、酔った女にのしかかる気はなかった。そうした卑劣な真似《まね》はしたくない。丹治なりのダンディズムだった。

「水は？　喉が渇《かわ》いているんだったら、持ってきてやろう」

「お水は欲しくないわ」

千佳が瞼を閉じたまま、小声で言った。

「なら、そのまま寝たほうがいいな。それじゃ、おれは失礼する」

「丹治さん、もう少しここにいてください。なんだか不安なの」

「きみがそう言うんなら、そばにいてやろう」

丹治はソファを引き寄せ、静かに腰を下ろした。

千佳の胸は大きく波動している。見るからに胸苦《むなぐる》しそうだ。

ブラジャーを外せば、ずっと楽になるだろう。しかし、それを口にすることはためらわれた。丹治は黙って見守りつづけた。

数十分が流れると、千佳の動悸《どうき》は鎮《しず》まった。かすかな寝息が洩《も》れてきた。

丹治は帰ることにした。

そっと立ち上がる。

ドアは部屋を出ると、自動的にロックされる仕組みになっていた。したがって、わざわざ千佳を起こさなくてもよかった。

足を踏み出す前に、不意《ふい》に千佳が丹治の左手首を摑んだ。

「お願い、帰らないで」

「まだ気持ちが悪いんだね？」

「そうじゃないんです。ずっとそばにいてほしいの」

「いいのかな」

丹治はベッドの端に腰を落とし、千佳の頰を優しく撫《な》でた。

表情は変えなかったが、内心、唐突な誘いに戸惑っていた。いったい千佳の内面で、何が起こったのか。

「あなたとは今夜、知り合ったばかりなんだけど、はるか昔から知っているような気がするんです」

千佳が丹治の右手を両手で包み込み、甲に唇を押し当てた。

その瞬間、丹治の自制心は砕《くだ》け散った。欲情が一気に膨《ふく》れ上がる。

丹治は上体を大きく倒し、唇を重ねた。舌の先を潜《くぐ》らせると、千佳は狂おしげに応《こた》えた。生温かい舌は忙《せわ》しなく動き回った。二人は幾度も舌を絡《から》め合った。

丹治は唇を合わせたまま、指で千佳の体の線をなぞった。思った通り、熟《う》れていた。耳朶《みみたぶ》を甘咬《あまが》みしながら、千佳の上着を脱がせはじめる。

千佳は協力的だった。左右の肩を自《みずか》ら浮かせた。ブラウスのボタンをゆっくりと外し、ブラジャーのフロントホックに指を掛ける。

量感のある二つの白い隆起が露《あらわ》になった。

椀型《わんがた》だった。乳首は早くも硬く尖《とが》っていた。メラニン色素は淡かった。

丹治は唇と舌をさまよわせながら、ブラウスとブラジャーを取り除いた。痼《しこ》った乳首を吸いつけながら、スカートとパンティーストッキングを剝《は》ぐ。千佳の喘《あえ》ぎは少しずつ高まっていった。

丹治は絹のパンティーに手を掛けた。すると、千佳が恥ずかしそうに訴えた。

「待って、シャワーを浴びさせてほしいの」

「いいよ」

丹治は立ち上がった。

千佳が片腕で胸を覆《おお》いながら、身を起こした。ベッドを降り、急ぎ足で浴室に消えた。

丹治は麻の上着を脱ぎ、ソファに腰を沈めた。

煙草をくわえたとき、浴室から湯飛沫《ゆしぶき》の音が響いてきた。丹治は淫《みだ》らな想像をしながら、煙草を深く喫《す》いつけた。

2

一服し終えたときだった。

クローゼットの扉が、かすかに軋《きし》んだ。部屋に誰かが潜《ひそ》んでいたのだろう。

丹治は腰を浮かせた。

ほとんど同時に、クローゼットから五分刈りの男が飛び出してきた。二十七、八歳だった。細身ながら、筋肉は逞《たくま》しい。身長は百七十二、三センチか。

黒いポロシャツに、黒のイージーパンツを身にまとっている。レザースニーカーも黒だった。やくざには見えない。といって、生真面目なサラリーマンでもなさそうだ。

男は奇妙な武具を手にしていた。

鎖鎌《くさりがま》に酷似している。ただ、鎌は付いていない。

握りの部分は六十センチほどの白樫《しらかし》だった。六角形だ。短杖《たんじょう》の一種なのかもしれない。

黒っぽい鎖は二メートルあまりの長さだった。

その先端には、くすんだ色の分銅《ふんどう》が付いていた。李《すもも》ほどの大きさだった。

入江千佳は、まだ浴室から出て来ない。

どうやら美人局《つつもたせ》に引っかかってしまったようだ。考えてみれば、事の運びが不自然だった。

丹治は自嘲《じちょう》した。

黒ずくめの男が無言で近づいてきて、つと立ち止まった。だが、何も言わない。

「目的は銭《ぜに》だな？」

丹治は確かめた。

返事はなかった。五分刈りの男は、わずかに口の端をたわめただけだった。

「何か言ったら、どうだっ」

丹治は怒鳴《どな》った。それでも、相手は黙ったままだった。

「言っとくが、金を払う気はないぞ」

「金などいらない。あんたを倒す。目的は、それだけだ」

男が初めて口を利《き》いた。暗い声だった。

よく見ると、陰気な顔つきをしている。頬がこけ、細い目はナイフのように鋭い。

唇も薄かった。

「おれを倒すだと？」

丹治は訊《き》き返した。

男が小さく顎《あご》を引き、射竦《いすく》めるような目をした。何か仕掛けてくる気らしい。

丹治は相手の出方を待つことにした。

男が右腕を振りはじめた。分銅と鎖が跳《は》ね回る。右腕は、目まぐるしく動いた。空気を断《た》ち切るような動かし方だった。

唸《うな》りが次第に高くなった。左手に持った白樫は、胸の高さに据えられたままだった。

千佳と男は、どういう間柄なのか。

まるで見当がつかない。単なるハニートラップではなさそうだ。

「本気なのかっ」

丹治は声を張った。

男は口を開かなかった。勢いを増した分銅を左右に振りつづけた。ちょうど八の字を描《えが》くような振り方だった。

丹治は闘う気になった。自分に牙《きば》を剝《む》く者は赦《ゆる》さない主義だった。

しかし、迂闊《うかつ》には動けない。

男が薄く笑って、頭上で分銅を水平に旋回させはじめた。すぐに交差回しに移った。

分銅を自在に操れることを誇示したかったようだ。

丹治は、百八十二センチの長身をやや屈《かが》めた。

闘いの準備だ。筋肉質の体には、贅肉《ぜいにく》は少しも付いていない。鋼《はがね》のように引き締まっている。

顔立ちも精悍《せいかん》だった。

眉が太く、奥目の両眼は狼《おおかみ》のように鋭かった。鼻や唇も男臭い。

鎖が大きく撓《しな》りはじめた。

時に長く伸び、時に短く手繰《たぐ》られた。分銅は撥《は》ねるように宙《ちゅう》を泳いだ。風切り音が不気味だった。

五分刈りの男がフェイントをかけていることは明らかだ。

丹治は動かなかった。

うっかり誘いに乗ってしまったら、分銅で脳天を叩き割られることになる。それは避けられたとしても、顔面を潰《つぶ》されることになるだろう。

丹治は焦《あせ》りと忌々《いまいま》しさを抑《おさ》えて、相手が苛立《いらだ》つのをじっと待った。

こうした睨み合いも、勝負のうちだ。先に焦《じ》れたほうが敗北する場合が多い。

やがて、男が痺《しび》れを切らした。

丹治は横に跳《と》んだ。

辛《かろ》うじて躱《かわ》せた。分銅は床《ゆか》のカーペットを派手に叩き、石塊《いしくれ》のように撥《は》ねた。

丹治は抜け目なく分銅を踏みつけた。

鎖を引き寄せて、黒ずくめの男に得意の〝稲妻ハイキック〟を見舞うつもりだった。

しかし、読みが浅かった。体重をかける前に、分銅は男の手許《てもと》に引き戻されてしまった。

丹治は、少し慌《あわ》てた。

男との距離を目で測《はか》る。三メートルは優《ゆう》に離れていた。

隙《すき》を衝《つ》いて、一気に間合いを詰めるつもりだった。接近戦に持ち込めば、相手は武具をうまく使えなくなる。

「結構やるじゃないか」

五分刈りの男が小馬鹿にしたように言い、ふたたび鎖を振り回しはじめた。

鎖は長く短く泳ぎながら、ひとしきり唸った。室内は、さほど広くない。

丹治は完全に動きを封じられる恰好《かっこう》になった。

ふたたび分銅が頭上から襲ってきた。空気が裂《さ》けた。敵ながら、みごとな手捌《てさば》きだった。丹治は壁際《かべぎわ》に逃《のが》れた。

分銅はベッドの上に落ち、大きく弾んだ。フラットシーツがベッドマットに深くめり込んでいる。

丹治には、鎖を掴む余裕はなかった。

すぐに鎖は引き戻された。手強《てごわ》い相手だ。侮《あなど》れない。

男が鎖を短く持ち直し、一歩ずつ接近してきた。分銅は、男の頭の上で水平に回っていた。その速度はヘリコプターの回転翼のように一定している。

不意に分銅が投げ放たれた。

丹治は身を低くした。放たれた分銅は丹治の頭髪を掠《かす》め、壁にぶち当たった。重い音がして、壁紙とコンクリートの破片が飛び散った。

反撃のチャンスだ。

丹治は膝《ひざ》を屈伸《くっしん》させ、高く跳《と》んだ。膝飛び蹴りは、男の鳩尾《みぞおち》に深く埋まった。ショートストレートは顔面に炸裂《さくれつ》した。

「うぐっ」

黒ずくめの男が短く呻《うめ》き、体をふらつかせた。

丹治は着地寸前に、相手のこめかみに強烈な肘《ひじ》打ちを喰《く》らわせた。タイ語で、ティー・ソーク・トロンと呼ばれている基本技だ。

男が横倒しに転がった。

丹治は、床に落ちた鎖を踏みつけた。

そのとき、男が白樫のグリップを薙《な》いだ。風が湧《わ》く。丹治は垂直に跳躍《ちょうやく》した。

短杖に似た柄は空《くう》を切っただけだった。男が敏捷《びんしょう》に半身を起こす。

丹治はいったん着地し、すぐさま男の頸部に回し蹴りを浴びせた。肉と骨が軋《きし》んだ。

男が吹っ飛んだ。まるで突風にさらわれたように宙を飛び、壁に激突した。

その反動で、床に撥《は》ね返された。鎖鎌そっくりの武具は、男の手から離れていた。

丹治は握りの部分を遠くに蹴った。

その直後、浴室から千佳が現われた。胸と腰は、ホテルのバスタオルで覆い隠されていた。

「どういうつもりなんだっ」

丹治は千佳を睨みつけた。

「おみごとだったわ。やっぱり、噂《うわさ》通りの方なのね」

「おれを試したんだな？」

「ええ、そうなの。ごめんなさいね、こんなテストをして」

千佳が謝った。丹治は千佳の前に進み出た。

「どういうことなんだ？　説明してくれ」

「はい。わたし、あなたに調査をお願いしたいんですよ。危ない調査になりそうなんで、こんな方法で丹治さんの腕力を試《ため》させてもらったの」

「不愉快だな」

「お怒りにならないで」

千佳が執《と》り成《な》すように言った。丹治は返事をしなかった。

「本当に失礼なことをしたと思ってます。だけど、こうするより方法がなかったの」

「その男は何者なんだ？」

丹治は、立ち上がりかけている黒ずくめの男に視線を向けた。すると、千佳が言った。

「わたしの知り合いです。杖術《じょうじゅつ》の有段者なんで、テストに協力してもらったんです」

「そうか」

「須貝恒久《すがいつねひさ》さんとおっしゃるの」

「どうも須貝です」

五分刈りの黒ずくめの男が頭を搔《か》き搔き、ばつ悪げに言った。丹治は苦く笑って、須貝に問いかけた。

「本気でおれの頭を分銅でぶっ叩く気だったのか？」

「いいえ、そこまでやる気はありませんでした。仮にそうする気だったとしても、できなかったでしょう。さすがは、元プロの格闘家ですね」

須貝がおもねるように言い、奇妙な武具を手早くまとめた。

千佳が須貝を犒《ねぎら》った。須貝は丹治に会釈《えしゃく》し、ほどなく部屋から消えた。

「あなたを色仕掛けで油断させたりして、本当に悪かったと思っています。どうか赦《ゆる》してください」

千佳が、またもや謝罪した。

「そのことは、もう忘れよう。それにしても名演技だったね。てっきりおれは、きみが酒に酔ったと……」

「いつバレるんじゃないかと、冷や冷やだったの」

「おれのことは誰から聞いたんだい？」

丹治は、気になっていたことを訊《き》いた。

「あなたのことは、五井物産の総務部長の青柳《あおやぎ》さんから教えていただきました。丹治さんは先々月、五井物産に厭《いや》がらせを繰り返してたブラックジャーナリストを突きとめたそうですね？」

「うん、まあ」

「青柳部長は、わたしの父の友人なんです」

「ああ、それでか」

「丹治さん、どうかわたしの力になってください」

「服を着てくれないか。そんな恰好じゃ、落ち着かなくなるからね」

「あら、わたしったら」

千佳が顔を赤らめ、あたふたと離れた。

丹治は後ろ向きになって、自分も麻の上着を羽織《はお》った。千佳が身繕《みづくろ》いする気配が伝わってきた。衣擦《きぬず》れの音が悩ましかった。

頃合《ころあい》を計って、丹治は問いかけた。

「もういいかな？」

「ええ、どうぞ」

千佳が答えた。

丹治は向き直った。千佳はきちんと衣服をまとい、ルージュも引いていた。美しかった。

丹治は千佳をソファに坐らせ、自分はベッドに腰かけた。

千佳が改めて名乗り、和紙の名刺を差し出した。住所は杉並区内にあるマンションだった。

丹治は促《うなが》した。

「で、依頼の内容は？」

「恋人の消息が不明なんです」

千佳が顔を曇らせた。

「詳しく話してくれないか」

「はい。丹治さんは、末永淳《すえながあつし》という名に聞き覚えは?」

「ひょっとしたら、国際ジャーナリストの末永淳のことかな」

「ええ、そうです」

「会ったことはないが、名前はよく知ってるよ。気鋭の硬派ノンフィクション・ライターとして、活躍中だからね」

丹治は言った。千佳が満足そうに微笑した。

三十二歳の末永淳は、目下、売り出し中のジャーナリストだ。日本の有名私大を卒業し、アメリカの名門大学でマスコミ学を修め、ニューヨークの通信社に就職した。

フリーランスのライターになったのは四年前だった。

末永はアメリカ滞在中に拡《ひろ》げた独自の情報網を活《い》かして、国際問題をテーマにしたノンフィクション作品を精力的に発表している。

イラク攻撃を巡る国際政治の駆け引きを生々《なまなま》しく描いた単行本は、ベストセラーになった。世界の難民収容所のルポやアフガニスタンの民族紛争レポートも話題を呼んだ。

末永は去年あたりから、経済発展を遂《と》げたシンガポールや台湾に材を取ったルポルタージュ作品を総合雑誌や週刊誌に書いている。テレビにコメンテーターとして出演することも少なくない。

丹治は、週刊誌やテレビで末永淳の顔を知っていた。いかにも知的な容貌で、論評もシャープだった。

「最近、彼はアジアにとても興味を持ってるんです」

千佳が言った。

「そうみたいだね」

「それで、数カ月前から中国人の集団密航事件のことを取材してたんです」

「そう」

丹治はセブンスターに火を点《つ》けた。

中国人の密航が目立って多くなったのは、平成二年度以降だ。その後四年半で、約千二百人の密入国者が日本の各地で検挙された。

それからも、年ごとに検挙件数が増加している。今年は、すでに和歌山、島根、福岡、種子島《たねがしま》などで五件が摘発済みだ。

かつてのバブル景気は昔話になりつつあるが、貧しい国々から見れば、まだ日本の経済力は羨望《せんぼう》の的《まと》なのだろう。

丹治は職業柄、中国人の集団密航事件には関心を抱いていた。基礎的な知識は持ち合わせている。

集団密航は、いずれも香港《ホンコン》マフィア『三合会《サムハップウィ》』が仕組んだ疑いが濃い。同会は

『14K《サップセイケイ》』『和字頭《ウォヤントウ》』『海州幇《ハイチョウパン》』『中圏仔《チュンヒュンチャイ》』など香港の主要犯罪組織の集合体で、十系列、五十七組に分けられている。全構成員は八万人に及ぶ。『中圏仔《チュンヒュンチャイ》』は、広州出身者で固められている組織だ。

密航ブローカー組織『蛇頭《スネークヘッド》』は何班かに分かれているが、司令部はすべて『三合会《サムハップウィ》』に置かれている。

香港マフィアが単独で中国人を集団密航させることはできない。密航者の受け入れに日本の暴力団が関与しているわけだ。

暴対法や長引く不況で資金源を狭《せば》められた広域暴力団が密航の手引きをするようになったのは、この種の犯罪は刑罰が軽い上に大金を稼げるからだ。また香港マフィアに恩を売っておけば、銃器や麻薬の闇《やみ》取引も可能になってくる。

「丹治さんは『蛇頭《スネークヘッド》』のことをご存じですか?」

千佳が訊《き》いた。

「一応のことは知ってるよ」

「そうですか。『蛇頭《スネークヘッド》』って、本来は中国本土からの不法越境者を香港に潜《もぐ》り込ませる秘密結社だったそうですね」

「おれも、そう聞いてる。黒社会《ホッセイウィ》と呼ばれてる裏社会を牛耳《ぎゅうじ》ってる暴力団が小舟や大型ジャンクを使って、大陸からの越境者たちを香港に運んでたらしいな」

「そうみたいですね。香港では、不法越境者のことを蛇《スネーク》と呼んでるらしいの。この話、末永さんが教えてくれたんです」

「そう」

「なぜ、スネークと言うんでしょうね？」

「不法越境者たちは蛇《へび》のように小さな隙間に潜《もぐ》り込んで、やすやすと国境を越えてしまうからなんだってさ」

丹治は語った。

「ああ、それでなのね」

「香港の『蛇頭《スネークヘッド》』は、アメリカや日本に密入国したがってる中国人をすでに大勢運んでる」

「そうらしいですね」

千佳がいったん言葉を切って、すぐ言い継《つ》いだ。

「彼は、末永さんは香港マフィアと日本の暴力団の結びつきを調べてるようでした」

「そう」

「五月の中旬に、福岡の博多港で百三十九人の中国人男女が検挙されましたでしょ？」

「憶《おぼ》えてるよ。確かインドネシアの貨物船と日本のイカ釣り漁船が密航者運びを手伝ったんじゃなかったかな」

「ええ、そうです。密航者たちを乗せた長崎の漁船は、大胆にも堂々と博多港に横づけされたとか……」

「船舶の往来の激しい港は、かえって盲点になるんだろうな」

丹治は言いながら、短くなったセブンスターの火を揉み消した。

「末永さんも、そう言ってました。彼は博多に何度も出かけて、九州の暴力団と香港マフィアの関係を探《さぐ》ってたんです。四日前に出かけたのは五度目でした」

「末永氏は単独で取材に？」

「ええ、そうです。彼はカメラもプロ並の腕前でしたから、いつも取材にはひとりで出かけてました」

千佳が長い睫毛《まつげ》を翳《かげ》らせた。男の保護本能をくすぐるような愁い顔だった。

丹治は千佳の整った顔を見つめながら、低く問いかけた。

「四日前の宿泊先は？」

「博多全日空ホテルです」

「そこにチェックインしたのは、間違いないんだね？」

「ええ。四日前の深夜に、わたし、ホテルに電話をかけて、彼とお喋りしましたので」

「それで、末永氏はいつ消息を絶《た》ったんだい？」

「一昨日《おととい》の午前中です。彼は全日空ホテルを出たら、鹿児島《かごしま》本線で鹿児島に回る予定になってたんです」

　千佳が答えた。

「全日空ホテルは間違いなくチェックアウトしたのかな？」

「ええ。末永さんが全日空ホテルを出て博多駅に向かったことと、鹿児島本線の乗車券を手に入れたことは確認できたんですけど、その後の足取りがふっつりと……」

「いま喋ったことは、きみ自身が確認したの？」

　丹治は念のために訊いた。

「いいえ。どちらも確認してくれたのは、ワールド通信社日本支局のデスクです。山《やま》岡明仁《おかあきひと》という方です」

「末永氏はワールド通信社の依頼で原稿を書くことになってたのかい？」

「はい、そうです。彼は、香港マフィアと日本の暴力団の黒い関係をニューズストーリーにまとめることになっていたんです」

　千佳が説明した。丹治は黙ってうなずいた。

　ワールド通信社は、アメリカの大手通信社だ。本社はニューヨークにあるが、世界各国に支社や支局が置かれている。社員数は一万二千人近い。

　ワールド通信社は世界の主《おも》だった新聞社や放送局にホットなニュースを配信している。もちろん、無料でニュースを提供しているわけではない。加盟新聞社やテレビ局から安くない報酬を受けていた。日本支社は、赤坂一丁目の日本貿易振興機構《ジェトロ》ビルの一室にある。

「きのう、わたし、山岡さんにお会いしたんです。山岡さんは末永さんが深入りしすぎて、香港マフィアか日本の暴力団に拉致《らち》されたのではないかとおっしゃってました」

千佳の語尾がくぐもった。涙ぐんでいた。

「消息を絶って、まだ幾日も経《た》ったわけじゃない。あまり悲観的に考えないほうがいいな」

「だけど」

「末永氏は思いがけないアクシデントに遭《あ》って、単に連絡がとれなくなっただけとも考えられる」

「それなら、いいんですけど。丹治さん、どうか彼のことを調べてください」

「末永氏の安否が早く知りたいんだったら、警察に相談したほうがいいと思うがな。こっちはプロの調査員だが、警察の組織力にはとうていかなわない」

丹治は正直な気持ちを口にした。千佳が早口で言った。

「警察の動きは目立つと思うの。場合によっては、犯罪者たちを刺激することにもなりますでしょ？」

「それは考えられるな」

丹治は相槌《あいづち》を打った。

「わたしは、それが心配なんです。ワールド通信社の山岡さんも、個人の調査員にお願いしたほうがいいだろうとおっしゃってるの」

「そう」

「わたし、できるだけのことはします。山岡さんが会社に掛け合ってくれて、成功報酬はワールド通信社が払ってくれることになったんですよ。丹治さんの条件は呑《の》みますから、なんとかお力を貸してください」

千佳がそう言い、縋《すが》るような眼差《まなざ》しを向けてきた。

「わかった。着手金百万円、成功報酬五百万でどうだろう？」

「別に問題ないと思います。それでは、明日にでも着手金を用意いたします」

「よろしく。早速だが、少し予備調査をさせてもらおう」

丹治は上着の内ポケットから手帳を取り出し、脚《あし》を深く組んだ。

千佳の表情は、だいぶ明るんでいた。

丹治は末永淳の自宅や身内のことを訊き、さらに交友関係なども質問した。

末永は大田区内にある親許を離れ、恵比寿《えびす》の賃貸マンションに住んでいた。千佳は、その部屋の合鍵《あいかぎ》を持っているらしかった。

「それじゃ、明日、末永氏の部屋を見せてもらおう」

「ええ、ご案内します。そのときに着手金をお渡しします」

千佳が言った。

丹治は千佳に名刺を手渡し、勢いよく立ち上がった。千佳に見送られ、部屋を出る。

肩透《す》かしを喰ったせいか、無性《むしょう》に女の肌が恋しくなった。エレベーターを待っていると、丹治の脳裏に恋人の高梨未樹《たかなしみき》の顔が浮かんだ。

未樹は二十七歳だった。道を歩いていると、男たちが必ず振り向くような美人だ。

元新劇女優で、現在はプロのダイバーである。

レジャー開発会社、海上保安庁、水産庁などの依頼で、水路探査や地盤調査などを請《う》け負《お》っていた。時には水死体の収容作業に駆り出されたり、沈没船の検証などもしている。

未樹の彫りの深いマスクは人目を惹《ひ》くが、背も高かった。百七十センチ近くある。といっても、痩せっぽちではなかった。胸も腰も豊かに張っている。ウエストは痛々しいほどに細い。要するに、女王蜂《ばち》のような体型だった。

脳裏いっぱいに、未樹のグラマラスな裸身が拡《ひろ》がった。体に変化が生まれそうだった。

丹治は腕時計を覗いた。十一時半を回っていたが、遠慮する間柄ではない。

ジープ・チェロキーを中目黒まで走らせて、未樹と熱い夜を過ごす気になった。

丹治は下降ボタンをもう一度押した。

3

急激に昂《たか》まった。

欲望が爆《は》ぜそうだ。思わず丹治は呻いた。

未樹の温かい舌が心地よい。蕩《とろ》けるような快感が全身に拡《ひろ》がりつつあった。

丹治は仰向《あおむ》けだった。

全裸の未樹は、丹治の股の間にうずくまっている。高く突き出した白い尻は、どこか水蜜桃《すいみつとう》を連想させた。深くくびれたウエストがセクシーだ。

未樹のマンションの寝室だった。

二人は少し前に一緒にシャワーを浴び、ベッドに縺《もつ》れ込んだのである。寝室は明るかった。相手の動きがよく見える。

未樹の舌技は巧《たく》みだった。

強弱をつけながら、性感帯を的確に刺激してくる。舌は、さまざまに変化した。

両手も遊んでいなかった。

片手は胡桃《くるみ》のように固くすぼまった部分を揉み、もう一方の手は丹治の下腹や内腿《うちもも》を撫でている。情感の籠《こも》った手つきだった。

丹治は一段と猛々《たけだけ》しくなった。

体の底が引き攣《つ》れたような感じだ。体温も上昇している。

丹治は逞《たくま》しい右腕を伸ばし、未樹の髪の毛を五指で梳《す》いた。さらさらとした髪だった。

「拳《けん》さん、すごいハードアップね」

未樹が少し顔を浮かせ、聞き取りにくい声で言った。

「そのまま体をターンさせてくれ」

「え？」

「返礼したくなったんだ」

丹治は言った。

未樹がためらいながらも、体の向きを変えた。丹治の昂《たか》まりを含んだままだった。

未樹は、丹治の顔を跨《また》ぐ恰好になった。

丹治は赤く輝く箇所を見上げた。

膨らんだ二枚の花弁は、濡れ濡れと光っている。珊瑚《さんご》色だった。小舟の形に綻《ほころ》びかけている。地肌にへばりついた短い飾り毛が、ひどく淫猥《いんわい》に見えた。

丹治はクレバス全体に息を吹きかけた。

そのとたん、未樹が体を小さく震わせた。張りのある腰をくねらせ、甘やかな呻き声を洩らした。

丹治は、莢《さや》から顔を出している鴇色《ときいろ》の芽を舌の先でそよがせた。未樹が裸身を揉みながら、秘部を押しつけてきた。

はざまの肉は柔らかかった。丹治は未樹のヒップを押し割り、合わせ目に舌を伸ばした。吸いつけ、こそぐり、舐《な》め回す。

未樹の舌の動きも烈《はげ》しくなった。狂おしげに首を振った。

丹治はクリトリスと内部のGスポットを交互に慈《いつく》しんだ。それから間もなく、未樹は最初の極《きわ》みに駆け昇った。彼女は丹治の分身をくわえた姿で、裸身を鋭く震わせた。籠《こも》った唸り声は、まるでジャズのスキャットのようだった。

丹治は舌を深く潜《もぐ》らせ、襞《ひだ》をくすぐった。

そのたびに、熱くたぎった潤《うる》みが舌の上に滴《したた》り落ちてきた。蜜液は濃厚だった。

ほどなく未樹は、二度目のクライマックスに達した。さすがに息苦しくなったらしく、丹治のペニスを吐き出した。

「たまらないわ」

未樹が切なげに言い、四肢《しし》を胎児のように縮めた。首は左右に大きく振られている。

丹治は少し顔をずらし、濡れそぼった部分に指を滑らせた。

ぬめりが強かった。蝶《ちょう》の羽を想《おも》わせる小陰唇は火照《ほて》りに火照っている。肥厚度《ひこうど》も増していた。

包皮に隠れかけている肉の芽は、きわめて敏感だった。

抓《つま》んで揺さぶっただけで、未樹は愉悦《ゆえつ》の声を放った。短い言葉は、じきに快楽の唸りに変わった。

丹治は、未樹の体内に二本の指を沈めた。

収縮がもろに伝わってきた。内奥《ないおう》は、心臓のように脈打っている。ビートは速《はや》かった。

丹治は指を動かした。上部にあるGスポットを擦《こす》ると、未樹の体の震えが大きくなった。

ほどよく肉のついた内腿には、漣《さざなみ》が走っていた。下腹も打ち震えている。なんとも煽情《せんじょう》的な眺めだった。

丹治は煽《あお》りに煽られた。

体を繋《つな》ぎたくなった。指を引き抜き、未樹をシーツの上に這《は》わせる。丹治はあふれた蜜液をクレバス全体に塗り拡げ、熱い塊《かたまり》を埋めた。

その瞬間、未樹が甘美に呻いた。背も反《そ》った。

丹治は膝立ちの姿勢で抽送《ちゅうそう》しはじめた。

六、七度浅く突き、一気に奥まで分け入る。密着度が高まると、未樹は啜《すす》り泣くような声をあげた。いい音色《ねいろ》だった。
丹治は片手で砲弾型の乳房をまさぐり、もう一方の手で敏感な突起を押し転がしつづけた。

そうしながら、ダイナミックに動く。未樹も腰を使った。肉と肉がぶつかり合い、湿った摩擦音が寝室に響き渡る。いたく刺激的だった。

数分後、未樹が三度目のエクスタシーを迎えた。

彼女は悦《よろこ》びの声を轟《とどろ》かせ、均整のとれた裸身を妖《あや》しくくねらせた。形のいいヒップは、円を描《えが》くように動きつづけた。

丹治は一層、そそられた。

もはや堪《こら》えられなくなった。がむしゃらに突きまくり、勢いよく放った。

背筋が痺《しび》れた。頭の芯が一瞬、白く濁った。目も霞《かす》んだ。射精感は鋭かった。

未樹が呻きながら、シーツに腹這《はらば》いになった。

丹治は未樹の背に胸を重ねた。未樹は、うっすらと汗ばんでいた。

余韻は深かった。

蠢《うごめ》く襞《ひだ》の群れが丹治の分身を握り込むように搾《しぼ》り上げてくる。声が出そうになった。

生温かい襞はまとわりついて離れない。緊縮感も鋭かった。

未樹の裸身は小刻みに震えていた。震えが凪《な》ぐと、彼女が甘え声で言った。

「このまま何時間も、こうしていたいわ」

「そうだな」

「拳《けん》さん、ダブルにトライしてみて」

「久しぶりにやってみるか」

丹治は結合を解《と》かずに、腰を動かしはじめた。

やがて、萎《な》えかけていたペニスが少しずつ力を漲《みなぎ》らせてきた。丹治は、抱き損なった入江千佳の肌の感触を蘇《よみがえ》らせた。分身は、さらに勢いづいた。

「なんとかなりそうね」

未樹が嬉《うれ》しそうに言い、腰をくねくねと動かしはじめた。

その矢先だった。ナイトテーブルの上でスマートフォンが鳴った。

野暮な電話だ。

丹治は腰を躍《おど》らせながら、テーブルの上に置いたコルムに目をやった。午前一時近かった。

着信音は、いっこうに鳴り熄《や》まない。二人は行為に集中できなくなった。

「未樹、出てやれよ」

丹治は顔をしかめながら、そう言った。体は離さなかった。

未樹が片腕を伸ばして、スマートフォンを摑み上げた。丹治は耳をそばだてた。

「ああ、岩《いわ》さんね」

未樹が明るく応じた。

丹治は小さく舌打ちした。非常識な時刻に電話をかけてきたのは、二人の共通のギャンブル仲間の岩城貴伸《いわきたかのぶ》だった。

岩城は三十歳だが、二十五、六歳にしか見えない。童顔のせいだろう。典型的なムーンフェイスで、目は糸のように細い。

昔はプロレスラーだった。

二メートルを超える巨漢だ。体重も百数十キロもある。童顔の大男は正業に就《つ》いていない。各種の賭け事で細々と生計を支えていた。

未樹が電話を切った。

丹治は溜息混《ためいきま》じりに問いかけた。

「岩《いわ》の奴、なんだって？」

「これから、マリアと一緒に遊びに来たいって」

未樹が答えた。

マリアは、岩城の内縁の妻である。フィリピン人のショーダンサーだ。まだ二十一歳だが、割にしっかりとした考えを持っている。

マリアは新宿のクラブで毎夜、五ステージも踊っている。その割にはギャラは高くなかった。

それでも彼女の収入がなかったら、象目の元レスラーはとうの昔に餓死していただろう。岩城はギャンブル好きだったが、あまり博才はなかった。

「岩たち二人は、いま、どこに？」

「渋谷にいるそうよ。十四、五分で、ここに現われると思うわ」

「おれが、ここにいることは？」

「言わなかったわ。言ったほうがよかった？」

「いや、別に。ダブルは次回にトライするよ」

丹治は結合を解き、浴室に直行した。

ざっとシャワーを浴びる。浴室を出ようとしたとき、入れ代わりに未樹がやってきた。

先に寝室に戻り、丹治は素早く服を着た。
五、六分経《た》つと、未樹も寝室に戻ってきた。
丹治はベッドに腰かけ、セブンスターをくわえた。ヘビースモーカーだった。一日に六、七十本は喫《す》っている。

紫煙をくゆらせている間に、未樹は男物のだぶだぶのオフホワイトのトレーナーを着た。下はオリーブの色のパンツだった。

二人は隣のリビングに移った。間取りは1LDKだった。

壜《びん》入りのハイネケンで喉を潤していると、部屋のインターフォンが鳴った。

来訪者は岩城とマリアだった。岩城はクリーム色のスーツをまとっていた。マリアは黒っぽいカットソーに、ピンクのパンツという身なりだった。

「やっぱり、旦那《だんな》だったな。地下のガレージにジープ・チェロキーが駐《と》めてあったから、ひょっとしたらって思ってたんだよ」

岩城がのっしのっしと歩み寄ってきた。

内妻のマリアは小柄だった。百五十六センチしかない。並んで歩いていると、まるで大人と子供だ。

「ハーイ、拳さん」

マリアが陽気な挨拶《あいさつ》をした。

丹治は笑顔を返した。マリアは小作《こづく》りながら、目鼻立ちがはっきりしている。何代か前にスペイン人の血が混じっているという話だ。

黒々とした瞳は円《つぶ》らだった。睫毛も濃い。肌の色は、日本人女性に近かった。

「これ、手土産《てみやげ》だよ」

岩城がケーキの箱を未樹に差し出した。

未樹が箱を受け取って、微苦笑する。彼女は、ほとんど甘い物を食べない。

岩城は大の甘党だった。大男のポケットには、いつもキャンディーやチョコレートが入っている。おおかた元プロレスラーは自分で手土産を平らげる気なのだろう。

「姐御《あねご》、こんな時間に迷惑だった？」

岩城が未樹に声をかけた。大男は、気っぷがいい未樹を姐御と呼んでいた。

「ううん、そんなことないわよ」

「ほんとかい。丹治の旦那が不機嫌そうな顔してるから。ひょっとしたら、姐御も……」

「岩さんやマリアなら、いつだって大歓迎よ。二人とも適当に坐って」

未樹が言った。岩城とマリアは長椅子に並んで腰かけた。

未樹はケーキの箱を抱え、ダイニングキッチンに足を向けた。紅茶か、コーヒーを淹《い》れる気らしい。

「岩《いわ》、なんかいいことでもあったのか？」

丹治は問いかけ、ビアグラスを傾けた。

「昼間、オートレースで三十万ばかり儲《もう》けたんだよ」

「珍しいこともあるもんだ」

「そうでもねえさ。そんなわけで、マリアと六本木の深夜レストランでに分厚いステーキを喰いに行ったんだよ。その帰りに、姐御に少しおれの運を分けてやろうと思ってさ」

「それはいいが、ケーキが手土産とはおまえらしいな。どうせおまえが、全部喰う気なんだろうが？」

「おれ、そんなに喰い意地は張ってねえって。姐御のために、ラム酒のたっぷり入ったサバランを二個買ってきたんだ」

岩城が抗議口調で言った。

元プロレスラーは、どこか子供っぽいところがあった。内妻のマリアは、そういう幼児性に母性本能をくすぐられているようだ。時々、彼女は母親のような眼差《まなざ》しを向ける。

「拳さん、忙しい？」

マリアが訊いた。

「まあまあってとこだな」

「拳さんと未樹さん、早く一緒に暮らしたら？　そのほうがエコノミーね」

「おれはそうしてもいいと思ってるんだが、あっちがな」

丹治は苦く笑って、ダイニングキッチンに視線を投げた。

マリアがもどかしがるのも、無理はなかった。丹治と未樹は互いに惹《ひ》かれ合っていた。しかし、未樹は男女のべたついた関係を嫌う。それだから、同棲する気になれないのだろう。

惚《ほ》れ合った男女にも、ある程度の緊張感はあったほうがいい。何もかも晒《さら》し合ったら、どうしても新鮮さは失われる。

未樹に感化されたわけではないが、丹治も最近はそんなふうに思いはじめている。気が向いたときに恋人の部屋を訪ね合い、半日か丸一日を一緒に過ごすというスタイルも悪くなかった。

未樹が紅茶とケーキを運んできた。一応、四人分だった。

「岩さんもマリアもお好きなものをどうぞ！」

未樹は二人にケーキを勧め、丹治のかたわらに坐った。

丹治もケーキを勧められたが、手は伸ばさなかった。糖分の多い食べ物は苦手だった。

「おれはモンブランとメロンケーキをいただこう」

岩城がグローブのような大きな手で、二つのケーキを摑み上げた。

マリアが呆《あき》れ顔で、細い肩を竦《すく》めた。彼女自身は遠慮したのか、安いエクレアをケーキ皿に移した。

「岩は甘いものを喰《く》ってるときは、実に幸せそうだな」

丹治は茶化した。

「ほんとにハッピーだよ。おれ、江戸時代に生まれなかったことを感謝したいね。あの時代じゃ、こんなにうめえもんは喰えねえからな」

「この人、あたしよりもケーキやお汁粉《しるこ》を愛してるの。それ、ちょっと悲しいね」

マリアがおどけた。

「おまえも愛してるよ」

「ほんとなら、あたし、嬉しい！　だけど、あれは好きじゃない」

「あれって、なんだよ？」

「あたしのおっぱいや大事なとこに生クリームを塗りたくって、ペロペロやるでしょ？　あれって、なんか変態っぽいから、あたし、好きじゃない」

「てめえ、こんなとこで何を言い出しやがるんだっ。そういうことはな、他人《ひと》に喋るもんじゃねえんだよ。だから、フィリピーナは……」

岩城が満月のような顔を紅潮させ、狼狽《ろうばい》気味に内妻を窘《たしな》めた。秘めごとをあけすけに喋られ、さすがに焦《あせ》ったようだ。

「フィリピーナは陽気で正直なだけ。でも、日本の女たちはちょっと気取ってるね」

「ばかやろう！　そういう慎《つつし》み深さが大和撫子《やまとなでしこ》のよさじゃねえか。フィリピーナにゃ、わからねえよ」

「フィリピーナを悪く言わないで。あたし、マニラに帰っちゃうよ」

マリアが頬を膨らませた。

「帰りたきゃ、とっとと帰れ！」

「あたしが帰ったら、あなた、食べていけない。それでもいいの？」

「ふざけんじゃねえ。おれはヒモじゃねえぞ」

岩城が言い募《つの》り、マリアの頭を小突《こづ》いた。

マリアが下唇を嚙み、岩城を睨み返した。いまにも泣きそうな顔つきだ。

丹治と未樹は取り合わなかった。いつものことだった。本気で仲裁に入ったら、後で恥をかくことになる。

岩城とマリアは、ひとしきり派手に喚《わめ》き合った。

例によって、マリアが泣きだした。すると、岩城は内妻をなだめはじめた。猫撫で声だった。

マリアは、たちまち機嫌を直した。

仲直りした二人は少年と少女のようにじゃれ合いながら、ケーキをうまそうに平らげた。食べ終えると、マリアがケーキ皿とティーカップをキッチンに運んでいった。

未樹も立ち、シンクに向かった。

二人は何か語らいながら、皿やカップを洗いはじめた。

「岩《いわ》、香港の『蛇頭《スネークヘッド》』を仕切ってる人物、わかるか？」

丹治は小声で訊いた。

「『三合会《サムハッフウィ》』のナンバー2で、『和字頭《ウォヤントウ》』の会長らしいぜ」

「名前は？」

「確か揚車平《ヤンチェピン》だよ」

岩城は二年近く、ある暴力団の世話になったことがある。結局、やくざにはなりきれなかったわけだが、裏社会には精通していた。

「『蛇頭《スネークヘッド》』の組織は、勧誘役と引率役に分かれてるらしいな」

「そうなんだ。勧誘役の香港マフィアは福建省あたりで日本への密航を誘いかけ、希望者から前金と残金を取り立ててるようだよ」

「ひとり頭《あたま》の密航費用は？」

丹治は質問を重ねた。

「十五万元《げん》前後って話だから、日本円で二百万円程度だね」

「中国人にとっては、大金も大金だな。なにしろ三、四万もあれば、一カ月、家族が充分に暮らしていける国だから」

「らしいね。密航したい奴は出発前に手付金として三十万円ぐらい払って、無事に日本に上陸できたら、中国にいる家族が残金の百七十万円前後をマフィアに払い込むシステムになってるらしいよ」

「なるほど」

「旦那、どうやら『蛇頭《スネークヘッド》』絡みの事件《ヤマ》に首を突っ込んだようだな」

岩城が言った。いくらか心配顔だった。

丹治は依頼の内容を大雑把《おおざっぱ》に話した。口を結ぶと、岩城が忠告をした。

「旦那、手を引いたほうがいいって。香港マフィアは犬や猫をぶち殺すように、人間もあっさり殺《や》っちまうらしいんだ」

「危《ヤバ》くなったら、手を引くさ。それより、もっと詳しい話を教えてくれ。密航者の引率役も、マフィアの連中がやってるんだな？」

「そういう話だったぜ。引率役は密航者を日本まで運ぶわけだけど、監視役も兼ねてるんだってさ」

「監視役？」

「密航希望者の中には途中でビビって、泳いで中国大陸に引き返そうとする奴もいるらしいんだよ。そいつらが逮捕《パク》られでもしたら、厄介《やっかい》なことになるじゃねえか」

「それで、監視も必要になってくるわけか」

「そうらしいんだ」

岩城が大きくうなずいた。

「密航者の出迎えは、在日中国人や日本のヤー公どもがやってるんだろう？」

「ああ。そいつらは、出迎え蛇頭《じゃとう》なんて呼ばれてるらしい。出迎え蛇頭は、たいてい混成チームだってさ」

「そういう連中はレンタカーを借りたり、切符や隠《かく》れ家《が》の手配をしてるんだな？」

丹治は煙草に火を点けた。

「そうらしい」

「新聞やテレビの報道によると、集団密航に手を貸してるのは九州や北海道の暴力団が多いようだが……」

「平成二、三年までは、地方のやくざの副業だったみてえだな。だけど、いまは全国の広域暴力団の大半が香港マフィアに協力してるらしいぜ。関東の御三家も神戸の最大組織も下部団体《エダ》を使ってな」

「出迎え蛇頭の取り分は密航者ひとりにつき、どのくらいの謝礼を貰《もら》ってるんだろう？」

「せいぜい三、四十万円だってさ。もっとも数は百人以下ってことはねえらしいから、低く見積もっても、ひと仕事で三、四千万にはなるわけだ」

岩城が言った。

「悪くないビジネスだな。それに『三合会《サムハップウィ》』に恩を売っといて損はない」

「どの組も、狙いは中国製のトカレフのノーリンコ54や覚醒剤《シャブ》だと思うよ」

「おれも、そう睨んでたんだ。ところで、都内に『三合会《サムハップウィ》』系の香港のマフィアのアジトはあるのか？」

丹治はセブンスターの灰を落とした。

「真偽はわからねえけど、歌舞伎町には三十五、六人の香港マフィアが潜り込んでるらしいぜ。そいつらは中国大陸出身の不法残留者の振りをしたり、日本企業の研修生に化けて、密航者の受け入れをやってるようだね。区役所通りにある漢方薬の専門店が連中の連絡場所になってるって噂を聞いたことがあるな」

岩城が背凭《せもた》れに上体を預け、腕を組んだ。

「店の名は？」

「そこまでは、ちょっとな。けど、行けば、すぐにわかるよ。薬局は、その店だけだから」

「そうか」

丹治は煙草の火を消した。

「それはそうと、旦那、ポーカーやらねえか。きょうはツイてたから、もう一度、運を試してみてえんだ」

「おれはいいが、未樹がどう言うかな」

「姐御なら、きっとつき合ってくれるさ」

岩城は立ち上がると、末樹たちのいる場所に急いだ。

調査があるから、一、二時間で切り上げよう。丹治は残りのビールを飲み干した。

4

店内を見回した。

千佳は奥の席にいた。

丹治は、千佳のテーブルに急いだ。西新宿にある超高層ホテルのティールームだ。

ちょうど午後二時だった。

千佳は丹治に気づくと、優美に立ち上がった。エメラルドグリーンのデザインスーツ姿だった。彫金のイヤリングが似合っている。

丹治は美しい依頼人と向かい合い、コーヒーを注文した。千佳の前には、レモンスカッシュが置いてあった。

「末永氏の顔写真、持ってきてもらえました？」

丹治は訊いた。

千佳がうなずき、ハンドバッグの口金に手を掛けた。抓《つま》み出したのは、半透明のビニール袋に入った数葉の写真だった。

　丹治は、すぐに末永淳の写真を見た。テレビや週刊誌で見かけた当人よりも、いくらか若々しい。カジュアルな服装をしているからだろうか。

「四枚とも、わたしが撮《と》ったスナップ写真なんです」

　千佳が言った。

「撮ったのは、いつごろなのかな」

「数カ月前です」

「そう。ところで、末永氏が暴力団関係者に脅されたことは？」

　丹治は煙草に火を点けた。

「そういうことはなかったと思います。ただ、何かに怯《おび》えてるような様子はうかがえましたね」

「その話をもっと具体的に話してくれないか」

「はい。彼は『蛇　頭《スネークヘッド》』の取材に取りかかってから、自宅にいるときでも常に留守電にしてました」

　千佳が補足した。

「つまり、相手の声を確かめてから、電話口に出てたわけだね？」

「ええ、そうです。そういうことを考えると、末永さんは誰かに脅迫されることを予想してたとも考えるんです」

「そいつは考えられるな。それはそうと、末永氏は香港に出かけたことは？」

「ええ、あります。半月ぐらい前に三日ほど。詳しいことは話してくれませんでしたけど、『三合会《サムハップウィ》』のことを調べてきたと言ってました」

「香港マフィアと日本の暴力団との結びつきについて、何か言ってなかった？」

「そういうことは何も言いませんでした」

「末永氏が、密航希望者の多い中国の福建省に出かけたことは？」

丹治は問いかけながら、煙草の灰を落とした。

「それはなかったと思います。もともと彼は、仕事のことはあまり詳しく話すタイプじゃなかったんです」

「そうみたいだね」

「忘れないうちに、着手金をお渡しします」

千佳がハンドバッグから、銀行名の入った白い封筒を取り出した。

ちょうどそのとき、丹治のコーヒーが運ばれてきた。会話が中断した。

ウェイトレスが遠ざかると、丹治は着手金を受け取った。すぐに領収証を切る。

千佳は領収証を大事そうにハンドバッグの中に仕舞った。それからストローで、レモンスカッシュを吸い上げた。

「この着手金は、きみが用意したの？」

「ええ。ワールド通信社にそっくり甘えるわけにはいきませんから。せめて着手金は、わたしが……」

「失礼な言い方になるが、二十代の女性にとって、百万円はかなり重い負担になると思うんだが」

「彼のためだったら、惜しくはありません。それに、おかげさまでジュエリーデザインの注文は切れ目なくいただいてますので」

「きみは売れっ子のデザイナーらしいな」

「いいえ、まだ駆け出しです」

「謙虚だね。きのうの話だと、末永氏の実家は大田区の上池台《かみいけだい》にあるという話だったが？」

「はい」

「そこには？」

「ご両親と弟さんが住んでます。でも、末永さんは実家には寄りついてないんです。お父さんとの関係があまりよくないということで」

「何があったのかな？」

丹治はセブンスターの火を消し、コーヒーカップを摑み上げた。ブラックで、ひと口飲んだ。

「彼の父親は、顕微鏡の製造会社を経営してるんです。長男の淳さんは将来、父親の会社に入るという条件でアメリカに留学させてもらったらしいんです」

「しかし、末永氏は父親との約束を破って、別の道を選んだ。そのことで、親子関係がぎくしゃくしてしまったんだね？」

「そうらしいんです。それで、弟の孝二《こうじ》さんがお父さんの会社で働いてるという話でした」

「世間には、よくある話だね。末永氏の家族の誰かに会ったことは？」

「そういう事情がありますから、わたしはどなたとも会ってません。末永さんから、家族の話はいろいろ聞かされてましたけれど」

千佳がそう言い、急に顔を伏せた。恋人の家族に引き合わせてもらえない自分が哀《かな》しく思えたのかもしれない。

丹治のなかで、同情が膨らんだ。しかし、慰めようがなかった。黙ってコーヒーを啜《すす》った。

それから間もなく、二人は店を出た。

丹治は千佳を地下駐車場に導き、自分のジープ・チェロキーの助手席に乗せた。排気量四千ccの四輪駆動車だ。

車体は、薄茶のパールコーティング仕上げだった。日本向けに製造された右ハンドル仕様の車である。

丹治は車を発進させた。

超高層ホテル街を抜け、明治通りに入る。二十数分で、恵比寿に着いた。

末永淳の自宅マンションは、ＪＲ恵比寿駅と地下鉄の広尾駅のほぼ中間地点にあった。

十二階建ての南欧風の建物だった。地下駐車場に車を入れ、二人はエレベーターに乗った。

末永の部屋は七階にあった。

千佳が持参した合鍵でドア・ロックを解《と》いた。丹治は千佳を先に部屋に入れた。

間取りは１ＬＤＫだった。

どの窓もドレープ・カーテンで塞《ふさ》がれている。室内には、蒸《む》れた温気が澱《よど》んでいた。

「空気を入れ換えましょうね」

千佳がベランダ側に走った。

すべてのカーテンを横に払い、サッシ戸を開け放った。

陽光と新鮮な外気が室内になだれ込んできた。部屋の中が、にわかに明るくなった。

居間やダイニングキッチンは、小ざっぱりと整頓《せいとん》されていた。

しかし、奥の書斎を兼ねた寝室は乱雑だった。ノートパソコンが床に落ち、チーク材の机の引き出しはことごとく抜かれていた。書棚やキャビネットも倒れている。十畳ほどのスペースだが、それこそ足の踏み場もなかった。

ベッドマットも剝《は》がされ、壁に凭《もた》せかけてあった。ガウンやパジャマは、出窓に丸めて放置されている。

「誰かが、ここに忍び込んだのね」

千佳の顔は蒼《あお》ざめていた。

「ああ、物色されたことは間違いないな」

「なぜ、こんなひどいことをしたんでしょう？」

「おそらく末永氏は、『蛇　頭《スネークヘッド》』の弱みを摑んだんだろう」

丹治は言った。

「弱みというと？」

「きみの彼氏は、密航の現場写真をこっそり撮ったようだな。しかし、運悪く出迎えのマフィアに見つかってしまったんだろう」

「そうだとしたら、もう彼は密航ブローカー組織の手に落ちたことに……」

「そう考えたほうがよさそうだな」

「いや、いやーっ」

千佳が童女のように首を烈《はげ》しく横に振った。髪の毛が乱れた。

丹治は千佳の肩に手を置き、励ます気持ちで言った。

「末永氏が犯罪者集団に拉致された公算は大きいが、殺されてはいないはずだ」

「どうして、そう言い切れるんです？」

千佳が体を反転させた。瞳は潤《うる》みかけていた。

「犯人グループは、まだ命取りになる証拠写真の画像データを手に入れてないと考えられるからさ。その証拠に、ここが家捜《やさが》しされた」

「そういうことになるんですね」

「ああ。末永氏が画像データのありかを喋らないうちは、敵は手を出せないはずだよ。もちろん、口を割らせようと拷問はしたと思うがね」

丹治は惨《むご》い気もしたが、思ったことを口にした。千佳の表情が、みるみる強張《こわば》った。

「彼は、末永さんはどんなふうに痛めつけられたんでしょう？」

「そのことは考えないほうがいいな。あれこれ想像しても、辛い気持ちになるだけだよ」

「それはそうですけど」

「いまは、この部屋に何か手がかりになるような物があるかどうか調べてみることだよ。きみも手伝ってくれ」

丹治は千佳に言って、その場に屈《かが》み込んだ。散乱している書物やファイルを一冊ずつ手に取って、念入りに目を通しはじめた。千佳が、すぐに丹治に倣《なら》った。

二人は小《こ》一時間かけて部屋にある物を徹底的に検《あらた》めた。だが、事件に関《かか》わりのありそうな取材メモや画像データは何も見つからなかった。パソコンのUSBメモリーも調べてみたが、結果は同じだった。

「これから、虎《とら》ノ門《もん》のワールド通信社に行ってみるよ」

丹治は言った。

「デスクの山岡さんにお会いになるおつもりなんですね？」

「ああ。ここの戸締まりは、きみに任せよう」

「待ってください。山岡さんなら、もう間もなく、ここに見えることになってます」

「山岡氏が来るって？」

「ええ。わたし、丹治さんをここにお連れすることを山岡さんに話したんです。そうしたら、山岡さんがここに来るとおっしゃったの」

「そうだったのか」

「余計なことをしてしまったのかしら？」

千佳がおずおずと訊いた。

「いや、手間が省《はぶ》けて助かったよ」

「よかったわ。リビングで山岡さんを待ちましょうか」

「そうだな」

二人は書斎兼寝室を出て、居間のモケット張りのソファに坐った。向かい合う形だった。丹治は煙草をくわえた。千佳がさりげなくクリスタルの灰皿を丹治の前に置く。

女らしい心遣《づか》いだった。丹治は頬を緩《ゆる》めた。

千佳も目を和《なご》ませた。唇も綻《ほころ》んだ。男を虜にしそうな笑みだった。

いい女だ。

丹治は、しみじみと思った。

「何か飲みものでも……」

「どうぞお構いなく。それより、末永氏とは何がきっかけで親しくなったの？」

「ある異業種親睦会で彼と知り合ったんです。どちらも好奇心が旺盛《おうせい》なもので、とても話が弾んだんです。それで、二人だけで会うようになったんです」

千佳は幾分、はにかんだ。

「そうだったのか。二人の職業に接点はなさそうなんで、ちょっと気になったもんだからね」

「出会いって、不思議ですね。わたし自身、まさか国際ジャーナリストとこんなおつき合いをするようになるとは夢にも思ってませんでした」

「こっちも、美人ジュエリーデザイナーに調査の依頼をされるとは思ってなかったよ」

丹治は笑いかけ、煙草の火を消した。

数秒後、部屋のインターフォンが鳴った。

「きっと山岡さんだわ。ちょっと失礼します」

千佳が断って、玄関ホールに急いだ。

丹治は居《い》ずまいを正した。待つほどもなく千佳が四十一、二歳の男を伴って、居間に戻ってきた。

やはり、ワールド通信社日本支局の山岡明仁だった。

紳士然とした男で、縁なしの眼鏡《めがね》をかけていた。中肉中背だ。渋い茶系のスーツを着込んでいる。ネクタイの趣味も悪くない。

丹治は山岡と名刺を交換し、ソファに腰を戻した。

千佳が山岡に室内を何者かに物色されたことを手短に告げた。山岡はひどく驚き、暗い顔つきになった。

丹治は山岡に顔を向けた。

「昨夜《ゆうべ》、入江さんから話のアウトラインはうかがいました」

「そうですか」

「末永氏が九州入りしてからのことをできるだけ詳しく話していただきたいんです」

「わかりました」

山岡が順序立てて、末永の行動をなぞりはじめた。

丹治は耳に神経を集めた。だが、内容は千佳から聞いた話とほとんど変わらなかった。

「末永氏が福岡に着いてから、何か連絡はありました？」

「全日空ホテルにチェックインした日の深夜に、彼から電話がありました。その数時間前に末永さんは、福岡の唐泊《からどまり》漁港に出かけたそうです。港に長崎県の対馬《つしま》のイカ釣り漁船が接岸してるのを不審に思って、彼はその船の船長を尾行したらしいんですよ」

山岡が一息に喋った。丹治は先を促《うなが》した。

「それで？」

「漁船の船長は中洲《なかす》のクラブで暴力団の幹部と会って、札束らしい包みを受け取ったというんです」

山岡が興奮気味に言った。

「で、末永氏は暴力団の幹部の正体を突きとめたんですか？」

「ええ。その男は、北九州一帯を縄張りにしている九仁会中島組《きゅうじんかいなかしまぐみ》の組事務所に消えたそうです。平成十四年に、九仁会の別の下部組織の組員七人が中国人の集団密航事件に関与して逮捕されてるんですよ」

「そういえば、そんな事件があったような気がするな」

「去年、鹿児島の阿久根《あくね》港で発生した密航事件にも九仁会が絡んでました。そのときは、確か出迎え役の中国人三人と一緒に五人の組員が捕《つか》まったはずです」

「密航者の上陸地点が九州の場合は、九仁会が出迎えの仕事を一手に請け負ってるのかもしれないな」

丹治が呟いた。

「わたしも、そう思います。南九州にも暴力団はいくつかありますが、どこも九仁会ほどの勢力じゃありませんから」

「それでは、彼は九仁会の者に拉致された疑いがあるのね？」

千佳が口を挟んだ。すぐに山岡が応じた。

「おそらく、そうでしょう。末永さんの足取りをたどってみれば、消息を絶った場所がはっきりすると思うんですがね」

「明日、現地に飛んでみましょう」

丹治は言った。

「お願いします。一日も早く末永さんを保護してもらいたいんです。そして、彼に中国人集団密航事件のスクープ記事を書いてほしいですね」

「できるだけのことはやってみましょう。うまく末永氏を保護できたら、後《あと》は警察の手を借りたほうがいいでしょう」

「なぜです？」

「九仁会の犯行だったとしたら、彼らは、そのまま黙ってはいないでしょう。わたしだけでは、とても末永氏をガードしきれません」

「警察の協力を仰《あお》ぐことになったら、末永さんは長々と事情聴取されることになります。そんなことになったら、新聞社やテレビ局に出し抜かれることになりかねません。それじゃ、末永さんの苦労は水泡に帰《き》してしまう。ねえ、入江さん？」

山岡が千佳に同意を求めた。千佳は複雑な表情を見せたが、意を決したように言った。

「わたしの個人的な気持ちとしては、スクープよりも命のほうが大事だと思いたいわ」

「あなたの気持ちもわかるが、わが社は末永さんに破格の原稿料を払うことになってるんです。すでに取材費として、多額の前渡し金を支払ってます」

「そのことは知りませんでした」

「企業の論理を振りかざすようですが、末永さんがスクープ記事を書き上げるまで警察の力を借りることは控えてほしいんです。もちろん、脱稿するまで丹治さんにガードしてもらうつもりですが」

「そういうことでしたら、わたしに異存はありません」

千佳がそう言い、丹治に声をかけてきた。

「彼がスクープ記事を執筆し終えるまで護《まも》っていただけます？」

「あなたに頼まれたんじゃ、断れないな。明日から、本格的に調査に取りかかりましょう」

丹治は腰を上げた。

千佳と山岡を残し、ひと足先に末永の部屋を出た。

車に乗り込むと、丹治は末永淳の実家に向かった。目的の家を探し当てたのは、夕闇が漂いはじめたころだった。

末永邸は閑静な住宅街の一画にあった。

敷地が広く、庭木が多い。和洋折衷《せっちゅう》の家屋《かおく》も立派だった。

門扉《もんぴ》の前に立ったとき、勝手口の扉が開いた。

丹治はインターフォンを鳴らさずに、人が現われるのを待った。出て来たのは、土佐犬の鎖を引いた若い男だった。

その横顔は、末永淳とよく似ていた。弟の孝二かもしれない。二十六、七歳に見えた。

丹治は勝手口まで小走りに走った。

土佐犬が身構えるような姿勢になった。男が犬を落ち着かせた。

「失礼ですが、末永淳氏の弟さんではありませんか？」

丹治は目礼し、にこやかに訊いた。

「ええ、そうです。孝二といいます。あなたは？」

相手が反問した。丹治は正体を明かし、経緯《いきさつ》を語った。

「兄が取材旅行中に消息を絶ったですって⁉」

「まだ、そう断定するだけの材料はないんですよ。単に何か事情があって、連絡できなくなったとも考えられます」

「しかし、取材内容から察して、犯罪事件に巻き込まれたかもしれないんですね？」

「ええ、まあ。事件性があるようだったら、いずれ警察の協力を仰がなければなりません。しかし、依頼人側の要請もありますんで、お兄さんがスクープ記事を書き終えるまでは、わたしに調査と保護を任せてもらいたいんです」

「わかりました」

末永孝二は少し考えてから、そう答えた。

「ありがとう。早速だが、少し話を聞かせてください」

「どうぞ」

「最近、お兄さんとはお会いになったのかな」

丹治は上着の内ポケットから、仕事用の手帳を引っ張り出した。

「一年近く会ってません。兄は親父《おやじ》とちょっとありまして、この家には寄りつかなくなってしまったんですよ。おふくろには、たまにこっそり電話をかけてきたようですけどね」

「そうですか。お母さんは、いま、お宅にいらっしゃるの？」

「あいにく父と母は一昨日の午後に、スペイン旅行に出かけてしまったんです。戻ってくるのは、二週間後なんですよ。すみません」

「いや、いいんだ。お兄さんのことは、ご両親にはまだ言わないほうがいいでしょう」

「そうですね。少し様子を見ることにします」

孝二がそう言い、足を踏んばった。土佐犬が散歩をせがんだらしく、彼を強く引っ張ったからだ。

「龍馬《りょうま》、お坐り！」

飼い主が鋭く命じた。土佐犬は尻を落としたが、甘えた唸り声を洩らしはじめた。

「何かわかったら、連絡しましょう」

丹治は名刺を渡し、自分の車に向かって歩きはじめた。

第二章　複合犯罪集団

1

タクシーが停まった。

博多《はかた》全日空ホテルの前だ。福岡空港から、十数分走っただけだった。

丹治はタクシーを降りた。

午後四時過ぎだった。陽《ひ》は、わずかに傾きはじめていた。西の空が赤い。

丹治はホテルの表玄関を潜《くぐ》った。

ホテルは博多駅の近くにある。広い住吉通りに面していた。

丹治はフロントに歩み寄り、上着の内ポケットから黒い手帳を取り出した。ポリスグッズの店で買った模造警察手帳である。

「警視庁の者です」

「ご苦労さまです。どういったご用件でしょう？」

中年のフロントマンが緊張した面持《おもも》ちで訊《き》いた。

標準語だったが、わずかに訛《なまり》があった。逆三角形に近い輪郭《りんかく》だった。

「この男が投宿したと思うんだが、五日前に」

丹治は末永淳《すえながあつし》の顔写真を見せた。

「ああ、末永さまですね。よく憶《おぼ》えてますよ。何度か当ホテルをご利用いただいてお りますので」

「実は、末永氏の行方がわからないんですよ」

「そうらしいですね。東京のワールド通信社の方から問い合わせのお電話がありまして、そのことをうかがいました」

フロントマンが言った。

「末永氏は博多で九仁会のことを調べてたという情報を摑んだんですが、そういう気配はうかがえました？」

「ええ。最初にお泊まりになられたのは三カ月ほど前でしたが、そのときに九仁会のことをいろいろ質問されました。そして五日前には、中島組のことを」

「中島組は九仁会の中核組織だというデータを持ってるんだが……」

「よくは存じませんが、その通りだと思います」

「中島組の組事務所は、ここから遠いんだろうか」

「いいえ、遠くはありません。組事務所は西鉄福岡駅の近くにあります。住所は天神二丁目になりますね」

「何か目標になるものは？」

丹治は訊いた。

「警固《けご》公園とソラリア西鉄ホテルの間にあります。チョコレート色の五階建てのビルで、中島興産という看板が出てます」

「そうですか。末永氏が滞在中、何か変わったことは？」

「ただの偶然かもしれませんが、末永さまがチェックアウトされる少し前に極道らしい男たちがロビーにいました」

フロントマンが言った。

「末永氏は、その連中に気づいた様子でした？」

「さあ、それは何とも申し上げられません」

「末永氏が何かに怯《おび》えてる感じは？」

「それは特に感じませんでしたね」

「末永氏はチェックアウトするとき、鹿児島に向かう予定だと言ったそうですね？」

「はい。それで末永さまは、歩いて博多駅に向かわれました。しかし、鹿児島本線の列車には乗られなかったようです」

「やはり、そうでしたか。お忙しいところをありがとうございました」

丹治は丁重に礼を述べ、フロントを離れた。

ホテルを出ると、その足で博多駅に向かった。駅前には、オフィスビルが林立していた。

丹治はステーションビルに入り、鹿児島本線の切符売り場に回った。刑事になりすまして、駅員に声をかける。

末永が失踪《しっそう》した日の午前中に、鹿児島県の阿久根《あくね》までの乗車券と特急券を求めたことは確認できた。しかし、鹿児島本線は利用していなかった。山陽新幹線にも乗っていない。

入江千佳や山岡明仁が言ったように、末永の足取りは博多駅でふっつりと途絶《とだ》えていた。

駅の構内で、何者かに拉致《らち》されたと思われる。やみくもに市内を駆けずり回っても、あまり意味はないだろう。九仁会中島組に揺さぶりをかけてみることにした。

丹治は駅前のレンタカー営業所に入った。

シルバーグレイのプリウスを借りる。その車で、中島組の事務所に向かった。

渡辺通りと国体道路の交わる地点の左側一帯が天神二丁目だった。商店や民家が混然と建ち並んでいる。

丹治はレンタカーを公園の脇《わき》に駐《と》め、徒歩で組事務所に向かった。

少し進むと、チョコレート色のビルが見えてきた。暴力団新法を守っているらしく、代紋は掲《かか》げられていない。だが、ひと目で暴力団関係の事務所とわかる。

ビルの窓という窓は、分厚い鉄板で覆われている。弾除《たまよ》けだ。

監視カメラの数も多かった。ビルの前には、数台のメルセデス・ベンツが並んでいた。

丹治は一階のプレートを見た。

中島興産という社名しか出ていない。

探偵社の調査員に化けることにした。筋者《すじもの》たちに、模造警察手帳は通用しないだろう。

丹治は仕事柄、いつも十数種の偽名刺を持ち歩いている。必要に応じて、それらの名前を使い分けていた。

丹治はビルの中に足を踏み入れた。

造りは一般のオフィスふうだが、女子事務員の姿は見当たらない。荒《すさ》んだ印象を与える男たちがデスクに向かっていた。丹治は素早く人数を数えた。五人だった。

「ちょっとお訊《き》きします」

丹治は、最も近い場所にいる二十四、五歳の男に声をかけた。

男は顔を上げたが、何も言わない。訝《いぶか》しそうな目を向けてきた。

ワインレッドの派手なスーツを着込み、右手首にはゴールドのブレスレットを光らせている。ずんぐりとした体型で、頭は角刈りだった。

「なんね？」

「わたし、東京の探偵社の者でして……」

「探偵社⁉」

男が腰を浮かせ、蟹股《がにまた》で近づいてきた。

丹治は偽名刺を差し出した。社名も氏名も、いい加減なものだった。電話番号やファクスナンバーもでたらめだ。

「用件ば言わんね」

「実は、この方を捜してるんですよ」

丹治は末永淳の顔写真を取り出し、相手の顔の前に突き出した。

「そげん近づけんでもよか」

「この男に見覚えありませんかね？」

「知らん」

男が首を横に振った。しかし、目には狼狽《ろうばい》の色がかすかに宿っていた。末永を知っていることは間違いなさそうだ。

「本当にご存じじゃないんですね？」

「知らんち言うとろうもん！　仕事の邪魔ばすんなっ」

「この写真の男は売り出し中の国際ジャーナリストで、中国人の集団密航事件を調べてたんですよ」

丹治は少し声を高めた。

居合わせた男たちが一斉に刺すような視線を向けてきた。どの顔にも、動揺の色がうかがえる。

「わけのわからんこと言うとらんで、早《はよ》う帰らんね！」

「写真の男は『蛇頭《スネークヘッド》』のことを取材してたんですよ。それで、なぜだか急に消息を絶ってしまったんです」

「帰れ言うとが聞こえんとかっ」

角刈りの男が気色《けしき》ばんだ。

ほかの四人も殺気立っていた。丹治はことさら怯《おび》えた表情をつくり、後《あと》ずさってみせた。

「わ、わかりました。いま、帰ります。どうも失礼しました」

丹治は言って、そそくさと外に出た。背後で、怒声が響いた。

男たちは、投げ放った疑似餌《ぎじえ》に喰《く》らいついてくるだろうか。際《きわ》どい賭《か》けだった。

丹治は振り返りたい衝動を抑えて、ごく自然な足取りでレンタカーまで引き返した。

運転席に入り、セブンスターをくわえる。時間稼ぎだった。ゆったりと煙草を喫《す》い、おもむろにエンジンを始動させた。

警固公園を回り込み、ふたたび渡辺通りに出る。

駅前の住吉通りと繋《つな》がっている表通りだ。昭和通りまで進み、右に折れる。

丹治は減速して、ルームミラーを仰《あお》いだ。

黒いベンツが追尾《ついび》してくる。中島組の組員の車にちがいない。

どうやら敵は、仕掛けた罠《わな》にまんまと嵌《は》まったようだ。丹治は、ほくそ笑《え》んだ。

ホテルや飲食店で賑《にぎ》わう中洲《なかす》を横切って、国道三号線に入る。不審なベンツは一定の距離を保《たも》ちながら、執拗《しつよう》に追ってきた。

尾行の車をどこか人気《ひとけ》のない場所に誘い込もう。

丹治は徐々に加速しはじめた。

左手に福岡湾を眺めながら、三号線を北上する。香椎《かしい》のあたりまで走ったとき、ふと丹治は怪しいベンツを海《うみ》の中道《なかみち》公園の先にある志賀島《しかのしま》に誘い込む気になった。市街地よりも、人の数は少ないはずだ。

丹治は西へ向かった。

福岡湾を抱き込むように細長い地形が伸びている。その中央部に、広大な敷地を持つ海浜公園がある。一度も訪れたことはなかったが、観光地図で予備知識は得ていた。

丹治は、海の中道をめざした。

数十分走ると、左手前方に貝殻《かいがら》を連想させる四階建ての建物が見えてきた。マリンワールドだろう。

ガイドブックによると、円柱型やトンネル型の巨大な水槽の中にはおおむね玄界灘《げんかいなだ》に棲息《せいそく》している海洋生物が飼われているらしい。

その先に拡《ひろ》がる海浜公園は、とてつもなく広かった。

夕陽を浴びた観覧車がゆっくりと回っている。行楽客は家族連れが多いようだ。

丹治はさらにレンタカーを走らせ、志賀島橋を渡った。

島内に入ると、左に進んだ。

車の量は、ぐっと少なくなった。今津《いまづ》湾寄りの能古島《のこのしま》が小さく浮かんでいる。地元では、行楽地として知られた周囲八キロの島だ。

丹治はミラーに目をやった。

いつの間にか、黒いベンツはすぐ後ろに迫っていた。といっても、まだ三十メートル近く離れている。追い越しをかけて、行く手を阻《はば》む気はないらしい。

志賀島海水浴場のあたりには民家が連《つら》なっていたが、島の奥は人家も疎《まば》らだった。海と反対側は丘陵地になっている。

しばらく走ると、海岸通りが二股に分かれていた。

丹治は右の道を選んだ。山の方だ。

一気に加速する。後続のベンツも、慌《あわ》ててスピードを上げた。

丹治は七、八百メートル先で、レンタカーを路肩《ろかた》に寄せた。

すぐに外に飛び出し、林の中に走り入った。樹木の匂《にお》いが濃い。草いきれは、真夏ほどは強くなかった。足を止めたとき、ベンツの停止する音がした。

丹治は林の中で待った。

少し経《た》つと、三人の男が林道を駆け上がってきた。

先頭はワインレッドの背広を着た男だった。

その後から、頭をつるつるに剃《そ》りあげた男と頰《ほお》に刀傷のある男がやってきた。ともに三十歳前後だった。

「待ってたぜ」

丹治は林道に躍《おど》り出た。

男たちが扇の形に散った。少しは喧嘩《けんか》馴《な》れしているようだ。動きは速《はや》かった。三人とも、まだ武器は手にしていない。

まさか丸腰ということはないだろう。男たちは懐《ふところ》に匕首《あいくち》か、拳銃《けんじゅう》を忍ばせているにちがいない。

「なんば探《さぐ》っとるか言うちみ！」

剃髪頭《スキンヘッド》の男がそう言い、一歩前に踏みだしてきた。目つきが険《けわ》しく、いかにも残忍そうな面《つら》構えだ。

「末永淳はどこにいる？　さっき見せた写真の男だ」

「知らん言うとろうが！　何者か言わんね」

「田舎のヤー公は、昔のおれのことを知らないらしいな。これでも、チャンプになったことがあるんだがね」

「ここは九州たい！　東京者《もん》がなめた真似《まね》ばすっと、叩《たた》っ殺すことになるけんの」

「少し汗をかくか」

丹治は不敵に笑い、いくらか足を開いた。ほぼ肩の位置だった。

三人の組員が目配せし合った。

頰に傷のある男が腰の後ろに手を回し、匕首《あいくち》を摑《つか》み出した。白鞘《しらさや》は、だいぶ黒ずんでいる。

男が鞘から短刀を引き抜いた。

刃渡りは三十センチ程度だった。よく磨《みが》き込まれていた。鞘はベルトの下に差し込まれた。

「わりゃあ！」

匕首を握った男が吼《ほ》え、勢いよく地を蹴《け》った。

白っぽい綿ブルゾンが風を孕《はら》んで、帆のように膨らんだ。小砂利も撥《は》ねた。

丹治はサイドステップを踏んだ。

刃風《はかぜ》が湧《わ》いた。匕首がきらめいた。

丹治は左腕で相手の利《き》き腕を撥《は》ね上げ、すかさず右のショートフックを繰り出した。

重い手応《てごた》えがあった。

パンチは、男の鼻柱を砕《くだ》いた。軟骨の潰《つぶ》れる音がした。

丹治は膝頭《ひざがしら》で、男の急所を蹴り上げた。的《まと》は外さなかった。

男が口の中で呻《うめ》き、腰を沈めた。

丹治は、相手の頭頂部に肘《ひじ》打ちを落とした。骨が鈍く鳴った。頬に傷のある男が唸《うな》りながら、地面に頽《くずお》れた。まるで水を吸った泥人形のようだった。

丹治は、男の右手首を踏みつけた。

そのとき、横から剃髪頭の男が挑《いど》みかかってきた。匕首を奪い取る余裕はない。

丹治は左足を軸《じく》にして、体を大きく回転させた。

スラックスの裾《すそ》がはためいた。髪の毛も躍《おど》った。

回し蹴りは、スキンヘッドの男の肋骨《ろっこつ》に当たった。ミドルキックだった。男は動物じみた悲鳴を発し、体を大きく泳がせた。

「くそガキが！」

角刈りの男が頭を下げ、闘牛のように突進してきた。

丹治は逃げなかった。

相手を充分に引き寄せてから、前蹴りを見舞う。空気が縺《もつ》れた。

靴の先は、男の喉仏《のどぼとけ》のあたりに埋まった。男がのけ反《ぞ》って、蛙《かえる》のような恰好《かっこう》で倒れた。

丹治は隙《すき》を与えなかった。

踏み込んで、男の顎《あご》を蹴り上げる。硬く濁った音がした。上下の奥歯が強くぶつかり合った音だった。ワインレッドの背広の男は顎を押さえながら、痛みに転がり回りはじめた。

その直後、匕首が空気を断《た》ち切った。

丹治は体の向きを変えた。頬に刀傷のある男が片膝をついた姿勢で、刃物を水平に薙《な》いだようだ。

「まだ、やる気か？」

丹治は穏《おだ》やかに言った。男は無言で立ち上がった。目が血走っていた。

「どうなんだ？」

「見とけ！　いま、ぶっ刺してやるけんの」

男が憎々しげに喚《わめ》き、匕首を逆手《さかて》に持ち替えた。そのまま、突っかけてくる。

丹治は横に跳《と》んで、男のこめかみに強烈な肘打ちを浴びせた。

男が腰をふらつかせて、棒のように倒れた。気絶したらしく、動かなくなった。短刀は地べたに転がっていた。

丹治は匕首を拾い上げた。

剃髪頭の男は腹這《はらば》いの姿勢で、苦しげに唸っている。丹治は屈み込んで、男の背中に刃物の切っ先を押し当てた。

「末永の居所を吐いてもらおう」

「知らん」

男が首を振った。

丹治は匕首を滑らせ、男の脹《ふく》ら脛《はぎ》に刃先を浅く突き入れた。スキンヘッドの男が動物じみた声をあげた。スラックスに鮮血がにじみはじめた。

「まともに答える気がねえなら、脹ら脛をそっくり削《そ》いじまうぞ」

丹治は短刀を抉《こじ》りながら、低く凄《すご》んだ。

「そげなこと、やめんね！　やめてくれっ」

「末永を知ってるな？」

「ああ。早《はよ》う短刀《ドス》ば除《の》けてくれ！」

「おれの質問にきちんと答えたら、抜いてやる。末永淳は九仁会が香港《ホンコン》の『三合《サムハップ》会《ウィ》』とつるんで、密航ビジネスをやってることを突きとめたんだなっ」

「あの野郎は、うちの組が借り受けてる博多港の倉庫ば調べよったり、組事務所の様子ばうかがっておったから」

「それで、末永を拉致したわけか」

「わしらは、手ば出しとらん。博多駅で、あん男を押さえたんは東京の……」

男が口ごもった。

「話をつづけろ」

「もう勘弁してくれんね？」

「粘る気かい？　なら、筋肉を抉《えぐ》り取ってやろう」

丹治は威《おど》した。

「言う、言うけん、短刀《ドス》ば早う抜いちくれ」

「末永は誰に拉致されたんだっ」

「関東義友会の者《もん》たい」

男が細い声で答えた。

関東義友会は、首都圏で三番目に勢力のある広域暴力団だ。本部は新橋にある。下部団体は八十を数える。

「なぜ、関東義友会の人間が末永を連れ去ったんだ？」

「九仁会《うち》は関東義友会のダミーばしよりよっただけで……」

「つまり、おまえらは関東義友会に頼まれて、『蛇頭《スネークヘッド》』の下請け仕事をしてただけだというんだな？」

丹治は確かめた。

「そうばい。九仁会《うち》が『三合会《サムハップウィ》』とつき合うとることば知って、関東義友会の権藤《ごんどう》理事が手ば貸してくれ言うちきたたい」

「関東義友会が密航ビジネスの下働きに甘んじるわけがない。密航船にノーリンコ54や覚醒剤《かくせいざい》を積んでたなっ」

「そのあたりのことは、わしらにはわからん。幹部ばならんと、本当に知らんね」

男が言った。

「末永は、権藤理事が監禁してるんだな？」

「多分、そうばい」

「末永は、どんな写真を撮ったんだ？」

「倉庫に隠れとった中国人の姿や中島組《うち》の大幹部の写真ば……」

「そのフィルムは関東義友会の者がもう抜いたな？」

「ああ、おそらく。けど、あん野郎はもっと決定的な証拠写真の画像データば隠し持ってるか知れん。だから、関東義友会が動き出したんじゃなかかと思うけど」

「権藤が直接、中島組に連絡してくるのか？」

「そうばい。うちの組長《オヤジ》と権藤さんは兄弟盃《さかずき》ば交わし合った間柄やけん、仲はよかよ」

丹治は訊いた。

「そうかい」

「もう知ってることば全部話したけん、これで赦《ゆる》してくれんね？」

男が首だけを捻《ねじ》った。恐怖で顔面が引き攣《つ》っている。

丹治は匕首を引き抜き、男の側頭部を思うさま蹴った。男は百八十度ほど回り、そのまま気絶してしまった。

丹治は血糊《ちのり》の付着した匕首を下げ、ワインレッドの背広の男に近づいた。

「乱暴はやめんねっ」

男が腰を落としたまま、後ろに逃げた。竦《すく》み上がっていた。目も合わせようとしない。

「ベンツの鍵《キー》を出せ」

「持っとらん。鍵は車の中ばい」

「おれを追ってきたら、おまえも刺すぜ」

「追ったりせん。約束ばするけん、もう赦《ゆる》してくれんね？」

「いいだろう」

丹治は言いながら、頰に傷のある男に目を向けた。

男は、まだ意識を取り戻していなかった。丹治は林道を下《くだ》りはじめた。

歩きながら、匕首を繁みの向こうに投げ捨てる。三人の男は追ってこなかった。

黒いベンツは、鍵が差し込まれたままだった。

丹治はキーを抜き、林の中に投げ込んだ。三人の男は、とうに戦意を失っている。

まさか追跡してくるとは思えなかったが、念のために〝足〟を奪っておいたのだ。

丹治はレンタカーに乗り込み、エンジンをかけた。飛行機で東京にトンボ帰りして、関東義友会の権藤理事の身辺を洗ってみるつもりだった。

丹治は車を発進させ、福岡空港に向かった。

レンタカーは福岡県内なら、どこに乗り捨ててもいいことになっていた。

2

警笛が短く鳴った。

そう遠くない場所だった。

丹治は視線を延ばした。羽田空港新旅客ターミナルビル前の車寄せだ。

午後八時を回っていた。少し前に福岡から戻ったばかりだった。

岩城の大型米国車は、タクシー乗り場とは反対側に駐《と》まっていた。

丹治はクライスラーに走り寄った。車体の色はメタリックブルーだった。

元レスラーはアメ車にしか乗らない。ほぼ半年ごとに、車を買い替えていた。

といっても、岩城には新車を購入するだけの才覚はない。買い替えているのは、いつも二、三年落ちの中古車だった。

岩城が象目《ぞうめ》をさらに細め、助手席のドアを開けた。

丹治はシートに坐るなり、大男に訊いた。

「関東義友会の権藤理事の家《ヤサ》はわかったか？」

「ちょろいもんさ。自宅は世田谷の野沢《のざわ》だったよ。愛人《レコ》のマンションは、目黒駅そばの上大崎《かみおおさき》にある。住所は品川区だよ」

「権藤のことをもう少し詳しく教えてくれ」

「オーケー。フルネームは権藤泰次《たいじ》で、五十二歳。権藤組の組長で、関東義友会の常任理事だよ。会では、ナンバー8だね」

「権藤組の稼業《シノギ》は？」

「飲食店や金融会社なんかを表稼業にしてるんだが、債権の取り立て《キリトリ》や覚醒剤《シャブ》の小口卸しの裏ビジネスで喰ってるようだな。組員は三百数十人だよ」

「権藤が密航ビジネスに手を染めてる裏付け《ウラ》は？」

「残念ながら、肝心のそいつが摑めなかったんだ。旦那《だんな》、悪いな」

岩城が済まなさそうに言った。

「おまえの情報も当てにならなくなったな」

「旦那、無茶言うなよ。旦那が福岡空港から、おれのマンションに電話してきたのは午後五時半だったんだぜ。わずかな時間で、これだけの情報を集めたんだから、誉《ほ》めてもらいてえぐらいだ」

「まあ、いいさ」

「銭《ぜに》をくれよ、旦那。万札《まんさつ》拝んだら、メモを出してやらあ」

「しっかりしてやがる」

丹治は約束の五万円を渡し、権藤の顔写真のコピーやメモを受け取った。

権藤は脂《あぶら》ぎった感じの男だった。下膨《しもぶく》れの顔で、頬や顎の肉はブルドッグのようにたるんでいる。両眼は牛のような目だった。

メモには権藤の事務所や自宅の住所が記《しる》されていた。金釘《かなくぎ》流の下手《へた》くそな文字だった。

権藤の愛人は、鳥海理奈《とりがいりな》という名だった。二十五歳で、元はクラブ歌手だったらしい。理奈の顔写真はなかった。

「旦那、権藤を締め上げる気なんだろう?」

岩城がそう言い、ミルクキャラメルを口の中に放り込んだ。

「まあな」

「組事務所はもちろん、自宅に押し込むのは危《ヤベ》えな。関東義友会の常任理事ともなりゃ、ガードの組員が四六時中へばりついてるぜ」

「だろうな」

丹治は平然と応じ、セブンスターをくわえた。煙草に火を点《つ》けたとき、岩城が探《さぐ》るように言った。

「謝礼を景気よく弾んでくれりゃ、権藤の女を人質に取ってやってもいいぜ」

「おまえにゃ任せられない。相手が相手だから、失敗《ドジ》は踏めないんだ」

「ちぇっ、言ってくれるな。で、これからどうする?」

「おれのマンションまで走ってくれ」

「なんだよ、おれは白タクの運ちゃんってわけか。旦那、一万にしといてやらあ」

「ばかやろう!　さっきの情報料に白タク代も入ってるんだよ」

「旦那も、せこくなりやがったな」

「いいから、早く車を出せ」

丹治は急《せ》かして、喫《す》いさしの煙草を灰皿の中で捻《ひね》り潰《つぶ》した。

岩城が愚痴《ぐち》をこぼしながら、クライスラーを走らせはじめた。

乗り心地は悪くなかった。しかし、道路の狭い都内では走りにくそうだ。大男は運転中、ちょくちょく舌打ちした。

代々木上原にある自宅マンションに着いたのは、およそ四十分後だった。

「何かあったら、また声をかけてくれや」

元レスラーはそう言い残し、マンションから遠のいていった。

丹治は自分の部屋に向かった。

室内に入ると、真っ先に留守番電話の録音の有無《うむ》を確かめた。入江千佳の伝言が吹き込まれていた。

丹治は、千佳の自宅に電話をかけた。

千佳は家にいた。丹治は、九州での収穫をかいつまんで報告した。

「やっぱり、彼は密航事件に絡んだことで拉致されたんですね」

電話の向こうで、千佳が呟《つぶや》いた。沈んだ声だった。

「権藤をマークしてみるつもりなんだ。そうすれば、きっと末永氏の居場所がわかるだろう」

「丹治さん、気をつけてくださいね。相手は、一般市民じゃないんですから」

「わかってるよ。何か進展があったら、連絡しよう」

丹治は電話を切った。

汗に塗れた衣服を脱ぎ捨て、浴室に歩《ほ》を運んだ。

頭髪と体を洗うと、気分がさっぱりした。

湯上がりのビールは喉に沁《し》みた。腹は空《す》いていなかった。福岡空港ビル内のレストランで食事を摂《と》っていたからだ。

丹治はビールを飲み終えると、権藤泰次の居所を探《さぐ》る気になった。証券会社の営業マンを装って、歌舞伎町《かぶきちょう》にある組事務所と野沢の自宅に電話をかけてみた。

だが、権藤はどちらにもいなかった。まさか身内になりすますわけにはいかない。

少し危険だが、やってみることにした。

丹治は組員の振りをして、鳥海理奈のマンションに電話をかける。

すぐに先方の受話器が外れ、若い女の声が流れてきた。

「はい、鳥海です」

「組長《オヤジ》は、そちらでしたよね？」

「ううん、いないわよ。でも、今夜、パパに会うことになってるけど」

「そうでしたね。お二人で食事をするのは、赤坂のしゃぶしゃぶの店でしたっけ？」

丹治は話を合わせ、さりげなく探りを入れた。

「ううん、六本木のサパークラブ『ミストレス』よ。十時に会う約束なの」

「そうでした、そうでした」

「パパに何か急用があるんだったら、伝えてあげてもいいけど」

「いや、明日の午前中に決裁してもらえば間に合うから、今夜は組長《オヤジ》を追いかけないことにします。どうも失礼しました」

丹治は通話を打ち切り、にっと笑った。

まだ九時十八分過ぎだ。少し車を飛ばせば、六本木のサパークラブには十時前に着くだろう。

丹治は大急ぎで外出の仕度をした。

薄手のオリーブグリーンのジャケットに、下はベージュのスラックスだ。スタンドカラーの長袖《ながそで》シャツは、オフホワイトだった。

丹治は上着の内ポケットに超小型盗聴器セットを忍ばせ、慌《あわ》ただしく部屋を出た。エレベーターで地下駐車場に降り、ジープ・チェロキーに乗り込む。

目的のサパークラブは、三河台《みかわだい》公園のほぼ真裏にあった。雑居ビルの地下一階だった。

丹治は車を表通りに駐《と》め、『ミストレス』に入った。

十時六分前だった。店内は割に広かった。二十卓近いテーブルが、ゆったりと据え置かれている。

卓上には、キャンドルが灯《とも》されていた。赤い炎の揺らめきが妖《あや》しかった。

客席は半分程度しか埋まっていない。

店の奥で、神経質そうな若い男がピアノを流麗に奏《かな》でていた。専属のピアニストだろうか。曲は、ジャズのスタンダードナンバーだった。

丹治は仄暗《ほのぐら》い店内を見回した。

権藤の姿は見当たらない。女のひとり客を目で探す。

中ほどの席に、二十五、六歳の着飾った女がいた。

セミロングの髪は、栗《くり》色に染められている。どことなく妖艶《ようえん》な雰囲気を漂わせていた。目鼻立ちは、ぼんやりとしか見えない。ブランデーを傾けていた。

黒服の男に導かれ、丹治はピアノのそばの席についた。

数種のオードブルとバーボン・ソーダを注文した。オン・ザ・ロックスを飲みたい気もしたが、これからの行動に備えて酔いの回らない飲みものを選んだのだ。

丹治はピアノの音に聴《き》き入る振りをしながら、女のひとり客を観察しはじめた。

女は腕時計と店の出入口を交互に眺め、細巻き煙草に火を点けた。どうやら鳥海理奈に間違いなさそうだ。

理奈らしい女が煙草の火を消したとき、丹治の注文した物が運ばれてきた。オードブルは、鴨《かも》肉のパテ和《あ》えとスモークドサーモンだ。

バーボン・ソーダを半分ほど空けたときだった。

二人の屈強そうな男に護《まも》られた権藤泰次が店に入ってきた。仕立てのよさそうな背広を着込んでいた。だが、気品はみじんも感じられない。下膨れの脂ぎった顔には、筋者《すじもの》特有のふてぶてしさが漲《みなぎ》っていた。目の動きも堅気のものではなかった。

ひとり客の女がブランデーグラスを高く翳《かざ》し、権藤に笑顔を向けた。笑うと、女は一段と色っぽくなった。

権藤が何か詫《わ》びながら、女の正面に腰を下ろした。

用心棒の男たちは、二席ほど離れたテーブルについた。どちらも地味な色のスーツをまとっているが、目の配り方や物腰はサラリーマンとは明らかに違う。

権藤が黒服の従業員を手招きし、料理と酒をオーダーした。ボディーガードの二人は、ソフトドリンクを頼んだだけだった。

丹治は頃合を計って、手洗いに立った。

用を足すと、指の間に超小型の高性能マイクを挟んだ。ピーナッツほどの大きさだった。左耳の奥に、耳栓型《みみせんがた》のレシーバーを嵌《は》める。髪の毛で外耳を覆《おお》って、丹治は化粧室を出た。

権藤のいる席を擦《す》り抜ける際《さい》に、テーブルの下に盗聴マイクを貼《は》りつけた。マイクの底部には、両面の粘着テープが装着されている。盗聴マイクを金属に接着させる場合は、両面テープを剝《は》がせばいい。強力磁石付きの盗聴器だった。受信機はポケットの中に入っている。

丹治は自分のテーブル席に戻り、ナイフとフォークを握った。

鴨肉を嚙《か》みしだきはじめたとき、権藤と女の遣《や》り取りが耳に響いてきた。

――ねえ、この後、誰と会うことになってるの？　まさか、どこかのママさんじゃないんでしょうね？

――理奈、妬《や》いてるのか。かわいい娘《こ》だ。おれが会うのは、中年のおっさんだよ。

――信じていいのね？　いつかみたいに浮気なんかしたら、あたし、赦《ゆる》さないからね。

――わかってる、わかってるって。おまえ以外の女は全部、お払い箱にしたよ。いまは理奈だけだ。もちろん、女房ともアレはしてない。

――信じるわ。でも、お食事だけだなんて、つまらないな。

――今夜は、大事なビジネスの話があるんだ。商談がすぐに終わるかどうかわからんしなあ。

――どんなに遅くなってもいいから、お部屋に来て。理奈、そのつもりでいたの。来てくれなかったら、がっかりだわ。

——おまえも、おれの味を覚えたようだな。ぐふふっ。

——いやねえ、エッチっぽい笑い方をして。でも、パパのクンニは最高よ。体が痺《しび》れて、頭が変になっちゃうの。

——そうか、そうか。そうまで言われたら、なんとか時間を作らんとな。

——ぜひ、そうして。お部屋に来てくれたら、あたしもうーんとサービスしちゃう。

——そいつは娯《たの》しみだ。わかったよ。なんとかしよう。

——待ってるわ。


会話が途切れた。

いい気なものだ。丹治は片頬を歪《ゆが》め、バーボン・ソーダを呷《あお》った。すぐにお代わりをする。

二杯目のバーボン・ソーダが運ばれてきた直後に、権藤のテーブルに料理と酒が次々に届けられた。ガードの組員の前には、ジンジャエールが置かれた。

権藤と理奈がフランス料理を食べはじめた。権藤は赤ワインを飲みながら、ダイナミックに口を動かしつづけた。

ひどく下品な食べ方だった。理奈はいくらか気取った感じで、フォアグラを掬《すく》っていた。

丹治は二杯目のバーボン・ソーダを空けると、先に席を立った。

煙草とライターを手にして、レジに足を向ける。丹治は権藤たちのテーブルに差しかかる手前で、故意にライターを通路に落とした。ジッポーだった。

ボディーガードの二人が弾《はじ》かれたように立ち上がった。

どちらも緊張の色が濃い。通路に落ちている物がライターだとわかると、男たちは安堵《あんど》した顔つきになった。

「少し酔ったのかな」

丹治は照れ笑いをして、通路に片膝をついた。

ライターを拾うついでに、素早く超小型マイクを剝《は》がし取る。権藤と理奈は少しも怪しまなかった。

丹治は何事もなかったような顔で、レジのある場所に急いだ。

勘定は、それほど高くなかった。支払いを済ませると、丹治は自分の車に向かった。店の前で、権藤を待つ気になったのだ。

丹治はジープ・チェロキーを五、六十メートル、『ミストレス』に近づけた。それでも、店に通じる階段から二十数メートルは離れていた。

丹治はグローブボックスから、黒縁の眼鏡を取り出した。

変装用の小道具だ。レンズは素通しガラスだった。眼鏡をかける。少しは印象が変わったはずだ。

丹治はサパークラブの出入口を注視しはじめた。

店の斜め前に、ダークグリーンのマセラティが駐《と》めてあった。イタリアの高級車である。

デザインは地味だ。オーソドックスなセダンだった。三《み》つ叉《また》の銛《もり》のシンボルマークに気がつかなければ、通行人はマセラティとはわからないだろう。

――おれも、いつかマセラティ・ビトゥルボ425を手に入れたいもんだ。

カーマニアの丹治はいくぶん、車の持ち主に妬《ねた》ましさを覚えた。

景気がよかったころは、ジャガーXJエグゼクティブ、ポルシェ911、ルノー・アルピーヌA410GTの三台を所有していた。しかし、不況になったとたん、収入が激減した。

そんなわけで、やむなく三台の高級外車を手放してしまったのだ。いまは、ジープ・チェロキーしか所有していない。

権藤の車はベンツか、ロールス・ロイスだろう。丹治は闇《やみ》の向こうを透かして見た。

だが、どちらも見当たらない。

マセラティは権藤の車なのか。そうだとしたら、下膨れの組長は少々、気取り屋なのかもしれない。一般的に、やくざはベンツやロールスロイスに乗りたがるものだ。

——あまり待たせねえでくれよな、組長さん。

丹治はヘッドレストに頭を凭《もた》せかけた。

ほとんど同時に、懐で携帯電話が鳴りはじめた。丹治は携帯電話を耳に当てた。

「わたしよ」

未樹の声だった。

「おまえさんか」

「あら、ご挨拶《あいさつ》ね。さっき、岩さんから電話があったのよ。博多に行ってきたんだって？」

「ああ。で、いまは六本木で張り込み中なんだ」

「ずいぶん張り切ってるのね。依頼人は飛びきりの美人なんじゃない？」

「美人は美人だが、未樹ほどじゃないな」

「ヨイショしても、何も出ないわよ」

「だろうな。ところで、何か急用か？」

丹治は訊いた。

「実はね、少しギャンブル資金を回してほしいの」

「競馬《ウマ》か？」

「そう。ここんとこ、体が震えるような大勝負をしてないんで、なんとなくストレスが溜《た》まっちゃってるのよ」

「だから？」

「これぞというレースに三百万ほど、ぶち込んでみたいの」

　未樹の口調は生き生きとしていた。

　美人ダイバーは、大変なギャンブル好きだった。丹治は、未樹と中山競馬場で知り合った。

　およそ二年前のことだ。その当時は一面識もなかった岩城と口喧嘩をしているとき、未樹が仲裁に入ってくれた。それが縁で、三人は親しくつき合うようになったのである。

「どのくらい足りないんだ？」

「三百万円そっくり借りたいんだけどな」

「おい、おい！　オール借金で勝負する気なのか⁉」

　丹治は呆《あき》れてしまった。

「そういうことになるわね。中穴狙《ねら》いだから、きっといただきよ。利子を付けて返すから、なんとか都合つけてもらえないかな？」

「断ったら、当分、おまえさんの機嫌が悪くなりそうだな。わかった。三百万、催促なしで貸してやろう」

「ありがとう。やっぱり、拳《けん》さんは漢《おとこ》ね。好きよ、愛してるわ」

未樹が甘ったるい声で囁《ささや》いた。

「現金すぎるぜ。金は一両日中に届けてやる。ほかに何か用事は？」

「ううん、特にないわ」

「なら、またな」

丹治は先に電話を切った。

携帯電話を懐に戻したとき、『ミストレス』から四人の客がひと塊《かたまり》になって出てきた。権藤たちだった。

用心棒の二人は権藤と理奈を先にマセラティの後部座席に乗せ、助手席と運転席に腰を沈めた。権藤は理奈をマンションに送り届けてから、誰かに会うつもりのようだ。

丹治は尾行の準備に入った。

マセラティが走りはじめた。丹治は口の中で十まで数えてから、四輪駆動車をスタートさせた。

権藤たちの車は六本木の交差点を通過し、西麻布ランプの手前で左折した。丹治は慎重に追った。

マセラティが停まったのは、ＪＲ目黒駅にほど近い邸宅街の一画だった。

上大崎だ。理奈だけが車を降り、洒落たデザインのマンションの表玄関に足を向けた。彼女の自宅にちがいない。

マセラティが、ふたたび走りだした。

丹治はイタリア製の高級車を尾けた。マセラティは恵比寿《えびす》の住宅街を走り抜け、ほどなく明治通りに入った。

行き先は、新宿の組事務所なのか。それとも、料亭かホテルなのだろうか。

権藤を乗せた車が停止したのは、新宿区役所通りに面した漢方薬専門店の前だった。

店の灯《ひ》はすでに消され、シャッターが降りている。シャッターには、小さな潜《くぐ》り戸があった。

丹治は少し離れた場所に車を駐め、そのまま運転席から様子をうかがった。

権藤ひとりが車を降り、漢方薬専門店の中に吸い込まれた。岩城から聞いていた香港マフィアのアジトかもしれない。

末永淳は、あの店に監禁されているのか。

丹治は、店の造りを確認した。二階建てで、間口《まぐち》は狭い。シャッターの潜り戸のほかに出入口は見つからない。店の両側はビルだった。

二階の窓に、いくつかの人影が見えた。

しかし、室内の様子はわからない。丹治はシャッターに高性能マイクを仕掛ける気になった。そのとき、二人のボディーガードが相前後してマセラティを降りた。

男たちは漢方薬専門店の真ん前に立ち、左右に鋭い目を配りはじめた。

盗聴マイクを仕掛けることも店内に忍び込むことも不可能に近い。いま、敵を刺激することは避けたかった。

今夜中に権藤は愛人の部屋を訪れるだろう。理奈のマンションに先回りして、彼女を楯《たて》にしたほうがよさそうだ。

丹治はそう判断し、車を上大崎に向けた。

3

足を止める。

集合インターフォンの前だった。上大崎の高級マンションの表玄関だ。

出入口はオートロック・システムになっていた。外部の者が無断で建物の中に入ることはできない。

丹治は、理奈の部屋番号を押した。

あと数分で、午前零時になる。ややあって、理奈の声がスピーカーから洩《も》れてきた。

「どなた？」

「宅配便です」

「こんな深夜に、ちょっと非常識なんじゃない？」

「夕方に一度うかがったのですが、お留守のようでしたので」

丹治は言い繕《つくろ》った。

「美容院に行ってたのよ」

「お届け物は生鮮食料品なんですよ。なんとか受け取っていただけないでしょうか」

「いいわ。いま、ロックを解きます」

理奈の声が熄《や》んだ。

丹治はエントランスに進んだ。透明な強化ガラスの扉は、なんの抵抗もなく開いた。

ロビーの左側に二基のエレベーターがあった。人影はなかった。ひっそりと静まり返っている。

丹治はエレベーターに乗った。

理奈の部屋は七〇八号室だった。ほどなくインターフォンを鳴らした。

丹治は体を斜めにし、さも箱を抱えているような真似をした。

ドアが開けられた。丹治は玄関に躍《おど》り込んだ。後ろ手に素早くドアを閉める。

「何よ、あなた⁉　荷物は？」

理奈が半歩退《さ》がった。花柄のキャミソールドレス姿だった。両肩の白さが眩《まばゆ》かった。

ブラジャーはつけていないらしい。胸の隆起が揺れている。

丹治は大きく踏み込み、理奈に当て身をくれた。

拳《こぶし》が深く鳩尾《みぞおち》にめり込んだ。理奈が呻いて、膝から崩れた。

丹治は玄関ホールに上がった。土足のままだった。気を失った理奈を肩に担《かつ》ぎ上げ、奥に進む。

間取りは2LDKだった。十五畳ほどの居間の両側に洋室と和室があった。洋間が寝室に使われているようだ。

丹治は洋室に足を向けた。

やはり、寝室だった。出窓側にダブルベッドが置かれ、左手の壁側にドレッサーが据えられている。クローゼットは造り付けだった。

丹治は理奈をベッドの上に仰向けに横たわらせ、キャミソールドレスを脱がせた。

理奈はショーツを身につけているだけだった。尻側に手を回し、一気に白いパンティーを剝《は》がし取った。

飾り毛は短冊《たんざく》形に刈り込まれていた。ローズピンクの亀裂《きれつ》は少し捩《よじ》れていた。

乳房は、やや小ぶりだった。しかし、体の曲線は大きかった。腰は蟻《あり》のように細い。それでいて、ヒップは豊かに張っている。

中年男が涎《よだれ》を垂らしそうな体つきだ。

丹治はそう思いながら、歯でキャミソールドレスを引き裂いた。

二つに裂いた布を糾《あざな》って、手早く紐《ひも》をこしらえる。それで理奈の両手首を背の後ろで縛り、足首も括《くく》った。口の中には、丸めたパンティーを突っ込んだ。

これで、ひとまず逃げられる心配はないだろう。

丹治は寝室の中を検《しら》べはじめた。

権藤が拳銃を携行していることは充分に考えられた。それに対抗できそうな得物《えもの》を手に入れたかった。しかし、あいにく武器になりそうな物は何もない。

丹治は居間に移った。

飾り棚の中に、アメリカ製の護身用催涙スプレーがあった。とっさのときに武器として使えそうだ。丹治は催涙スプレーの缶を上着の右ポケットに納め、居間に接した和室に入った。床の間付きの八畳間だった。

和簞笥《わだんす》と姫鏡台《ひめきょうだい》が並んでいる。床の間には、花器が見える。花は活《い》けられていない。

丹治は花器の中を覗《のぞ》き込んだ。

剣山《けんざん》があった。木の枝や花の茎《くき》を固定する道具だ。台の部分は鉛で、そこに真鍮《しんちゅう》の太い針が逆《さか》さまに三十本ほど植え込まれている。針の先は鋭い。充分に武器になるだろう。

丹治は剣山を上着の左ポケットに入れ、ダイニングキッチンに移動した。

調理台の下の扉を開ける。ステンレスの万能庖丁が一丁入っているだけだった。それを手にして、寝室に戻った。

理奈は半ば息を吹き返していた。

丹治はベッドに歩み寄って、片方の乳房を鷲掴《わしづか》みにした。理奈が顔をしかめ、くぐもった呻《うめ》き声を洩らす。

丹治は口の中の詰め物を取り出してやった。

理奈が太い息を吐いた。丹治は、庖丁の切っ先を理奈の肩口に押し当てた。

「だ、誰なの!?」

理奈が掠《かす》れた声で訊いた。

「名乗るわけにはいかないな」

「泥棒？」

「そうじゃない。きみのパトロンに訊きたいことがあるだけだ。おとなしくしてれば、きみに危害は加えないよ」

「なんで、あたしを裸にして縛ったりしたの？」

「逃げられちゃ困るからさ。運が悪かったと諦《あきら》めてくれ」

丹治はベッドに浅く腰かけた。理奈が丹治の顔をまじまじと見つめ、急に思いだしたように言った。

「あっ、あなたは六本木の『ミストレス』でライターを落とした男性《ひと》ね」

「憶《おぼ》えてたか」

「あたしたちを尾けてたのね。いったい、あなたは何者なの？　パパと同じ稼業の人には見えないけど」

「おれはヤー公なんかじゃない。だからって、見くびったりしたら、後悔することになるぞ」

丹治は両眼に凄《すご》みを溜めた。

理奈が二度大きくうなずき、目を逸《そ》らした。気圧《けお》されたのだろう。

「権藤の裏の商売のことはどのくらい知ってるんだ？」

「覚醒剤を扱ってるようだけど、詳しいことは知らないわ」

「権藤は香港マフィアと闇取引をしてるんだな？」

「えっ、そうなの？　あたし、具体的なことは何も知らないのよ。パパはビジネスのことになると、口が堅くなっちゃうから」

「いつから権藤の世話になってるんだ？」

「丸二年になるわね」

「やくざの愛人になるとは、思いきった生き方をしたもんだな」

「パパは世間では怖がられてるみたいだけど、あたしにはとっても優しいのよ」

「それに、ベッドテクニックも抜群らしいな。クンニがうまいんだろう？」

丹治は、からかった。

「六本木のサパークラブで、パパとあたしの話を盗み聴きしてたのね」

「まあ、そんなとこだ」

「いやだわ。恥ずかしい！」

理奈が横向きになって、裸身を縮めた。

この女が騒ぎたてることはなさそうだ。丹治は万能庖丁をナイトテーブルの上に置き、煙草に火を点けた。

「パパ、今夜はここに来ないかもしれないわよ。時々、約束を破ることがあるの」

「きみには気の毒だが、権藤が来るまで帰らないぜ。そのつもりでいてくれ」

「パパが来るまで、ずっとこんな恰好でいなくちゃならないの？」

「我慢してくれ」

「なんだか惨《みじ》めだわ。逆《さか》らったりしないから、手足を自由にしてもらえないかな」

理奈が歌うように言った。声には、媚《こび》が含まれていた。

逃げたりはしないだろう。

丹治はくわえ煙草で、理奈の縛《いまし》めを解いてやった。

理奈が感謝の言葉を口にし、寝具の中に潜《もぐ》り込んだ。羽毛蒲団《うもうぶとん》を胸許《むなもと》まで引っ張り上げた。

丹治は軽い失望を覚えながらも、何かほっとした気分も味わっていた。若い女の裸を長いこと眺めていたら、淫《みだ》らな欲情に取り憑《つ》かれそうだった。セックスは男女の双方が悦楽を味わってこそ、意義がある。強姦魔《ごうかんま》には成り下がりたくなかった。

煙草の火を消したとき、理奈が不安そうに問いかけてきた。

「パパがあなたに歯向かったら、あたしはどうなるの？　どこかに連れて行かれるなんてことになっちゃうわけ？」

「極力《きょくりょく》、きみを巻き添えにはしないつもりだ」

「優しいのね。あたし、優しくされると、すぐに相手を好きになっちゃうの。悪い癖かもしれないわ」

「男にとっては、多分、いい癖だろう」

丹治は目を和《なご》ませた。理奈が嫣然《えんぜん》と笑い、いきなり半身を起こした。

「どうしたんだ？」

「あなた、とってもセクシーね」

「そうかい」

「見たいわ」

「何を？」

「あなたの裸よ」

「おれに色仕掛けで迫って、逃げ出す気になったのかい？」

「そんなんじゃないわ。本当に見たいのよ」

「………」

丹治は口を開かなかった。理奈が曖昧《あいまい》にほほえみ、丹治の腿《もも》を撫《な》ではじめた。

「すごく筋肉が発達してるのね。パパとは大違いだわ」

「年齢《とし》が違うからな」

「ねえ、見たいわ。あたしの裸を見たんだから、見せてくれたっていいじゃない？」

「一部なら、見せてやってもいいよ」

「それって、どういう意味なの？」

「こういうことさ」

丹治はスラックスのファスナーを引き下げ、分身を抓《つま》み出した。まだ反応は示していない。

理奈が嬌声《きょうせい》を零《こぼ》し、すぐに手を伸ばしてきた。

指使いは巧《たく》みだった。男の体を識《し》り尽くしていた。動きにまったく無駄《ロス》がない。

丹治は瞬《また》く間《ま》に猛《たけ》った。

理奈が感嘆の声をあげ、赤い唇を被《かぶ》せてきた。生温かい舌が閃《ひらめ》きはじめる。

舌は自在に変化した。理奈は確実に男の官能を奮《ふる》い立たせた。権藤に教え込まれた舌技だろうか。

丹治は理奈の頭を抱え込んだまま、少しずつ腰を浮かせていった。

理奈も徐々に上半身を起こした。その頬は盛り上がったり、大きくへこんだりしている。淫蕩《いんとう》な眺めだった。

せっかくだから、少し娯《たの》しませてもらおう。

丹治は完全に立ち上がると、腰を躍動させはじめた。

理奈はイラマチオを受けることにも馴《な》れているようだった。舌を舞わせながら、唇をすぼめた。心地よい締めつけだった。

急激に昂《たか》まった。丹治は突きまくった。捻《ひね》りも加えた。

理奈の栗色の髪が揺れに揺れた。いくらか息苦しそうだった。理奈の歪《いびつ》になった顔が、男の征服欲をいたく刺激した。

丹治は、たっぷりそそられた。

動きを速《はや》めた。頭の芯《しん》が熱い。目も霞みかけていた。

やがて、丹治は果てた。

理奈は精液をためらわずに呑《の》んだ。恍惚《こうこつ》とした表情だった。

——この女は、別に何も企《たくら》んではいなかったんだ。

った。

丹治は警戒心を解き、腰を引いた。

萎《な》えたペニスが理奈の口から抜け落ちた。理奈は一瞬、物足りなそうな顔つきにな
った。

だが、なにも言わなかった。ティッシュペーパーで、丹治の体をきれいに拭《ぬぐ》った。

丹治は礼を言い、スラックスの前を整えた。

「しゃぶってるうちに、あたし、すっごく感じてきちゃった」

理奈が紗《しゃ》のかかったような瞳《ひとみ》で言った。

「そうらしいな」

「なんとかしてほしいわ。体の奥が疼《うず》いてるの」

「人間、借りは返さなきゃな」

丹治は羽毛蒲団をはぐり、ベッドに腰かけた。

理奈が目をつぶった。丹治は両手で理奈の体を愛撫《あいぶ》しはじめた。

しっとりとした肌だった。色も白かった。

理奈は感度がよかった。胸の隆起をまさぐると、たちまち喘《あえ》ぎはじめた。乳首は鋭
く尖《とが》っていた。乳暈《にゅううん》も膨れ上がっている。

丹治は片手で交互に乳房を揉みながら、もう一方の手で脇腹や内腿をなぞった。

理奈は甘く呻き、体をくねらせた。

丹治は飾り毛を撫で、ぷっくりとした恥丘全体を幾度も揉んだ。理奈の喘ぎは一段と高くなった。半開きの口の中で、舌がそよぐように踊っている。

丹治は秘めやかな場所を探った。

合わせ目は笑《え》み割れ、その奥はぬかるんでいた。二本の指で桜色の突起を挟んで揺さぶり、遊んでいる指を内奥《ないおう》に潜《もぐ》らせた。潤《うる》みがあふれ、会陰部《えいんぶ》を濡《ぬ》らしはじめた。

丹治は右腕を動かしつづけた。むろん、強弱のリズムをつけた。

三分も経たないうちに、理奈はアクメに達した。そのとたん、体の内部に痙攣《けいれん》が起こった。潤みが多くなった。

丹治は指の数を増やし、膣壁《ちつへき》を甘く嬲《なぶ》った。Ｇスポットを擦《こす》る。

理奈は何度も裸身を硬直させ、あられもない声を放ちつづけた。肉感的な腰は大きく振られていた。

やがて、理奈は二度目の極みに駆け昇った。

昇り詰めた瞬間、体を弓なりに反らせた。理奈は悦《よろこ》びの唸りを発しながら、ひとしきり震えた。震えが熄《や》むと、丹治は指を引き抜いた。どの指も蜜液に塗《まみ》れていた。

「指だけじゃ、物足りないわ。もう一度、大きくして」

理奈がねだった。

「何を？」

「意地悪ねえ」

「仕上げは権藤にやってもらうんだな」

丹治はティッシュペーパーで、指先を入念に拭った。

丸めた紙を屑入《くず》れに投げ込んだとき、玄関口でかすかな物音がした。権藤が合鍵でドアのロックを外しているのだろう。

丹治は万能庖丁を摑み、全裸の理奈をダブルベッドから引きずり下ろした。理奈を楯《たて》にして、玄関ホールに急ぐ。

権藤は玄関マットの上で、スリッパを履《は》きかけていた。ひとりだった。

「パパ！」

理奈が呼びかけた。

権藤がぎょっとして、顔を上げた。何か叫びかけたが、声にはならなかった。驚きと怒りの色が交錯している。

「あんたの番犬どもは、マセラティの中で待ってるんだな？」

丹治は言いながら、上着の内ポケットに手を滑らせた。

超小型ＩＣレコーダーの録音スイッチを押す。ＩＣレコーダーはマッチ箱ほどの大きさだが、集音能力はきわめて高い。

「何者なんだ、てめえは！」

「まだ質問に答えてないぜ。二人のボディーガードは車の中なんだなっ」

「そうだよ。てめえ、おれが関東義友会の理事だってことを知ってやがるのか！」

「ああ、知ってる。居間まで来てもらおうか」

「狙いは何なんだっ」

権藤が怒鳴りながら、陶製の傘立てに腕を伸ばした。女物の傘で応戦する気になったらしい。

丹治は庖丁を左手に持ち替え、上着のポケットから催涙スプレーを摑み出した。ボタンに指を掛けたとき、権藤が傘の先を向けてきた。槍《やり》を持つような構えだった。

丹治は催涙スプレーのボタンを押した。

黄ばんだ噴霧《ふんむ》が権藤の顔面を直撃した。権藤が呻いて、棒立ちになった。

丹治は理奈を横に払いのけ、権藤の迫《せ》り出した腹に庖丁の切っ先を突きつけた。

「傘を捨てろ」

「おれをどうするつもりなんだっ」

権藤は傘を足許に投げ捨て、腫《は》れぼったい上瞼《うわまぶた》を擦った。

「喚《わめ》くな」

「くそったれ」

「騒ぐと、あんたの腸《はらわた》を抉《えぐ》っちまうぜ」

丹治は語気を強めた。権藤が悔しげに舌を打ち鳴らした。

刃物で脅しながら、権藤と理奈を居間まで歩かせる。

「くそっ、目が見えねえ」

権藤は手探《てさぐ》りで歩きながら、苛立《いらだ》たしそうに喚《わめ》いた。理奈が権藤の腕を取った。

丹治は権藤を居間の床に這わせた。

ウッディフロアだった。色は焦茶《こげちゃ》で、光沢があった。理奈は長椅子《ながいす》に坐らせた。

丹治は腰を屈《かが》め、権藤の体を検《しら》べた。拳銃も刃物も所持していなかった。

「何を考えてやがるんだっ」

権藤が悪態《あくたい》をついた。

丹治は、権藤の太い首に寝かせた庖丁を寄り添わせた。権藤の全身が強張《こわば》る。

「末永淳の居所を吐いてもらおう。どこに監禁してるんだっ」

丹治は声を張った。

「誰なんだ、その野郎は？」

「時間稼ぎはさせねえぞ。あんたが九仁会の中島組の組長とつるんで、『蛇頭《スネークヘッド》』に協力してることはわかってんだ」

「九仁会？　中島組だって⁉」

「末永に危《ヤバ》いとこを見られたんで、あんたは彼を組員に拉致させた。違うかっ」

「なんの話をしてやがるんだ？　おれには、さっぱりわからねえな」

権藤が丸っこい鼻を鳴らした。

丹治は庖丁を押し当てたまま、上着の左ポケットから、剣山《けんざん》を取り出した。権藤が頭をこころもち浮かせた。

丹治は何も言わずに、剣山で権藤の後頭部を打ち据えた。

だいぶ加減したつもりだった。それでも、権藤は凄《すさ》まじい悲鳴をあげた。

体を左右に振りながら、痛みを訴えた。整髪料で固めた頭髪が、吹き出した鮮血で濡れはじめた。

「世話を焼かせると、あんたの頭は穴だらけになるぜ」

「くそっ」

「まだ粘る気らしいな」

丹治は、ふたたび剣山を振り上げた。すると、権藤が体の片側を浮かせた。

「やめろ！　末永って奴を組の若い奴らに博多駅で押さえさせたことは押さえさせたよ」

「やっぱり、そうか」

「末永って野郎は、中国人の密航者が上陸してるとこや倉庫に隠れてるとこを盗み撮りしやがったんだ。それから奴は、東シナ海での洋上取引のことも嗅《か》ぎ回ってるようだったからな」

「洋上取引というと、麻薬の密輸だな。あんたは『三合会《サムハップウィ》』に協力する見返りとして、覚醒剤を回してもらってたんだろう?」

丹治の問いに、権藤は答えなかった。肯定の沈黙だろう。

東シナ海は〝密輸銀座〟と呼ばれている。

一九八〇年代末までは、日本に密輸された覚醒剤の七割が韓国ルートのものだった。しかし、海上保安庁と警察の水際作戦によって、そのルートは断たれた。

それに代わって、台湾ルートで持ち込まれる覚醒剤が激増した。

その多くは台湾マフィアが中国の福建省や広東省から入手し、日本の暴力団に転売したものだ。一回の取引量が百五十キロ前後という大口が多い。

台湾マフィアたちは中国大陸で只《ただ》同然の値で手に入れた覚醒剤をキロ四百万円から七百万円で日本の暴力団に卸している。

これほど旨味《うまみ》のある裏ビジネスは、めったにあるものではない。

そこで香港マフィアの『三合会《サムハップウィ》』も一九九〇年代に入ると、覚醒剤の密輸を手がけるようになったのだ。洋上取引の大半は沖縄諸島、宮古《みやこ》島、石垣《いしがき》島、西表《いりおもて》島、与《よ》那国《なぐに》島などの沖合で行われている。

「末永は証拠写真の画像データのありかを喋《しゃべ》らなかったようだな。それで、あんたは末永のマンションを家捜《やさが》しさせた。そうだなっ」

「家捜しなんかさせてねえよ」

「もう末永を殺《や》っちまったのか？」

丹治は訊いた。

「始末するつもりで企業舎弟《フロント》の建材会社の倉庫に放り込んどいたんだが、何者かに連れ去られちまったんだ」

「もう少し説得力のある嘘をつくんだな」

「ほんとの話だって」

権藤が訴えるように声を高めた。外耳の上側が血で汚れていた。

「きみは寝室に戻ってろ」

丹治は理奈に命じた。

「え、どうして？」

「いいから、言われた通りにするんだっ」

「わかったわ。でも、パパにあまりひどいことをしないでね」

理奈が長椅子から立ち上がり、奥の寝室に足を向けた。くりくりと動くヒップが愛らしかった。

丹治は庖丁の刃先を権藤の首筋に垂直に立てた。

「末永が何者かに連れ去られただと？　ふざけるなっ」

「嘘じゃねえ。同じことを何度も言わせるねえ」

権藤が憤《いきどお》ろしげに言った。

丹治は唇をたわめ、ふたたび剣山で権藤の頭を殴打《おうだ》した。今度は手加減しなかった。

権藤が長く唸って、両手で頭を抱えた。すぐに指の間から、鮮血が噴《ふ》いた。

「まだ空とぼける元気があるかな？」

「末永って野郎は、本当に一昨日《おととい》の晩に正体不明の二人の男たちに……」

「倉庫に見張り《シキテン》がいたはずだ」

「ああ、二人な。しかし、そいつらは二人組に棍棒《こんぼう》で殴り倒されちまったんだよ。組の二人が気絶してる隙に、二人組は末永を連れ去ったって話だった」

「二人組は、どんな連中だったんだ？」

丹治は問いかけた。権藤が作り話をしているとは思えなくなってきたからだ。

「二人ともフランケンシュタインのゴムマスクを被《かぶ》って、ひと言も喋らなかったそうだ。それから、リーダー格の奴は自動拳銃を持ってたらしいよ。堅気《ネス》じゃねえな」

「その二人組に心当たりは？」

「ひょっとしたら、『三合会《サムハップウィ》』が大事をとって、おれより先に末永を消す気になったのかもしれねえな。奴らは万事に仕事が速《はえ》えんだ」

「『三合会《サムハップウィ》』の東京のアジトは、新宿区役所の並びにある漢方薬の店だな？」

「なんだって、そんなことまで知ってやがるんだ⁉」

権藤が甲高《かんだか》い声を発した。

「どうなんだっ」

「あそこは、今夜かぎりで使わないことになったと言ってた。連中のアジトは、しょっちゅう変わるんだよ。台湾マフィアの『四海幇《スーハイパン》』や『竹連幇《ツーレンパン》』の末端の者が、香港の『三合会《サムハップウィ》』の動きを警戒してるからな」

「歌舞伎町には台湾マフィアが二百人前後いるらしいが、香港マフィアはどのくらい潜伏してるんだ？」

丹治は訊いた。

「三、四十人ってとこだな」

「そいつらを束《たば》ねてる奴の名前は？」

「それは、ちょっと言えねえな」

権藤が言った。丹治は黙って、庖丁の先に少し力を込めた。

「待ってくれ。汪徳河《ワンタクホー》って奴だよ。都内のホテルを転々としてるらしくて、こっちから連絡はつかねえんだ。いつも汪《ワン》のほうから、おれんとこに連絡してくるんだよ」

「汪《ワン》って奴の行きつけの店ぐらいは知ってるはずだ」

「あいつは日本の回転寿司屋が面白いらしくて、歌舞伎町のその種の店にはちょくちょく顔を出してるみてえだぜ」

「汪《ワン》の特徴は？」

権藤が頭の傷を気にしながら、しかめっ面《つら》で答えた。

「頭の真ん中が禿《は》げ上がってて、横っちょの毛しか残ってねえんだ。四十一、二歳だよ。それから、右手の甲に龍の刺青《いれずみ》を入れてるな」

「汪《ワン》はボディーガードを連れて歩いてるんだろう？」

「ああ。郴《チェン》とかいう二十八、九の男を連れてる」

「そうか」

「汪《ワン》に、おれの名前は出さねえでくれよな。奴ら、裏切り者は平気で殺《や》っちまうんだ」

「安心しろ。あんたの名は絶対に出さない」

丹治は言った。むろん、単なる口約束にすぎない。場合によっては、いつでも約束は破るつもりだった。

「頼むぜ。そりゃそうと、理奈が裸だったけど、まさか突っ込んだんじゃねえだろうな？」

権藤が不安そうな目で問いかけてきた。

「指一本触れちゃいないよ。逃げられないように素っ裸にしただけだ」

「ほんとだな？」

「疑ってるんだったら、おれのシンボルを嗅《か》がせてやってもいいぜ」

「冗談じゃねえ」

「あんた、おれの正体を探《さぐ》ろうなんて考えないことだな。おれは、あんたの弱みを押さえてるんだ」

丹治は上着の内ポケットから超小型ＩＣレコーダーを取り出し、停止ボタンを押した。

権藤が半《なか》ば塞《ふさ》がった瞼を剥《む》いた。丹治は足で権藤を仰向けにさせ、催涙スプレーを勢いよく顔面に噴きつけた。

権藤が声をあげながら、床を転げ回りはじめた。

丹治は玄関に向かった。白いシューズボックスの上に万能庖丁、剣山、催涙スプレーを置き、悠然と部屋を出た。

4

満腹だった。

ベルトを緩《ゆる》めたい気分だ。五軒目の回転寿司屋だった。

丹治はビールを飲みながら、寿司を摘《つま》んでいた。

皿の色によって、値段は異《こと》なる。安いだけあって、寿司種《だね》はあまりよくない。シャリも大きすぎる。

丹治は午後一時過ぎから、歌舞伎町界隈《かいわい》の回転寿司屋を回りはじめた。一軒に一時間近くいたが、昨夜、権藤が話していた香港マフィアを見かけることはなかった。

すでに午後六時を過ぎていた。

この店はさくら通りにある。キャバクラのボーイや風俗嬢たちがカウンターに並び、思い思いに安い寿司を頬張っていた。

二十皿近く積み上げている者も少なくない。カウンターは八割方、客で埋まっていた。

店の従業員に探《さぐ》りを入れるのは賢《かしこ》いやり方ではないが、ちょっと訊いてみよう。

丹治は煙草に火を点け、視線を巡《めぐ》らせた。

三十歳前後の寿司職人が少し離れた場所で生姜《しょうが》を小さな容器に詰めていた。

「そっちの新鮮な生姜《ガリ》を喰《く》いたいんだがな」

丹治は職人に声をかけた。

職人はちょっと厭《いや》な顔をしたが、新しい生姜《しょうが》の詰まったプラスチック容器を持ってきた。

「わがまま言って、悪いな」

「いいえ」

「ちょっと教えてもらいたいことがあるんだ。この店に、香港人の客がよく来てるんじゃないの？　手の甲に刺青をした頭髪の薄い四十男なんだが」

丹治は低い声で訊いた。

「その方でしたら、三日に一度は来てますよ」

「いつも何時ごろ来てるんだい？」

「たいてい、いま時分ですね。あのう、警察の方でしょうか？」

職人の顔に、不安と好奇の色が入り混じった。

「いや、雑誌記者だよ。新宿好きの外国人を特集記事で紹介しようって企画があるんだ」

「そうなんですか」

「よく来るという香港の人は、汪徳河《ワンタクホー》さんだろう？」

「お名前まではちょっとわかりません」

「その彼は、いつも独《ひと》りで店にやってくるのかな？」

「いいえ、二十七、八歳の男と一緒です。その方も香港の人みたいですよ」

「なら、やっぱり、汪《ワン》さんだろう。どうもありがとう」

丹治は礼を述べた。

職人は古い生姜の容器を摑み上げ、流し台の前に戻った。

丹治は煙草の火を揉み消し、新鮮な生姜を舌の上に乗せた。少々、酸味が強い。

ビールで酸味を薄めたとき、二人の男が店に入ってきた。

片方は四十年配で、頭頂部がすっかり禿げ上がっている。連れの男は細身で、三十歳そこそこだ。

二人が交わした短い言葉は日本語ではなかった。汪徳河《ワンタクホー》と郴《チェン》だろうか。

丹治は二人の動きを目で追った。

好都合にも男たちは、丹治の右斜め前に腰かけた。カウンターの向こう側だ。背筋を伸ばせば、ベルトコンベアの上の寿司皿は視界の妨《さまた》げにはならない。

ただ、男たちの会話までは聴こえない。話が耳に届いたとしても、広東語《カントン》ではお手上げだ。

丹治はビールを傾けながら、二人の様子をうかがった。

年嵩《としかさ》の男はセルフサービスの茶を淹《い》れると、鯖《さば》の皿を摑み上げた。

丹治は、男の右手の甲を見た。

龍の彫《ほ》りものが施《ほどこ》されていた。汪《ワン》にちがいない。

汪と思われる男は鮪《まぐろ》や帆立《ほたて》なども食べたが、若い連れは海老《えび》と穴子《あなご》しか口に運ばなかった。生ものは苦手なのだろう。

男たちはちょうど十皿ずつ積み上げると、腰を浮かせた。支払いをしたのは、若い男のほうだった。

丹治は急いで勘定を済ませ、二人の男を尾行しはじめた。

男たちはゲームセンターやポルノショップを覗き、大久保一丁目方面に向かった。のんびりとした歩き方だった。

丹治は通行人を装いながら、二人を注意深く追った。

男たちが吸い込まれたのは、九階建てのビルだった。大久保通りから、数百メートル奥に入った辺《あた》りだ。

二人は馴《な》れた様子でエレベーターに乗り込んだ。

丹治はホールまで走り、エレベーターの停まった階を確認した。六階だった。

ホールの壁に、テナント名が表示されている。馴染《なじ》みのない社名ばかりだった。公認会計士や弁護士の事務所も幾つかあった。

丹治は六階に上がった。

エレベーターホールの脇に、広い踊り場があった。そこにたたずみ、時間を遣《や》り過ごす。

このフロアには、八つのオフィスがあった。

数十分後、中ほどの事務所から例の二人組が姿を見せた。丹治は身を潜《ひそ》めながら、その事務所のプレートを読んだ。

帝都《ていと》経済研究所という文字の下に、黒沼賢吾《くろぬまけんご》事務所と記《しる》されていた。下の文字は階下のプレートには出ていなかった。

——面白い展開になってきたな。

丹治は胸底で呟いた。

五十八歳の黒沼賢吾は大物総会屋だった。裏社会では、かなり悪名が轟《とどろ》いていた。黒沼は謎だらけの人物だが、十年以上も前から大企業の用心棒として知られていた。丹治は写真で黒沼の顔は知っていた。獅子《しし》のような面相《めんそう》だった。

総会屋には、二つのタイプがある。

企業側に雇われ、株主総会をスムーズに進行させる〝与党派〟と企業の不正や弱点を声高《こわだか》に非難して株主総会を混乱に陥《おとしい》れる〝野党派〟だ。

もっとも双方は、裏で手を結んでいる場合が多い。株主総会の揉め事は、たいがい演出されたものだ。

反目《はんもく》し合っていた両派に知恵をつけ、総会屋の結束を強めたと言われているのが黒沼である。

一部上場企業の大半が何らかの形で、黒沼の世話になっているはずだ。〝与党派〟

のボスである黒沼に対抗できる〝野党派〟はいなかった。

しかし、最近は少し事情が違ってきた。一匹狼の総会屋が狂暴化し、黒沼の睨《にら》みは利《き》かなくなっている。

捨て身になった一匹狼たちは黒沼の説得に耳を傾けず、狙いをつけた企業をとことん脅迫するようになった。協賛金を出し渋る企業が出てくると、重役を見せしめに殺す総会屋まで現われた。

そうした撥《は》ねっ返りを抑《おさ》えきれなくなって、黒沼は総会屋稼業に見切りをつける気になったのだろうか。事務所に香港マフィアが出入りしていることを考えると、大物総会屋は麻薬から銃器の密輸に手を染めはじめているのかもしれない。

二人の男がエレベーターに乗った。

丹治は階数表示ランプが下《さ》がりはじめたのを見届けてから、階段を一気に駆け降りた。一階ロビーに達したとき、ちょうど男たちが表に出ようとしているところだった。

丹治はふたたび二人組を尾行する気になった。

男たちはビルを出ると、歌舞伎町の方に引き返しはじめた。

丹治は、いささか焦《じ》れてきた。一刻も早く二人組を締め上げ、手がかりを得たかった。しかし、まさか往来で男たちに襲いかかるわけにはいかない。

もどかしさを感じながら、尾《つ》けつづける。

男たちは、歌舞伎町二丁目にある台湾クラブに入っていった。間口《まぐち》の狭い店だった。十数年前まで、歌舞伎町には夥《おびただ》しい数の台湾クラブがあった。

しかし、いまは軒数が五分の一に減っている。自国の経済が復興すると、ホステスや台湾マフィアは次々に故国に帰ってしまったからだ。

それと入れ代わるように、香港マフィアが増えた。さらに中国本土から、福建《フジエン》マフィア、北京《ペキン》マフィア、上海《シャンハイ》マフィアなどが不法入国してきた。青竜刀などを振り回して勢力争いをしているのは、彼ら中国人マフィアだ。

二人が台湾クラブに入ったことが解《げ》せない。香港マフィアと台湾マフィアは仲が悪いことで知られていた。

丹治は店には入らなかった。

限られたスペースに留《とど》まっていると、どうしても二人組の目についてしまう。

犯罪のプロたちは、押しなべて警戒心が強い。店の裏口からでも逃げられたら、腹立たしい思いをすることになる。

丹治は暗がりにたたずみ、セブンスターに火を点けた。ふた口ほど喫《す》ったとき、斜め前の台湾クラブから客引きの若い男が走り寄ってきた。台湾人のようだった。

「社長さん、うちの店、いいよ」

「おれは、ここで連れを待ってるんだ」

「お連れさん、男性か？」

客引きの日本語は、たどたどしかった。

「そうだが……」

「それなら、二人でうちの店に来る。台北《タイペイ》から来たばかりの女の子たち、みんな、日本の男が好き。三万円で店外デートするよ。女の子たち、ホテル行くね。サービスいいよ」

「今度にしよう」

「その今度、ほんとじゃないね。早くお店入ろう」

「しつこいぞ。失《う》せやがれ！」

丹治は眉根を寄せ、腕を取りかけた客引きの顔の前に煙草の火を突き出した。

客引きが跳《と》びのいた。丹治は短くなった煙草を足許《あしもと》に落とし、靴の底で踏みつけた。

そのすぐ後だった。

両側から、二つの人影が飛び出してきた。香港マフィアの二人だった。どちらも表情が険《けわ》しい。

丹治は両肘を使って、男たちの顔面を弾《はじ》こうとした。

一瞬、遅かった。肘打ちを浴びせる前に、丹治は両脇腹に固い物を押し当てられた。

銃口だった。感触で、すぐにわかった。

「おまえ、一緒に来る。よろしいか？」

汪《ワン》と思われる中年男が、片言の日本語で言った。

「人違いじゃないのかい？」

「それ、違う。おまえ、おれたちを尾行してた」

「気づいてやがったか」

丹治は肩を小さく竦《すく》めた。

男たちが同時に銃口を強く押しつけ、顎《あご》をしゃくった。歩けという意味だろう。

その気になれば、逃げられないこともない。

だが、丹治はわざと敵の手に落ちることにした。多少の危険はあっても、新たな手がかりが欲しかった。

若いほうの男が丹治の肩を押した。

丹治は歩きはじめた。二人組は寄り添うように両側を固めた。二つの銃身は巧《たく》みに隠されていた。

連れ込まれたのは、大物総会屋の事務所だった。黒沼賢吾の姿はなかった。事務所は、それほど広くない。スチール製のデスクが四卓あるきりだ。

奥に応接室らしい部屋があった。

そこに三十七、八歳の男がいた。眉の際《きわ》に、小豆大《あずきだい》の疣《いぼ》がある。きちんとした身なりをしているが、どことなく胡散《うさん》臭い。中肉中背だった。

「何者だ？」

疣のある男が総革張《そうかわば》りの黒い長椅子から立ち上がり、つかつかと歩み寄ってきた。

丹治は薄く笑って、言い返した。

「他人《ひと》に何かを訊く場合は、まず自己紹介する。それが礼儀ってもんだろうが」

「負けん気が強いようだな。わたしは黒沼賢吾の秘書だ」

「ついでに、名前も教えてくれ」

「中井《なかい》、中井将也《まさや》だ。あんたの名は？」

「忘れちまったよ」

「いい度胸してるな。気に入ったぜ」

中井が言いざま、ボディーブロウを放ってきた。

丹治は反射的に腹筋に力を込めた。ダメージは小さかった。

鍛《きた》え抜いた筋肉は、驚くほど強固なものだ。筋肉を自《みずか》ら引き締めることによって、かなりの衝撃に耐えられる。

「暴《あば》れるなよ」

大物総会屋の秘書と称した男が、丹治のポケットをことごとく探《さぐ》った。

丹治は平然としていた。身分のわかるようなものは何も持っていなかった。

運転免許証は、新宿駅の近くの有料駐車場に預けてあるジープ・チェロキーの中だった。名刺やカードの類《たぐい》もグローブボックスの中に入っている。

中井が二人組に目配せした。

丹治は隣の小部屋に連れ込まれた。木製の椅子があるだけで、ほかには何もない。七・五畳ほどのスペースだ。

丹治は椅子に坐らされた。

ピアノ線のような針金で、体を椅子に括《くく》りつけられた。両方の脚は、椅子の脚部に縛りつけられた。

「日本語をマスターしきってない二人は、香港の『三合会《サムハップウィ》』のメンバーだな。薄毛のおっさんが汪徳河《ワンタクホー》、若いのが郴《チェン》だろ？」

「そこまで調べ上げてたのか⁉」

中井が少しうろたえ、急に小部屋から出ていった。何かを思いついたらしい。

二人の香港マフィアも驚きを隠さなかった。

郴《チェン》が丹治の前に回り込み、リボルバーの撃鉄《ハンマー》を搔《か》き起こした。コルトコマンド・スペシャルだった。アメリカのシークレットサービス要員が携行している輪胴型拳銃だ。

「おれたちの名前、誰から聞いた？」

「さあ、誰だったかな」

「九仁会の中島組か？　それ、違うなら、関東義友会だなっ」

「あんまり頭がよくねえな。それじゃ、わざわざ仲間のことを教えてくれたようなもんだぜ」

「ふざけるの、よくない」

「助詞が抜けてるぞ。もう少し真剣に日本語を勉強したほうがいいな」

丹治は嘲笑《ちょうしょう》した。

梛《チェン》が逆上し、だしぬけに細身の体を回転させた。

閃光《せんこう》のような回し蹴りだった。空気が烈《はげ》しく縺《もつ》れ合う。

丹治は椅子ごと床に転がった。筋肉を突っ張らせる余裕はなかった。痛みは骨まで響いた。

長く唸ったとき、今度は肩口を強く蹴られた。丹治は故意に体を傾けた。蹴りのパワーを殺《そ》ぐためだった。体が一回転し、横臥《おうが》に近い恰好になった。

梛《チェン》の動きは直線的で、きわめて鋭角的だった。

その分、スピードがあった。どうやら中国拳法の形意拳《けいいけん》を心得ているようだった。

形意拳は、中国拳法の中でも最も伝統のある武術だ。捨て身の技が多く、パワーと速度は群を抜いていた。

「誰、喋った？　それ、早く言う！」

汪《ワン》が目を攣《つ》り上げ、S&W《スミスウエッソン》のM469の銃口を丹治の額に押し当てた。

鋼《はがね》の感触は冷たかった。九ミリ弾を十二発も装弾可能の自動拳銃だ。命中率もきわめて高い。

「関東義友会の権藤が監禁してた末永淳を連れ去ったのは、おまえらなんだろ?」

「なんの話? わからないね」

「フランケンシュタインのゴムマスクを被った二人組に、末永を始末させたのかっ」

「……………」

「黒沼賢吾も『三合会《サムハップウィ》』の取引相手だったとはな。総会屋は覚醒剤でも買い付けてるのか?」

「おまえ、頭おかしい。話、ちっともわからない」

「まあ、いいさ。そのうち、てめえらの悪巧《わるだく》みを暴《あば》いてやる」

丹治は言い放った。

そのとき、中井が戻ってきた。キルティングの鍋摑《なべつか》みを右手に嵌《は》め、琺瑯《ほうろう》の青いマグカップを持っていた。

マグカップから、刺激臭の強い煙が立ち昇っている。中身は硫酸《りゅうさん》のようだ。

「そいつを起こせ」

中井が二人組に命令した。

汪《ワン》と郴《チェン》が、二人がかりで丹治を摑み起こした。中井がにやつきながら、摺《す》り足で接近してきた。

「刑事じゃなさそうだな。何者なんだ？」

「ただの風来坊さ」

丹治は言った。

中井が立ち止まるなり、マグカップを傾けた。次の瞬間、丹治のスラックスが煙を吐いた。

左の太腿《ふともも》あたりだった。たちまち布地は焼け、肉も焦《こ》げた。

丹治は身を捩《よじ》って、呻き声を放った。

焼け爛《ただ》れた皮膚の臭《にお》いが鼻先を掠《かす》める。吐き気を催すような悪臭だった。

「意地を張ると、損だよ」

「サディストめ！」

「こんな残酷なことはしたくないんだがね」

中井が歪《ゆが》んだ笑《え》みを拡《ひろ》げ、またもやマグカップを傾けた。

硫酸らしい液体が白煙を吐きながら、今度は右の大腿部《だいたいぶ》に滴《したた》り落ちてきた。とっさに丹治は右脚を動かしたが、躱《かわ》すことはできなかった。

グレイのスラックスが紙のように捲《めく》れ、体毛も皮膚も焼け縮れた。

丹治は奥歯をきつく噛みしめ、必死に声を殺した。痛みと熱さで、意識がぼやけそうだ。

「いい加減に喋ってくれよ」

「何も言うことはねえな」

「しぶとい奴だ。それじゃ、男のシンボルを焼いてやろう」

中井がそう言い、右腕をぬっと突き出した。

丹治は腰を発条《ばね》にして、背を大きく反らせた。椅子が後ろに傾いた。すかさず丹治は、体を右に捻《ひね》った。

椅子が斜めになりながら、ゆっくりと倒れる。

丹治は左の靴の先で、マグカップを蹴り上げた。カップの中の液体が大きく波立ち、飛沫《しぶき》が跳《は》ねた。

丹治は椅子ごと倒れた。

その瞬間、中井が短い悲鳴を発した。布地の焦げる臭《にお》いがし、マグカップが床に落ちる音も聞こえた。

床から煙が立ち昇りはじめた。

汪《ワン》と郴《チエン》が奇声を発し、ほぼ同時に、跳《と》びのいた。中井は右腕をさすりながら、足踏みをしている。火傷《やけど》がひどいようだ。

白い煙幕は天井まで達していた。硫酸と思われる液体は、丹治の倒れている場所までは流れてこなかった。

「この男、撃《う》つか？」

汪《ワン》が中井に声をかけた。

「いや、ここで殺すのはまずいな。どこか違う場所で始末してくれ」

「オーケー」

「証拠を残すなよ」

中井が言い置き、そそくさと小部屋を出ていった。おおかた、火傷した箇所を水で冷やす気になったのだろう。

丹治は、二人の香港人に椅子ごと抱え起こされた。

郴《チェン》が汚れたハンカチを丸め、丹治の口の中に突っ込んだ。さらに布製の粘着テープで口を塞《ふさ》がれる。汪《ワン》は拳銃の銃口を丹治のこめかみに押し当て、にやにやと笑っていた。

丹治はいったん縛《いまし》めを解かれたが、すぐに後ろ手に縛られた。

口許には、白い大きなマスクを掛けられた。粘着テープは見えなくなったにちがいない。

丹治は二人組に背を押され、殺風景な小部屋を出た。

思った通りだった。腕捲《うでまく》りした中井が、水道の水で右腕を冷やしていた。

丹治は事務所から小突《こづ》き出され、エレベーターに乗せられた。不運にも人の姿はなかった。

エレベーターは地下の駐車場まで降下した。

丹治は、年式の旧《ふる》いクラウンのリア・シートに押し込まれた。車体の色は象牙《ぞうげ》色だった。

郴《チェン》がステアリングを握った。

汪《ワン》は少し迷ってから、丹治のかたわらに乗り込んできた。自動拳銃を握ったままだった。

クラウンが走りだした。

AT車だった。百人町と北新宿を抜け、山手《やまて》通りを右に折れる。そのまま池袋方面に進み、中山道《なかせんどう》に入った。

——おれを人里離れた場所で始末する気だな。

丹治はそう思った。

恐怖は覚えなかった。パニックにも陥らなかった。これまで数えきれないほど死と直面させられてきた。そのつど、なんとか切り抜けてきた。そうした体験が、漠とした自信を生んでいた。

クラウンは戸田橋《とだばし》の袂《たもと》で、左に曲がった。東京側だ。荒川の土堤《どて》に沿って、しばらく走った。時速五十キロ前後のスピードだった。汪《ワン》たちは急ぐことで怪しまれるのを警戒しているのかもしれない。

やがて、埼玉県に入った。

鴻巣市《こうのす》を通過し、クラウンは熊谷市の大里村に達した。荒川大橋を越えた先で、突然、河川敷《かせんしき》に降りた。

あたりは真っ暗だった。

河原には葦《あし》が生《お》い繁《しげ》り、人っ子ひとりいない。川面《かわも》もおぼろだった。対岸のゴルフ場の林が影絵のように見えた。

「おまえ、降りる」

汪《ワン》が丹治側のドアを開け、M469の銃口を脇腹に押しつけてきた。

丹治は素直に降りた。川から風が吹きつけてきた。汪《ワン》につづき、郴《チエン》も車から降りた。

郴《チエン》はガソリンの入ったポリタンクを提《さ》げていた。リボルバーをベルトの下に差し込み、タンクのキャップを外した。

——おれを人間バーベキューにする気か。そうはさせねえぞ。

丹治は後ろ回し蹴りで郴《チエン》を倒し、汪《ワン》の拳銃を蹴り飛ばした。

同時に身を翻《ひるがえ》し、荒川まで突っ走った。火傷を負った箇所が、ひりひりと痛んだ。

縛られた手首も疼《うず》いた。

両手を振れないから、速くは走れない。それでも丹治は全力で駆けた。汪《ワン》たちが広東語で喚《わめ》きながら、懸命に追ってきた。

二人とも発砲はしてこなかった。河原には人気《ひとけ》はなかったが、山奥ではない。むやみに拳銃は使えないはずだ。

丹治は走りながら、手首の関節を捩《ねじ》ってみた。

イギリスの危機管理コンサルタント会社でアシスタント・スタッフをしている時分に、縄抜けの術を教わっていた。しかし、極細《ごくぼそ》の針金は少しも緩《ゆる》まなかった。

後ろの足音が次第に迫ってきた。

荒い息遣《いきづか》いも聞こえる。丹治は川縁《かわべり》伝いに上流に向かった。

疾駆《しっく》しながら、舌の先で詰められたハンカチを押す。同じことを何度か繰り返すと、団子《だんご》状になった布地がわずかに動いた。

息苦しさに耐えながら、舌を思いきり伸ばした。すると、粘着テープの片側が剥《は》がれた。

丹治は、さらに舌を伸ばした。

唾液に塗《まみ》れたハンカチが口の中から転がり落ちた。舌の先で粘着テープを唇から遠ざけ、マスク越しに空気を深く吸い込む。

呼吸が少し楽になった。

肺に酸素を溜め込み、今度は歯と唇でマスクをずらす。何度か失敗したが、マスクがうまい具合に顎《あご》に引っかかった。

ようやく息がつけるようになった。

丹治は空気を充分に吸い込み、川の中に入った。少し歩くと、川底が急に深くなった。水で、火傷の痛みがいくらか弱まった。

丹治は古式泳法の立ち泳ぎで体を支えた。

流れは割に速《はや》い。汪《ワン》と郴《チェン》が焦り、相前後して銃口炎《マズル・フラッシュ》を瞬《また》かせた。オレンジ色がかった赤い炎は、火の玉のようだった。

放たれた銃弾は、ほとんど同時に川面を叩いた。夜目《よめ》にも水飛沫《みずしぶき》は白かった。

丹治は流れに身を委《ゆだ》ね、敵の動きを冷徹に眺めた。

二人の香港マフィアは、それぞれ数弾ずつ撃ってきた。

着弾音は、どれも遠かった。丹治は水の中に潜《もぐ》る必要もなかった。

「誰か一一〇番してくれ！」

突然、川辺で年配の男の声が叫んだ。どうやら夜釣りをしていた者がいたらしい。

汪《ワン》たちはその声に驚き、慌《あわ》ててクラウンの方に駆け戻っていった。

丹治は背泳の姿勢になり、両脚で水を蹴った。

上半身が幾度か沈みそうになったが、なんとかバランスは保《たも》てた。頭を岸辺に向け、脚を動かしつづけた。

やがて、深みから浅瀬に出た。丹治は川から這い上がり、繁みの中に隠れた。水を吸った衣服が重かった。いつの間にか、マスクは外れていた。

ふと土堤《どて》に目をやると、見覚えのある車がフルスピードで走っていた。

——香港マフィアも、たいしたことねえな。

丹治はせせら笑い、改めて手首の関節を動かしはじめた。

数分経《た》つと、急に針金に緩《ゆる》みが生まれた。それからは呆気《あっけ》なく抜けた。

両手首には、十本近い溝が彫り込まれていた。ところどころ血がにじんでいる。

川の水で冷やしたからか、両脚の火傷はかなり楽になっていた。少し足を引きずるだけで歩けそうだ。

こんな姿では、新宿まで乗せてくれるタクシーが見つかるかどうか。

丹治は立ち上がって、土堤をめざした。

歩くたびに、靴の中で水の音がする。土堤伝いに荒川大橋まで歩くつもりだった。

第三章　新たな疑惑

1

コーヒーが沸《わ》いた。

丹治は喫《す》いさしの煙草の火を消し、ダイニングテーブルから離れた。もうじき正午だ。

目覚めたのは数十分前だった。

腿《もも》の火傷は、もうほとんど痛まない。昨夜、帰宅するなり、化膿《かのう》止めの軟膏《なんこう》を患部に塗っておいたおかげだろう。

荒川大橋の袂《たもと》で空車を拾えたのは、車道の端に立ってから四十分後だった。案の定《じょう》、タクシー運転手はずぶ濡《ぬ》れの丹治を見て、露骨に迷惑そうな顔をした。

丹治は新宿までの料金の倍額を払う約束で、強引にリア・シートに乗り込んだ。濡れた衣服のまま、有料駐車場で自分の車の運転席に入った。そして、まっすぐ帰宅したのだ。

丹治はコーヒーメーカーのコーヒーをマグカップに注《そそ》いだ。

ミルクも砂糖も入れなかった。いつもブラックで飲んでいた。

丹治はマグカップを持って、リビングソファに腰を下ろした。

起きて間《ま》がないせいか、食欲はなかった。熱いコーヒーをひと口啜《すす》って、コーヒーテーブルの上の遠隔操作器《リモート・コントローラー》を摑《つか》み上げる。

チャンネルをＨＮＫテレビに合わせると、ニュースが報じられていた。

国会関係のニュースだった。それが終わると、見覚えのある街並が画面に映し出された。

新宿区役所通りだった。大映しにされたのは、無惨に爆破された漢方薬専門店だった。

男のアナウンサーがニュース原稿を読みはじめた。

「昨夜十一時半ごろ、東京・新宿歌舞伎町にある漢方薬専門店に一発の手榴弾《しゅりゅうだん》が投げ込まれ、居合わせた香港《ホンコン》出身の男性五人が死亡しました。パスポートなどの所持品から亡くなられたのは、次の方たちと思われます」

画面が変わり、五人の氏名が並んだ。

その中に、汪徳河《ワンタクホー》と郴《チェン》の名もあった。

——あの二人はおれを殺《や》り損なったんで、大物総会屋の配下に葬《ほうむ》られたんじゃないのか。

　丹治は画面を凝視した。

　現場の映像が消え、中年のアナウンサーの顔がアップになった。

「警察の調べによると、二人組の犯行の模様です。いずれも年齢不詳の男で、フランケンシュタインのゴムマスクを頭からすっぽりと被《かぶ》っていました。男たちは犯行後、用意してあった黒塗りの乗用車で逃亡しました。車のナンバーなどはわかっていません」

　また、画面が変わった。映し出されたのは、青い海原《うなばら》だった。

　海上保安庁の巡視船とビーチクラフトが交互に画面に映し出された。航空自衛隊や海上自衛隊の機影も見えた。大きな海難事故があったようだ。

　丹治は身を乗り出した。

「きょう未明、航空自衛隊のF－15Jイーグル戦闘機が飛行訓練中にエンジントラブルを起こし、波照間《はてるま》島の東《ひがし》海上数十キロ付近に墜落した模様です。この戦闘機は沖縄・那覇《なは》市の第八十三航空隊のもので、パイロットはひとりだけでした」

　アナウンサーが言葉を切り、すぐに言い継《つ》いだ。

「このパイロットは川平誉《かびらほまれ》一等空曹です。川平一等空曹は基地を飛び立って間もなく、無線で左エンジンの不調を訴え、その後、交信も絶えていました。僚機のパイロットが大きくバランスを崩した川平機を目撃していることから、墜落したものと思われます。川平パイロットの着衣の一部が海上で発見されましたが、まだ安否は確認されていません。機体も見つかっていません。関係者は、墜落機が深い海溝部に沈んだのではないかという見方を強めています。詳報が入りましたら、お伝えします」

またもや画像が変わった。

今度は、都内で発生した傷害事件のニュースだった。

――自衛隊の奴ら、少しぶったるんでるな。

丹治は密《ひそ》かに毒づいて、マグカップを口に運んだ。

航空自衛隊は、かつて四機種の戦闘機を装備していた。三菱F－1、マクダネル・ダグラスF－15J、F－4EJ、ロッキードF－104Jだ。最新鋭のF－15イーグルは、アメリカのマクダネル・ダグラス社が開発した戦闘機である。

この機は、格闘戦闘機《ドッグファイター》として製造された。強力なエンジンは双発型式で、安定した垂直上昇ができる。高価なチタンがふんだんに使われ、最大速度はマッハ二・五だ。空中戦には、もってこいの戦闘機である。ただし、一機百七億円と高い。国産のF－1の三倍以上の価格だ。

そこで、航空自衛隊は国内でのライセンス生産に踏みきった。三菱重工業が製造しているF－15Jイーグルが、それだ。ライセンス生産機には、ジャパンの頭文字の

Ｊが必ず入っている。ライセンス生産機は一機約三十億円だ。

高かったモデル機は姿を消し、このＦ－15Ｊイーグルが現在、主役の座を占めている。Ｆ－104Ｊは一九八六年三月に第一線を退《しりぞ》いている。現在は、三機種で日本の防空を担当しているわけだ。

――ライセンス生産機は安いといっても、およそ三十億円だ。損失は大きい。三十億もありゃ、思う存分にギャンブルが愉《たの》しめるのに。

丹治は何やら腹立たしくなってきた。

航空自衛隊は、この六月下旬にもＦ－15Ｊイーグルを失っている。宮崎県の第五航空隊所属の機が沖縄本島の北東沖の海中に墜落してしまったのだ。パイロットの遺体も機体の一部も、未《いま》だに回収されていない。

二機で約六十億円のマイナスだ。

丹治はそこまで考え、急に背筋に戦慄《せんりつ》を覚えた。

自衛隊機の墜落事故は、この二件だけではなかった。七月と八月の二カ月間に、陸上自衛隊の地上攻撃用ヘリコプターが三機、海上や山岳地帯で消息を絶っている。

いずれも、アメリカ製のベルＡＨ－ＩＳヒューイ・コブラだ。機体には敵の熱線追尾ミサイルを躱《かわ》す装置が設けられ、前方や下方からの攻撃を避けるために胴体部分は極端に薄く造られている。

七十ミリのロケット弾や対戦車ミサイルを搭載《とうさい》し、機首下面には三砲身のM197機関砲塔を持つ。敵伝播をキャッチするレーダー警報装置も優《すぐ》れ、ガナーの動きに連動して機関砲も自在に首を振る。

ベルAH－ISヒューイ・コブラの購入価格は一機二十四億円だ。三機で、七十二億円ということになる。墜落したF－15Jイーグル戦闘機二機分の六十億円を併《あわ》せれば、百三十二億円の巨額だ。

たった四カ月足らずの間に、五機も不審な墜落事故を起こしている。ただの偶然ではなさそうだ。

丹治は、そう直感した。

どう考えても、偽装事故臭い気がする。しかし、謎が解《と》けない。イーグル戦闘機やヒューイ・コブラを墜落したと見せかけ、どんな方法で張り巡らされたレーダー網を掻《か》い潜《くぐ》ったのだろうか。

ひと昔前のレーダーは、陸や海の反射波に邪魔され、目標の機を捕捉《ほそく》できないことがあった。

現に、旧ソ連空軍のミグ－25のパイロットが海面すれすれに飛行し、函館《はこだて》の上空に侵入した事件が起こった。日本の陸・海・空自衛隊は、そのことをレーダーでキャッチできなかった。同じ方法で、旧ソ連軍人が日本に亡命飛来したこともある。

そうした弱点を補うため、パルス・ドップラー方式が採用された。レーダー波には、パルス型と連続波型がある。パルス・ドップラー方式は両型をうまく組み合わせて、移動中の物体を確実に探し出す。

音波は遠のくと、低くなる。逆に音源が近づくと、高くなるわけだ。

このドップラー効果を応用した最新型のレーダーは、レーダー波を乱反射する海面や陸地の反射波の中に紛れ込んでしまった目標もたやすく探知できる。

消えたパイロットたちは、予《あらかじ》め基地のレーダーや僚機のレーダーを狂わせてから、離陸《テイク・オフ》したのだろうか。

——いや、そんなことは不可能だ。いまのレーダーシステムならコンピューターが誤作動《ごさどう》を自動的にチェックしてくれるにちがいない。

丹治は推測を打ち消した。

それでも一連の墜落事故に対する疑惑は消えなかった。何かとてつもない陰謀が水面下で進行しているのかもしれない。

自衛隊の一部の者がクーデターを謀《はか》るつもりなのか。それとも、発展途上の某国が甘い話で空自《くうじ》や陸自《りくじ》のパイロットを抱き込み、F-15Jイーグル戦闘機やベルAH-ISヒューイ・コブラを強奪させたのだろうか。あるいは、どこかの国の武器密売グループがパイロットたちを唆《そそのか》したのか。

どれも考えられない話ではなかった。

ただ、謎は依然として残った。墜落を装うことは不可能でも、戦闘機や地上攻撃用ヘリコプターがレーダー網を巧《たく》みに抜けられるとは思えない。それは至難《しなん》の業《わざ》だ。

何も焦《あせ》ることはない。いまの調査が片づいたら、じっくり考えてみるか。

丹治は自分に言い聞かせ、煙草をくわえた。

そのとき、部屋のインターフォンが鳴った。

敵か。体に緊張感が走った。

丹治はテレビのスイッチを切り、くわえたセブンスターを卓上に投げ捨てた。そっと椅子から立ち上がり、忍び足で玄関に進んだ。

息を詰め、ドア・スコープに片目を近づける。

訪ねてきたのは、未樹だった。枯葉色のパンツスーツを身につけていた。くびれたウエストが悩殺的だ。

丹治は急いでドア・チェーンを外し、シリンダー錠を捻《ひね》った。

未樹がドアを開け、のっけに言った。

「真っ昼間から鍵なんか掛けちゃって、どうしたの？　ベッドに裸の女の子でもいるのかな」

「何を言ってるんだ。少し前に起きたんだよ」

「そうだったの」

「おまえさんこそ、他人行儀だな。合鍵を使って勝手にロックを外せばいいものを」

「合鍵、別のバッグの中に入れたままなのよ。もっとも合鍵を持ってたとしても、ドア・チェーンが掛かってたんじゃ、入るに入れなかったけどね」

「それもそうだな。それにしても、こんな時間に来るとは珍しいな」

丹治は言った。すると、未樹がわずかに眉を攣《つ》り上げた。

「拳《けん》さん、空とぼける気なの？」

「えっ、なんのことだい？」

「競馬《ウマ》の軍資金のことよ。一両日中に三百万円をわたしに届けてくれるはずだったんじゃない？」

「いけねえ。すっかり忘れてた」

「無責任な男ねえ。部屋にキャッシュは、どのくらいあるの？」

「百二、三十ってとこだな」

「それじゃ、銀行のキャッシュカードを貸してもらうわ」

「そう慌てるなって。後で一緒に銀行に行こう。とにかく、入れよ」

丹治は玄関のドアを大きく開けた。未樹がうなずき、薄茶のパンプスを脱いだ。

未樹をリビングのソファに坐らせ、コーヒーの用意をする。

「起きてから、コーヒーを飲んだきりなんでしょ？」

「ああ」

「朝はちゃんと食べないと駄目よ。何かこしらえてあげる」

未樹が立ち上がり、ダイニングキッチンに足を向けた。

レトルト食品が少しあるだけだ。それでも未樹は手際《てぎわ》よく冷凍ピラフを温め、アスパラガスの水煮と牛肉の大和煮《やまとに》の缶詰を開けた。スクランブルエッグも皿に盛りつけられた。

「未樹も少しつき合えよ」

丹治は言った。

「わたしは少し前に食事をしたの。だから、お気遣《きづか》いなく。どっちで食べる？」

「悪いが、こっちに運んでくれないか」

「わかったわ」

未樹が洋盆《トレイ》に幾つかの皿を載《の》せ、すぐにやってきた。

少し前まで食欲はなかったが、他人《ひと》がこしらえてくれたものは妙にうまかった。丹治は、出されたものをきれいに平らげた。未樹に礼を言い、煙草に火を点《つ》けた。

「調査の具合は、どうなの？」

未樹が訊《き》いた。

丹治は、これまでの経過を話した。昨晩、黒沼の事務所で痛めつけられたことは明かさなかった。強がりもあったが、未樹に余計な心配をかけたくなかったからだ。

「いまの仕事が終わったら、これをちょっと調べてみない？　うまくしたら、莫大《ばくだい》な口止め料をせしめられそうよ」

未樹が意味ありげに笑い、ハンドバッグからクリップでまとめた新聞の切り抜きを取り出した。

丹治はスクラップに目を通した。

切り抜きは四枚だった。陸自のヒューイ・コブラ墜落事故に関する記事が三件、空自のＦ－15Ｊイーグル戦闘機のものが一件だ。

「今朝のニュースでも、波照間島の沖合でイーグル戦闘機が墜落したらしいと言ってたわ。そのこと、知ってる？」

未樹が問いかけてきた。

「さっき、テレビのニュースで観《み》たよ」

「何か臭《にお》わない？　短い間にヘリが三機に戦闘機が二機も墜落してるのよ」

「実は、おれも少し前に未樹と同じことを考えてたんだ」

丹治は煙草の火を消した。

「なあんだ、がっかりだわ。借金の金利代わりに強請《ゆすり》の材料を提供してあげようと思ったのに」

「悪女だな、おまえさんは」

「そうかしら？　別に善良な市民を脅そうってわけじゃないんだから、悪くはないと思うけどな」

未樹は、いくらか不満げだった。

「そうまともに受け取るなって。それはそうと、確かに陰謀の臭いがするよな」

「絶対に何か裏があるわよ。どんなからくりがあるのかわからないけど、きっと偽装事故にちがいないわ。戦闘機やヘリは無傷だろうし、パイロットたちもどこかで生きてるんじゃない？」

「おれもそんな気がしてるんだが、どうしても謎が解けないんだよ」

丹治はそう前置きして、戦闘機やヘリコプターがレーダー網を突破できないことを喋《しゃべ》った。

未樹は考える顔つきになった。そして、すぐに明るい声をあげた。

「陸自と空自の内部に、それぞれパイロットたちの協力者がいたのよ。そう考えれば、レーダー・コンピューターに何か細工することも可能なんじゃない？」

「しかし、レーダー要員がたった独りだけということはあり得ないぜ」

「協力者は単独じゃなく、複数でしょうね」

「なるほど」

「それなら、戦闘機やヘリはレーダー網を潜《くぐ》り抜けられると思うわ」

「そうだな」

丹治は納得した。

「問題は目的がはっきりしないことね。タカ派の自衛官が反乱を企《くわだ》ててるのか。それとも、金銭欲に駆られた単なる強奪なのか」

「どっちにしても、首謀者はそう小物《こもの》じゃないだろう」

「ええ、そうね」

未樹が相槌《あいづち》を打って、コーヒーを口に運んだ。

「となれば、暴《あば》き甲斐《がい》があるし、臨時収入も期待できそうだ」

「十億ぐらい強請《ゆす》り取って、拳《けん》さんや岩《いわ》さんと共同馬主になるのも面白そうね。拳さん、本格的に調査してみてよ」

「そうしよう。こいつは貰《もら》っとくぜ」

丹治は新聞の切り抜きをマガジンラックの中に突っ込んだ。パイロットがどこかで生きているとしたら、こっそり家族や恋人に連絡をしているかもしれない。

そのあたりから嗅《か》ぎ回っていけば、事故か事件かがはっきりするだろう。墜落が偽装だったとしたら、後は陰謀を暴《あば》けばいい。

「拳さん、そろそろ銀行に行かない？」

　未樹が急《せ》かした。

「そう急ぐこともないじゃないか。せっかく来たんだから、ベッドでひと休みしていけよ」

「残念でした。きのうから、あれになっちゃったの」

「おれは別にかまわないが……」

「拳さんはそうでも、女のわたしはちょっとね」

「そうだろうな。いま、着替えてくるよ」

　丹治は立ち上がって、寝室に向かった。

　カジュアルな服を身につけ、居間に戻る。未樹は流し台に立ち、マグカップや皿を洗っていた。

「車で来たのか？」

「ううん、電車よ。半年前に中古で買ったアルファロメオは車検に出しちゃったの」

「なら、おれの車で銀行に行こう」

　二人は、ほどなく部屋を出た。

　代々木上原駅の近くにある銀行に寄り、丹治は総合口座から三百万円を引き出した。それをそっくり未樹に渡し、彼女を新宿駅まで送った。

それから丹治は、権藤組の事務所に電話をしてみた。理奈《りな》の代理の者と称して、組長の権藤を呼び出す。

「理奈の代理人だって？」

「おれだよ、組長さん」

丹治は穏《おだ》やかに言った。

「その声は……」

「瞼《まぶた》はちゃんと開いてるかい？」

「なんの用だっ」

「区役所通りの漢方薬店がひどいことになったな。汪《ワン》と郴《チェン》は投げ込まれた手榴弾をまともに喰らったようだが、二人が死んだことは確かなのか？」

「あいつらのことどころじゃねえんだ。おれの組と九仁会の中島組が今朝《けさ》早く、家宅捜索《ガサイレ》かけられたんだ。危《あや》うく覚醒剤《シャブ》を押さえられるとこだったぜ」

権藤が興奮の醒《さ》めきらない声で一気に喋った。

「誰かが警察に密告したんだな。心当たりは？」

「おおかた台湾マフィアの『竹連幇《ツーレンバン》』か『四海幇《スーハイバン》』の仕業だろう。待てよ、『牛埔幇《ニューブパン》』の奴らが密告《チク》ったのかもしれねえな」

「台湾マフィアたちが香港の『三合会《サムハップウィ》』をぶっ潰《つぶ》したくて、『三合会』の誰かを取り込んで、情報を得たとも考えられるぞ」

「まさか」

「少し調べてみな」

丹治は先に通話を切り上げた。汪《ワン》と郴《チェン》が爆殺されたようだから、黒沼賢吾《くろぬまけんご》の秘書の中井に迫るほかない。どこかで変装することにした。

丹治は車を発進させた。

2

夜だった。

張り込んで、すでに数時間が経過している。

丹治は、帝都経済研究所のオフィスのある雑居ビルの前の路上に立っていた。ぼさぼさの長髪のウィッグを被《かぶ》り、付け髭《ひげ》を口許《くちもと》に貼《は》りつけていた。ブルゾンもチノクロスパンツも、かなり汚れている。路上生活者《ホームレス》に近い服装だった。

丹治は、ビルの表玄関と地下駐車場の出入口の両方を一望できる暗がりにたたずんでいた。

同じ場所に長く留《とど》まっていたら、怪しまれることになる。数十分ごとに、丹治は通りを往復した。

大物総会屋の事務所は明るかった。

オフィスに、黒沼の秘書の中井がいることは確認済みだった。張り込む前に、間違い電話を装って確かめたのだ。

受話器を取ったのは、当の中井だった。

オフィスに黒沼がいるかどうかは確かめようがなかった。

車は職安通りに駐《と》めてある。走れば、数分でジープ・チェロキーに飛び乗れる。

丹治は辛抱強く待ちつづけた。

中井がビルの表玄関から現われたのは、九時過ぎだった。帰宅するのか。丹治はさりげなく体の向きを変えた。

中井は丹治のかたわらを通り抜け、職安通りの方向に歩きだした。グレイの背広姿だった。

丹治は尾行を開始した。

大物総会屋の秘書は職安通りを渡った。鬼王神社の前を通り、風林会館の少し手前で右に曲がった。

細い道だった。

飲食店ビルや雑居ビルがひしめいている。表通りほど人の姿は多くない。

丹治は細心の注意を払いながら、中井を尾《つ》けつづけた。

眉《まゆ》のそばに疣《いぼ》のある男は数百メートル進み、間口《まぐち》の狭い店に吸い込まれた。

性具なども売っているブルセラショップだった。五十七、八歳の太った女が店番をしていた。

丹治は店の斜め前の暗がりに身を潜《ひそ》めた。

中井と店の女は顔馴染《かおなじ》みのようだった。にこやかに何か話をしていた。

店の奥にハンガースタンドが見える。セーラー服やテーラードスーツがずらりと並んでいた。私立女子中・高校の制服だろう。

陳列台には、ブルマーや各種の体操着が堆《うずたか》く積んであった。十代の少女の水着姿のパネル写真も見える。

──中井は、ちょっと変態気味らしいな。

丹治は唇を歪《ゆが》めた。

中井が目を輝かせながら、セーラー服を眺めはじめた。店の女が何か説明した。中井は黙って聞いていたが、じきにハンガースタンドから離れた。

店の女が大仰《おおぎょう》に落胆した素振《そぶ》りを見せ、仕切りドアの向こうに消えた。中井は性具の陳列ケースを覗《のぞ》き、つまらなそうに顔を上げた。

そのとき、奥から太った女が出てきた。クリスマスカラーの洒落《しゃれ》た紙袋を手にしていた。

中井は金を払い、紙袋を受け取った。

中身は、おおかた女子中・高校生の使用済みパンティーだろう。顔の写っていない本人の全身写真も添えられているにちがいない。

自分の下着を売って、小遣い銭にしている女子中・高校生がいることは事実だ。もちろん、週刊誌などの記事はオーバーに書かれているのだろう。しかし、まったくの作り話ではない。

現に丹治は女子高生の二人連れに路上で声をかけられ、自分たちのパンティーを買わないかと持ちかけられたことがあった。

その少女たちは遊興費《ゆうきょうひ》を捻出《ねんしゅつ》するつもりだったらしい。丹治が断ると、彼女たちは別の酔った中年男を呼びとめた。

――世の中、狂ってるよな。

丹治は首を振った。

中井が店から姿を見せた。丹治は人待ち顔で、わざと腕時計に目をやった。中井が一瞬、丹治に視線を向けてきた。だが、訝《いぶか》しむことはなかった。

丹治は、もうしばらく成り行きを見守ることにした。

中井は裏通りをたどって、東亜会館の並びにある雑居ビルの中に入っていった。フアッションマッサージの類《たぐい》の店が多かった。五階は、数年前にリバイバルしたテレフォンクラブだった。

中井は五階でエレベーターを降りた。

そのフロアには、テレフォンクラブしかない。中井は常連客なのだろう。

丹治も五階に上がった。

テレフォンクラブの受付には、若い男がいた。痩《や》せこけ、顔色がすぐれない。

「いらっしゃいませ。会員券をお持ちでしょうか？」

「警察の者だ」

丹治は、よれよれのブルゾンの内ポケットから模造警察手帳を取り出した。

受付の男は半信半疑の顔つきになった。どう対処すべきか、判断に迷っている様子だった。

「重要な内偵捜査なんで、変装してるんだよ」

丹治は、長髪のウィッグを少し浮かせた。

「ど、どうも失礼しました」

「いま、眉の際《きわ》に疣《いぼ》のある男が入ったな？」

「は、はい」

「どのブースに入った？」

「奥から二番目の部屋です。あのお客さん、何をやったんですか？」

受付の男が訊いた。

「捜査の秘密を漏《も》らすわけにはいかないんだ。出入口は、この一カ所だけだね？」

「そうです」

「ほかの客に迷惑はかけないよ。少し声を張り上げるかもしれないが、別に心配はないから」

丹治は言って、廊下のような通路を進んだ。

右側にパネルで仕切られたブースが十ほどあった。一応、各室はドアで閉ざされていた。

だが、客たちの話し声がかすかに聞こえる。電話の呼び出し音も響いてきた。コールサインは長くは鳴らなかった。

客の男たちは競《きそ》い合うように、未知の女性からかかってくる電話に出ているらしい。短いお喋りで意気投合し、すぐに店外でデートする男女も少なくないようだ。双方とも、そのことが目的なのだろう。

丹治は、教えられたブースの前で立ち止まった。

ドアに耳を押し当てる。中井が電話を受けている気配は伝わってこない。

丹治は、勢いよくドアを開けた。

椅子に坐った中井が反射的に振り返った。

その左手には、縞柄《しまがら》のビキニショーツが握られている。スラックスのファスナーは引き下ろされ、雄々《おお》しく膨らんだ男根《だんこん》が顔を出していた。汚れたパンティーを嗅ぎながら、暗い愉悦《ゆえつ》に耽《ふけ》りかけていたのだろう。

丹治はブルゾンの内ポケットから携帯電話のカメラで、中井の醜態を動画撮影した。

「な、なんの真似《まね》だっ」

中井が性器を隠し、ビキニショーツをビニール袋に突っ込んだ。

「いい年齢《とし》こいて、妙なことをしてるな。あんた、まともじゃねえぜ」

「うるせえ！」

「おかしな動画を身内の者に観られたくなかったら、おとなしくしてるんだな」

丹治は携帯電話を上着の内ポケットに戻し、数歩前進した。

ブースは鰻《うなぎ》の寝床《ねどこ》のように細長い。窓側にライティング・デスクがあり、電話機とティッシュペーパーの箱が置かれている。

「おれをどうする気なんだ？」

中井はスラックスの前を整えると、ビニール袋に入ったパンティーを屑入《くずい》れに投げ込んだ。

「きのうの礼もしたいし、訊きたいこともある。少しつき合ってもらうぜ」

丹治は言った。

言い終わらないうちに、中井が組みついてきた。丹治は中井を全身で受けとめ、右の脛《すね》を蹴《け》った。鈍《にぶ》い音がした。

中井の腰が砕けた。

すかさず丹治は、中井の脳天に肘打《ひじう》ちを浴びせた。中井が尻餅《しりもち》をつき、横転した。

「あんたの疣《いぼ》を硫酸で焼き落としてやろうか」

「おれたちを甘く見ると……」

「まだ元気があるな」

丹治は中井の腹を蹴った。

中井が呻《うめ》いて、怯《おび》えたアルマジロのように手脚《てあし》を丸めた。丹治は屈《かが》んで、中井の顎《あご》の関節を外した。

中井は呪文《じゅもん》のような唸《うな》り声をあげ、転げ回りはじめた。

二分ほど放置しておく。中井は涎《よだれ》を撒《ま》き散らしながら、レスラーのように床を掌《てのひら》で何度も叩《たた》いた。降参のサインだ。

「妙な考えは起こさないことだな」

丹治は言いながら、中井の顎の関節を戻してやった。

中井は両耳の下を撫《な》でさすりながら、不貞腐《ふてくさ》れた顔で床に胡坐《あぐら》をかいた。

「あんたのボスは、『三合会《サムハップウィ》』から、何を密輸してるんだ？」

　丹治は煙草に火を点けた。

「黒沼は密輸などしていない」

「それなら、なぜ香港マフィアが事務所に出入りしてるんだ？」

「黒沼は『和字頭《ウォヤントウ》』の幹部と昔から親交があるんだよ。それで、汪《ワン》や郴《チェン》の面倒を見てやってただけだ」

「あいつら二人におれを消せって命じておいて、白々《しらじら》しいぜ。あんた、そんなに救急車に乗りたいのか。えっ！」

「もう何も隠しちゃいないよ」

　中井が力なく言った。

「末永淳の居所は？」

「知らんよ、おれは」

「そうかい。そっちがそのつもりなら、こっちも考えを変えなきゃな」

「な、何をする気なんだ⁉」

「事務所に黒沼はいるのか？」

「もう誰もいないよ、オフィスには」

「なら、帝都経済研究所でゆっくり話そうじゃないか。立て！」

丹治は鋭く言った。

中井が渋々、立ち上がった。丹治は中井の右腕を捻上《ねじあ》げ、ブースから押し出した。テレフォンクラブを出ると、丹治は裏通りに入った。人影の少ない路地を選び、大久保一丁目に引き返した。

黒沼賢吾の事務所の電灯は消えていた。

丹治は中井の上着のポケットを探《さぐ》り、鍵を抜き取った。事務所に入るなり、中井にミドルキックを見舞った。

中井はスチール・デスクの上で一回転し、床にどさりと落下した。野太く唸り、腰をさすりはじめた。倒れたまま、起き上がろうとしない。

丹治は視界の端で中井を捉えながら、シンクのある場所に走った。

流し台の下を覗くと、分厚い陶製の容器があった。ラベルを読む。硫酸だった。

容器の横に、キルティングの手袋があった。

丹治はそれを両手に嵌《は》め、硫酸の容器を抱え上げた。中井がぎょっとして、跳ね起きた。丹治は出入口を塞《ふさ》いだ。

「おれを焼き殺す気なのか⁉」

中井が喚《わめ》きながら、応接室に走り入った。

丹治は中井を追った。応接室に入ると、中井が飾り棚の中から散弾銃を取り出しかけていた。

「散弾銃から手を放せ。さもないと、背中にこいつをぶっかけるぜ」

丹治は威《おど》した。

「わ、わかった。もう逆《さか》らわんよ」

「ソファに坐れ」

「ああ」

中井が飾り棚から離れ、ひとり掛けのソファに腰を下ろした。

「末永は、どこにいるんだっ」

「秩父《ちちぶ》のある場所に……」

「黒沼の命令で、末永を拉致《らち》したんだな?」

「そうだよ」

「関東義友会の権藤の企業舎弟の倉庫に押し入ったのは、いったい誰なんだ?」

「それは勘弁してくれ」

「世話を焼かせやがる」

丹治は中井の前まで歩き、硫酸の入った容器のキャップを外した。中井がのけ反って、悲痛な声で叫んだ。

「いま、話す。末永を横奪《よこど》りしたのは汪《ワン》と郴《チェン》だ。あいつら、権藤組のことはよく知ってたんだ。権藤とは、いろいろ闇《やみ》取引をしてたからな」

「黒沼は末永にどんな弱みを押さえられたんだ？」

「よく知らないんだ。おれは、黒沼の親父《おやじ》に末永淳ってフリージャーナリストを監禁しろと命じられただけだから」

「体に訊いてみよう」

丹治は容器をわずかに傾けた。

少量の硫酸が煙をあげながら、中井の左膝《ひざ》の上に滴《したた》り落ちた。中井が叫び声を放った。悲鳴混じりだった。布地と肉の焦《こ》げる臭《にお》いがする。厭《いや》な臭気だった。

「やめてくれ！　お願いだ」

中井が涙声で哀願した。

「まだ、やめるわけにはいかないな」

「親父は末永に致命的な写真を撮《と》られたと言っただけで、そのほかのことは何も言わなかったんだ。信じてくれよ」

「おそらく、麻薬か銃器の洋上取引の現場写真を撮られたんだろう」

「さっきも言ったように、そういう品物《ブツ》の密輸はしていないんだ」

「黒沼に直《じか》に確かめてみよう。総会屋の親分は、どこにいる？」

丹治は訊いた。

「成城の自宅にいると思う」

「電話しろ」

「わかったよ」

中井が卓上の固定電話を引き寄せ、タッチコール・ボタンを押した。

「その電話は受話器を持たずに話せる機種だな」

「そうだが……」

「おれもここで話せるようにハンズフリーにしろ」

丹治は命令した。中井は従順《じゅうじゅん》だった。スピーカーから、年配の女の声が流れてきた。お手伝いの女性だろう。

中井が名乗り、ボスのいる部屋に電話を回してもらった。

少し待つと、嗄《しゃが》れ気味の男の声がした。

「中井、何かあったのか？」

「親父さん、申し訳ありません」

中井は真っ先に詫《わ》び、自分の不始末を語った。丹治は口を挟んだ。

「黒沼さんよ、そういうことだ」

「きさまは丹治だなっ」

「もうおれの名前まで調べ上げてるとは、さすが禿鷹《はげたか》だな。おい、黒沼！　末永淳は、まだ無事なんだろうなっ」

「生かしてある」

「ということは、あんたは、まだ欲しいものを手に入れてないわけだ？」

「そっちの条件を言ってくれ」

　黒沼が裏取引を持ちかけてきた。

「これから、あんたは独りでここに来い。あんたに監禁場所まで案内してもらう。おっと、その前に監禁場所を教えてもらおうか」

「秩父の横瀬町《よこぜまち》の外れだよ。廃業したドライブインの中だ」

「ドライブインの名は？」

　丹治は訊いた。

「『ルート299』だ」

「こっちに一時間以内に来てもらおう」

「道路が混《こ》んでたら、もっとかかるかもしれんな」

「できるだけ早く来るんだ。それから、中井を見捨てたりしたら、おれはあんたを殺すからなっ」

「必ず行くよ、丸腰で」

「いい心掛けだ。あんたは、末永にどんな弱みを押さえられたんだ？」

「それは、会ったときに話そう。家の者には聞かれたくない話だからな。急いで、事務所に行くよ」

黒沼が、せっかちに電話を切った。

丹治は硫酸の入った容器を抱えたまま、飾り棚に歩み寄った。さきほど中井が摑みかけた散弾銃は、イサカのライアットガンだった。アメリカ製だ。

確か弾倉には、九粒弾《ダブルオー・バック》の実包が八発収《おさ》まるはずだ。実包の詰まった箱は、すぐそばにあった。丹治は散弾銃にフル装弾し、中井を立たせた。

「まさかショットガンで撃つ気なんじゃないだろうな」

中井が震え声で言った。

「この硫酸の容器をコーヒーテーブルの上に置け」

「いったい、何を考えてるんだ⁉」

「早くしろ」

丹治は容器を渡した。

中井が言われた通りにした。丹治は中井をソファに腰かけさせ、自分も向き合う位置に坐った。長椅子のほうだ。

「逃げようとしたら、その容器に九粒弾を浴びせる。あんたはパターンのど真ん中にいるわけだから、全身に硫酸を浴びながら、散弾も喰《く》らうことになるぞ」

「逃げやしない。まだ死にたくないからな」

中井がそう言い、横を向いた。丹治は膝の上に散弾銃を載《の》せ、深くシートに凭《もた》れた。

待つ時間は長かった。

丹治は苛立《いらだ》ちを鎮《しず》めながら、黒沼を待ちつづけた。いつの間にか、中井は目をつぶっていた。丹治と目を合わせたくないのだろう。根は気弱《きよわ》なのかもしれない。

二十数分が流れたころだった。

事務所のドアが開き、何かが投げ込まれた。

発煙筒だった。それも一つではなく、三つだった。

噴射音が響き、白煙がもくもくと湧《わ》きはじめた。黒沼が刺客を放ったにちがいない。

丹治は散弾銃を手にして応接室を飛び出した。

事務机のある部屋には、煙が厚く漂っていた。どういうわけか、煙探知機の警報が鳴らない。

丹治は姿勢を低くした。

立ち籠《こ》める白煙の向こうに、二つの人影が見えた。片方は、ずんぐりとした体軀《たいく》だ。もうひとりは細身だった。どちらもフランケンシュタインのゴムマスクを被《かぶ》っていた。

「二人とも動くな」

丹治はむせながら、大声を張り上げた。

ほとんど同時に、銃弾が飛んできた。銃声はしなかった。サイレンサーを装着した拳銃を使っているようだ。

丹治は反射的に散弾銃を構え、威嚇《いかく》射撃しそうになった。

だが、思い留まった。ぶっ放したら、ビルの中にいる者が警察に通報するはずだ。

二人組は交互に撃ってきた。

強風に似た衝撃波が、頭髪と肩口の近くを走り抜けた。着弾音と跳弾の音が高く響いた。

丹治は中腰で横に移動した。

そのとき、中井が応接室から走り出てきた。

三人は縺《もつ》れ合うようにして、事務所の出入口に向かった。二人組は、中井の救出に来ただけのようだ。

丹治は立ち上がった。

と、すぐに銃弾がたてつづけに三発放たれた。丹治は身を屈《かが》め、イサカの安全装置を掛けた。銃身を握り、三人を追う。早くも二人は事務所を出ていた。

丹治は、外に飛び出しかけた男の肩を散弾銃の銃床でぶっ叩いた。

男が膝を折り、前のめりに倒れた。細身のほうだった。男はすぐさま起き上がった。

丹治は、また男の肩を銃床で撲《う》った。今度は反対側の肩だった。

男は前に倒れた。消音器を嚙《か》ませた拳銃が廊下に落ち、数メートル滑走した。

丹治は、倒れた男を組み伏せた。

その時、中井が拳銃を拾い上げた。丹治は男に組みついたまま、わざと転がった。

かすかな発射音が二度響いた。

被弾したのは、ゴムマスクを被った男だった。腰と背中を撃たれていた。

中井は、もうひとりの男と階段の降り口に向かった。

丹治は散弾銃を拾い上げ、二人を追った。敵は階段を駆け降りながら、下から代わる代わるに撃ってきた。

丹治は一階ロビーまで追った。

しかし、ビルの外に飛び出したときは、もう中井たちの姿は掻き消えていた。

「くそっ」

丹治は歯嚙みして、黒沼の事務所のある階に駆け戻った。

中井に撃たれた細身の男は、血溜《ちだ》まりの中でもがき苦しんでいた。

丹治は男のマスクを剝《は》いだ。なんと現われた顔は郴《チエン》だった。

「おまえら、漢方薬専門店で死んだんじゃなかったのか⁉」

「そ、それ、トリックね」

「読めたぜ。おまえらは『三合会《サムハッブウィ》』から台湾の組織に寝返ったんだなっ」

「香港、もう駄目ね。われわれ、もう台湾の組織の人間になったよ。『四海幇《スーハイパン》』の日本支部の……」

「中井と逃げたのは汪《ワン》だなっ」

「そう。汪《ワン》、なぜ、わたし、救《たす》けない？　それ、信じられないことね」

郴《チェン》が嘆いた。

「警察に密告して、権藤組や九州の中島組に家宅捜索をかけさせたのも、おまえらだったのか」

「それ、汪《ワン》がやった。香港の『三合会《サムハップウィ》』困らせれば、台湾の『四海幇《スーハイパン》』喜ぶ。手柄立てないと、いつまでも下っ端ね」

「末永淳を秩父のドライブインに連れ込んだのも、おまえと汪《ワン》なんだなっ」

「わたしたち、中井さんに頼まれた」

「末永は、まだ潰《つぶ》れたドライブインにいるのか？」

丹治は訊いた。

「もう違う場所に移された。黒沼さん、誰かに、それ、やらせたね」

「黒沼は末永から、何を奪おうとしてるんだ？」

「画像データね。それしかわからない」

郴《チェン》の声が急に弱々しくなった。瞼も半ば塞《ふさ》がっていた。

「いま、救急車を呼んでやる」

「間に合わない。わたし、もう死ぬね」

「それだけ喋れりゃ、死にやしない」

丹治は手の甲で、郴《チェン》の頬《ほお》を叩いた。

だが、ほどなく反応はなくなった。郴は静かに息を引き取った。

遠巻きに見守る人々の姿が見えた。丹治は床に置いた散弾銃に付着した指紋を入念に拭《ぬぐ》ってから、エレベーターホールに走った。

3

ジープ・チェロキーを停める。

正丸《しょうまる》トンネルを抜けて、五、六百メートル走ったあたりだった。国道二九九号線である。

丹治はエンジンを切った。

廃業したドライブインは、すぐ左手前方にあった。暗かった。出入口は封鎖されていた。

人影はない。

丹治は車を降りた。

新宿から車を飛ばしてきたのだが、秩父《ちち ぶ》郡横瀬町《よこ ぜ まち》まで一時間半もかかってしまった。川越《かわごえ》まで道路が渋滞していたからだ。飯能《はんのう》市に入ると、車の量はぐっと少なくなった。

丹治は急ぎ足になった。

ドライブインに、まだ末永淳がいるとは思っていなかった。郴《チエン》が息絶える前に洩《も》らした言葉に偽りはないだろう。

黒沼は丹治との通話が終わると、ただちに配下の者に末永を別の場所に移すよう命じたにちがいない。

それを承知で秩父の山の中まで来たのは、何か手がかりが欲しかったからだ。

丹治は進入禁止の柵《さく》を跨《また》ぎ、ドライブインの敷地に足を踏み入れた。

カースペースは広かった。四十台前後は収容できそうなスペースだ。むろん、車は一台も駐《と》められていない。

ドライブインの建物は、アーリーアメリカン調の造りだった。出入口の扉や窓には、板がぶっ違いに打ちつけられていた。

丹治は建物の裏手に回った。

調理場のドアは、ガラスが破れていた。ロックはされていなかった。

丹治はペンライトで足許を照らしながら、建物の中に入った。

調理場は、がらんとしていた。業務用の冷蔵庫や空調設備は外されている。皿やコップも見当たらない。

丹治は、調理場から客席に移った。

ソファセットやテーブルは片づけられ、レジスターもなかった。廃工場のようなたたずまいだった。

丹治は客席をゆっくりと回った。

左手の隅に、三つの寝袋があった。その周りには、弁当の空き箱や菓子パンの空《から》袋《ぶくろ》などが散乱している。吸殻《すいがら》の数も夥《おびただ》しかった。

丹治は屈《かが》み込んで、寝袋の一つに手を突っ込んでみた。

かすかに体温が感じられた。末永か、見張りの者が数時間前まで横たわっていたのだろう。

寝袋の近くに、血痕《けっこん》が点々と散っている。拷問の名残か。

末永は痛めつけられても、証拠写真の画像データのありかを喋らなかったのだろう。口を割ってしまったら、自分が殺されると判断したにちがいない。賢明な判断だ。

しかし、いつまでも拷問に耐えられるわけではない。

——早く末永淳を救い出さなければ……。

丹治は焦躁感《しょうそうかん》に胸を嚙《か》まれた。

店内はくまなく検《しら》べてみたが、末永が移された場所を割り出せそうな手がかりは見つからなかった。

丹治はドライブインを出て、近くにあるカー用品店まで歩いた。とうに営業時間は過ぎているらしく、店のシャッターは降りていた。

だが、店の前の路上に白いオールインワンを着た男が二人いた。男たちは紫煙をくゆらせながら、何か愉《たの》しげに談笑していた。

「ちょっとうかがいます」

丹治は会釈《えしゃく》し、男たちに声をかけた。三十七、八歳の男が先に振り返った。

「なんでしょう?」

「そこのドライブインの経営者をご存じですか?」

丹治は訊いた。

「地元の人間じゃないですよ。噂《うわさ》によると、東京の人だという話だけど、詳しいことはわからないね」

「店が潰《つぶ》れたのは、いつごろなんです?」

「もう半年以上も前ですよ。オープンして、一年も保《も》たなかったんじゃないかな。この先に、大きなドライブインがあるからね」

「失礼ですが、あなたはこのカー用品店の方ですか?」

「ええ、そうですよ。こいつはわたしの従弟《いとこ》なんですが、うちで働いてもらってるんです」

男がスポーツキャップを被った三十歳前後の相棒を見ながら、問わず語りに喋った。

「お住まい付きの店舗のようですね？」

「ええ。従弟は別の家に住んでるんですけどね」

「そうですか。この二、三日の間、潰れたドライブインに寝泊まりしてた者がいたはずなんですが、気づきませんでした？」

丹治は問いかけた。

「ほんとですか⁉　まったく気づきませんでしたよ」

「それじゃ、物音も聞いてないんだろうな」

「ええ。近くと言っても、百七、八十メートルは離れてるからね。それに、車も割に通るしな」

「ドライブインにこっそり出入りしてた人間も見てないんでしょうね？」

「ええ、それも見てません。そっちは、どうだ？」

店主が従弟に顔を向けた。

「おれも人間は見てないけど、『ルート299』の駐車場に白っぽいワンボックスカーが駐《と》まってるのを見たことはあるな」

「それは、いつのこと？」

丹治は、スポーツキャップを被った男に質問した。

「きょうですよ。一時間半ぐらい前かな。お客さんに商品を届けに行った帰りに、そのワンボックスカーを見かけたんですよ。そのとき、店は営業してないのに、おかしいなって思ったんだよね」

「ワンボックスカーのそばに、人影は？」

「誰もいなかったようだったな。あのドライブインに誰が寝泊まりしてたんです？」

三十年配の男が訊き返してきた。丹治は平静な表情で言い繕《つくろ》った。

「都内に住む中学生の坊やたちです。親と喧嘩《けんか》をして、その子たちは家出しちゃったんですよ」

「へえ。おたくは探偵か何かですか？」

「まあ、そんなようなもんです。ワンボックスカーのナンバーは見えました？」

「いや、見なかったな。車で通りかかっただけだからね」

「ワンボックスカーが、この店の前を通りかかりませんでした？」

「さあ、それもわからないね。車道を眺めながら、仕事をしてるわけじゃないからさ」

男が苦笑した。もっともな答えだった。

丹治は二人に礼を言い、踵《きびす》を返した。胸には軽い失望が拡《ひろ》がっていた。

末永淳が廃業したドライブインに閉じ込められていたという状況証拠を摑んだだけで、これといった収穫はなかった。徒労感《とろうかん》が濃かった。

丹治は車に乗り込み、少し先の脇道《わきみち》で車首を切り替えた。

飯能市方面に走る。東京に舞い戻るつもりだった。車の数は少ない。丹治は徐々に加速していった。

正丸トンネルを出た直後だった。

一台のダンプカーが強引に丹治の車を追い越し、いきなり前に出た。丹治は少し腹を立て、ホーンを轟《とどろ》かせた。

すると、ダンプカーは急に減速した。

丹治はスピードを落とし、ミラーを見上げた。いつの間にか、後ろにもダンプカーが迫っていた。仲間と思われる。

——地元の柄の悪い運ちゃんどもが東京の車に厭がらせをするつもりなんだろう。

丹治は、そう思った。

いまは遊んでいる暇などない。丹治は、また警笛を鳴らした。スピードを上げろと煽《あお》ったのだ。しかし、前走車はいっこうに加速しない。後方のダンプカーが、けたたましくクラクションを響かせた。

丹治は車をセンターラインに寄せた。

対向車は、はるか先だった。加速したとたん、前走車が大きくセンターラインに寄った。

追い越すのは無理だ。ステアリングを左に切った。

すぐ前のダンプカーが行く手を阻《はば》んだ。後続の車は背後に迫っていた。運転手がその気になれば、丹治の車の尻を撥《は》ね上げることはたやすい。

だが、後続のダンプカーは突進してくる様子はなかった。

「くそったれどもが！」

丹治はいったんブレーキを深く踏み込み、一気に加速した。前走のダンプカーを抜き去る気になったのだ。

チャンスを待って、トライする。後続車は予想通りにパニックブレーキをかけた。

だが、前走車のドライバーは丹治の企《くわだ》てを読んでいた。

大きくセンターラインに傾き、進路を遮《さえぎ》った。左に寄れば、前のダンプカーも路《ろ》肩《かた》に寄った。

丹治は二台のダンプカーに前後を塞《ふさ》がれ、苛立《いらだ》ちを募《つの》らせた。

しかし、どうすることもできなかった。我慢できなくなったら、車を急停止させ、男たちをぶちのめすつもりだ。丹治は密かに意を決した。

その矢先、右横に黒っぽい車が並んだ。

対向車ではない。追い越しをかけたクラウンだった。助手席のパワーウインドーは下がっていた。濃いサングラスをかけた男が坐っている。ドライバーの顔は判然としない。

助手席の男は何か握りしめていた。

拳銃ではなかった。丸みを帯びた物だった。

前を行くダンプカーが急に加速した。

ほぼ同時に、黒いクラウンもスピードを上げた。後続のダンプカーは反対に減速した。

クラウンの助手席から、丸っこい物が路上に投げ落とされた。同時に、黒いセダンはぐっと加速した。前走のダンプカーも、さらに速度を上げた。

丹治は目を凝《こ》らした。

路面に転がっているのは、くすんだ草色の手榴弾《しゅりゅうだん》だった。丹治は急ブレーキをかけた。

ギアをＲ《リヴァース》レンジに入れ、アクセルを踏んだ。十五、六メートル後退したとき、目の前で赤い閃光が走った。

凄《すさ》まじい爆発音だった。爆風で、フロントガラスが軋《きし》んだ。

手榴弾とアスファルトの欠片《かけら》がフロントグリルやバンパーに当たった。霰《あられ》のような音だった。

思わず丹治は顔を伏せ、ステアリングを抱え込んだ。無意識に車を停めていた。

後続のダンプカーが風圧を置き去りにして、猛スピードで追い越していった。

丹治は気を引き締め、すぐさま三台の車を追走した。いくらも走らないうちに、ダンプカーから手榴弾が投げ落とされた。

丹治は一瞬、迷った。

手榴弾が爆《は》ぜる前に、そのかたわらを通り抜けられるか。信管に火が走ったら、四、五秒で、手榴弾は破裂する。

後退したら、襲撃者たちに逃げられてしまう。だが、まだ死ぬわけにはいかない。

丹治は深くブレーキを踏み込み、大急ぎでバックした。

ふたたび、閃光が駆けた。運悪く通りかかった対向車が爆風に煽《あお》られ、ガードレールに接触し、センターラインの近くまで撥ね返された。

灰色のプリウスだった。

車体は大きくへこんでしまったが、中年の男性ドライバーは無傷のようだ。ひと呼吸してから、男はガードレールに自分の車を寄せた。

丹治をそれを見届けてから、ジープ・チェロキーを発進させた。

穿《うが》たれたアスファルトの窪《くぼ》みを避け、ひたすら猛進した。だが、二台のダンプカーと黒いクラウンは見つからなかった。二台とも、横道に入ってしまったらしい。あたり一帯を走り回ってみても、無駄だろう。

丹治は諦《あきら》め、東京に向かった。

奇襲をかけてきた男たちは、黒沼の息のかかった連中だろう。男たちが丹治を本気で殺す気だったとは思えない。

そのつもりだったら、殺す機会はいくらでもあったはずだ。

二台のダンプカーで丹治の車をサンドイッチにして、圧死させることもできた。また、ジープ・チェロキーを強引に停止させ、車体の下に手榴弾を転がすことも可能だっただろう。

――黒沼は、おれに警告のサインを送ってきたにちがいない。

丹治は、そう思った。

携帯電話が鳴ったのは練馬区の高野台を走っているときだった。

発信者は入江千佳だ。

「わたしの部屋に、犯人グループが押し入ったようなの」

「落ち着くんだ」

「は、はい。わたしが外出先から戻ったら、玄関のドアが開いてたんです。部屋の中が荒らされ、ワンピースが一着盗まれてたの」

「それなら、ただの空き巣に入られたのかもしれない」

丹治は言った。

「ううん、そうじゃないわ。ダイニングテーブルの上に末永さんの靴と腕時計が置いてあったんです」

「その靴と腕時計は、末永氏の物に間違いないんだね？」

「ええ。腕時計は、わたしがプレゼントした物なの」

「そうか。きみのワンピースを持ち去ったのは、それで末永氏を脅すつもりなんだろう」

「ということは、まだ香港マフィアは欲しがってた物を手に入れてないのね」

千佳が少し明るい声になった。

丹治は新たな疑惑にぶち当たったことを明かし、黒沼賢吾のことを詳しく話した。

「黒沼という男が台湾の『四海幇《スーハイパン》』に寝返った汪《ワン》と郴《チェン》の面倒を見てたんなら、台湾マフィアと結びつきがあるんじゃないのかしら？」

「その可能性はあるな。きみの彼氏は、黒沼と『四海幇《スーハイパン》』の黒い関係を暴《あば》く写真を撮ったのかもしれない」

「麻薬の取引現場の写真か何か」

「最初は、こっちもそう思ったんだよ。しかし、もっと大きな弱みのような気もしてきたんだ。それが、どういったものか、まだ見当はつかないがね」

「わたし、怖いわ」

「近くに女友達か親類の人が住んでないの？」

「吉祥寺に美大時代の友達がいます」

千佳が答えた。

「今夜は、その友達の家に泊めてもらったほうがいいな。敵の気持ちが変わって、きみを拉致する気になるかもしれない」

「わたしが彼の身代わりになって、事が解決するなら、それでもかまいません」

「敵は、そんな甘い奴らじゃない。きみを拉致した場合は、連中は末永氏の前できっとレイプするだろう。そして、末永氏が証拠写真の画像データのありかを喋ったら、二人とも殺すと思う」

「そうでしょうね」

「とにかく、今夜だけでも大事をとったほうがいいよ」

「わかりました。わたし、これから友達のマンションに行きます」

「そのほうがいいね。それじゃ、また！」

丹治は通話を切り上げ、携帯電話を懐に戻した。すぐに車を発進させる。

環状八号線をひた走り、成城をめざした。

大物総会屋の邸宅は成城五丁目にあった。敷地は三百坪はありそうだった。高い石塀が巡《めぐ》らされ、方々に防犯カメラが設置されている。

門扉《もんぴ》の近くには、数頭の大型犬がいた。ガードが固く、とても忍び込めそうもない。

丹治は黒沼邸から遠ざかり、車を道端に駐めた。岩城貴伸のマンションに電話をかける。

スリーコールの途中で、電話は繫がった。

「おれだよ」

「旦那《だんな》か。なんか急用みてえだな」

「岩《いわ》、台湾マフィアの『四海幇《スーハイパン》』の東京のアジトを知ってるか？」

丹治は訊いた。

「知ってるよ。風林会館から明治通りに少し寄った所に、『白　龍《ホワイト・ドラゴン》』って台湾料理の店があるんだ。そこと花園《はなぞの》神社の近くの『タイガーマンション』が連中のアジトだよ。どっちも経営者は台湾人なんだ」

「そうか。岩、ちょっと手を貸してくれ。その二カ所に汪《ワン》という男がいるかどうか調べてもらいたいんだ。おれは面《めん》が割れてるんでな」

「そいつ、何者なんだい？」

岩城が問いかけてきた。

丹治は汪《ワン》について説明し、その身体的な特徴も伝えた。

「香港マフィアのくせに、台湾の『四海幇《スーハイパン》』に寝返ったのか。ちょっと癖のありそうな奴だな」

「岩、おまえは汪《ワン》がいるかどうかを確認してくれりゃいいんだ。その後のことは、おれが始末をつける」

「オーケー。謝礼は十万でどうだい？　ちょっと危《ヤバ》い場所だから、色をつけてもらいてえな」

岩城が言った。

「いいだろう」

「午前三時までには仕事の片《かた》をつけるよ。旦那は新宿のどこかで待機しててくれねえか。汪《ワン》を見つけたら、携帯を鳴らすよ」

「頼む」

「旦那、できたら、今夜、銭《ぜに》を貰いてえんだ」

「わかった。連絡を待ってる」

丹治は電話を切って、車を走らせはじめた。

4

禍々《まがまが》しい予感が膨らんだ。

携帯電話は、いっこうに鳴らない。すでに午前三時四十分過ぎだった。

岩城は台湾マフィアに怪しまれて、取《と》っ捕《つか》まったのかもしれない。

丹治は喫《す》いさしのセブンスターの火を消した。

車の中だった。風林会館の裏手に路上駐車していた。元レスラーの安否が気がかりだった。

丹治は車を離れた。区役所通りを横切り、『白龍《ホワイト・ドラゴン》』に向かう。

その店は、雑居ビルの一階にあった。

ショーケースには台湾の家庭料理のサンプルが並んでいたが、日本人が気軽に入れる雰囲気ではなかった。しかも、深夜営業の店だった。営業時間は午前零時から、早朝の八時となっている。

客の大半は、台湾クラブで働いている男女なのだろう。台湾やくざたちには、恰好《かっこう》の情報交換の場と言えそうだ。

丹治は店内に入った。台湾の歌謡曲が低く流れていた。十四、五卓のテーブル席は、ほぼ埋まっていた。

台湾クラブのホステスらしい若い女たちの姿が目立つ。バーテンダーやボーイと思われる者もいた。明らかに、台湾やくざとわかる男たちの姿もあった。

チャイナドレスを着た三十一、二歳の女が近づいてきた。

目に少し険《けん》はあるが、かなりの美人だ。肢体も肉感的だった。ドレスの深い切れ込み《スリット》から、むっちりとした太腿が零《こぼ》れている。

「ここの豚足《とんそく》の炒《いた》めものが絶品と聞いてきたんだが……」

丹治は言った。女が滑らかな日本語で問いかけてきた。

「日本の方ですね？」

「ああ」

「申し訳ありません。当店は台湾人の紹介状をお持ちになった日本人の方でないと、入店をお断りしてるんですよ」

「台湾の人じゃないが、汪徳河《ワンタクホー》さんとはまんざら知らない仲じゃないんだ。マスターかママに、そのことを話してもらえないか」

「わたしが、この店を任されています」

「つまり、ママさんってわけだ？」

「ええ」

「一度、本格的な台湾の家庭料理を食べてみたいんだよ」

丹治は粘った。チャイナドレス姿の色気のある女は少し迷ってから、申し出を受け入れてくれた。

丹治は奥にある個室《コンパートメント》に案内された。円卓《えんたく》につく。椅子は六人分あった。

「ご注文は？」

「なんて名なのか知らないが、豚足の炒めものと鰻の唐揚げをもらおう」

「お飲みものは？」

「ビールにしよう」

「かしこまりました」

女が恭《うやうや》しく頭を下げ、個室から出ていった。

丹治は少し間《ま》を取ってから、そっとテーブルを離れた。通路に出る。個室は四つあった。

岩城の姿は見当たらない。汪《ワン》もいなかった。

通路の奥に厨房《ちゅうぼう》があった。五人のコックが忙しそうに働いている。別段、不審な動きは見られない。

厨房《ちゅうぼう》の左側に、化粧室と従業員室が並んでいた。

丹治は従業員室に忍び寄り、ドアに耳を近づけた。

何気なく後ろを振り向くと、通路の天井近くに小型の防犯カメラが設けられていた。従業員室に、モニターがあるにちがいない。

――失敗《ドジ》ったな。

丹治はドアから離れようとした。

そのとき、いきなりドアが開けられた。現われたのはママと称した女だった。

「こんな所で何をなさってるんですっ」

「トイレを探してたんだ」

「化粧室は隣です」

「あれっ、ほんとだ。ちょっと近眼なもんだから」

丹治はもっともらしく言って、トイレに入った。

尿意は催していない。少し時間を稼いでから、洗面台に歩み寄る。洗面台に、短い頭髪が五、六本落ちていた。

どれも猫っ毛《ねこつけ》だった。岩城の髪に間違いなかった。

『四海幇《スーハイパン》』の者が、ここで岩城を痛めつけたのだろう。岩城は、どこに連れ込まれたのか。

丹治は店内を徹底的に検《しら》べたかった。しかし、いまはまずい。

化粧室を出て、個室に戻る。

一服し終えたころ、二人の若い女子ウェイトレスがビールと料理を運んできた。どちらも紺のワンピースを着ていた。その上に、白いエプロンを掛けている。店の制服だろう。

二人のウェイトレスは注文した料理を円卓に置くと、相前後して丹治の背後に回った。

丹治は、その動きを怪しんだ。警戒心を強めたとき、左右の頸部《けいぶ》に尖鋭《せんえい》な刃を押し当てられた。感触で、剃刀《かみそり》の替え刃だと察した。

「あなた、動けない」

右側にいる女が言った。

「おれが何をしたって言うんだ？」

「あなた、怪しい。ママがそう言ってる」

「何か勘違いされたようだな」

丹治は弁解した。

すると、左側に立ったウェイトレスが替え刃を持つ手にいくらか力を込めた。

「おとなしく立って」

「おれをどうする気なんだ？　おれは、台湾の家庭料理を喰いにきただけだぜ」

「あなた、早く立つ！」

「まいったなあ」

丹治は腰を浮かせた。

そのとき、チャイナドレスの女が入ってきた。ママは、絹のハンカチで銃身を隠したFNブローニング・ベビーを握っていた。

ベルギー製の婦人用護身拳銃だ。二十五口径だった。殺傷力は弱い。

だが、丹治はあえて逆《さか》らわなかった。二人のウェイトレスが歩み去った。

「一緒に来てもらうわよ」

ママが言って、手招きした。真紅のマニキュアが妙になまめかしかった。

丹治はママの前まで歩いた。

ママが丹治の背後に回り込む。丹治は厨房の方に歩かされ、ビルの裏側に連れ出された。

そこには、台湾マフィアらしい二人の男が待ち受けていた。どちらも三十代の前半だろう。色が浅黒く、骨張った顔立ちだった。

チャイナドレスの女が母国語で、二人の男に何か言った。

男たちがうなずき、ほぼ同時に上着の裾《すそ》を拡《ひろ》げた。二人のベルトの下には、リボルバーが差し込まれていた。型《タイプ》まではわからなかった。

「おまえ、歩く」

男のひとりが言った。

丹治は黙って歩きだした。二人の男は、丹治の前後を塞いだ。

暗い路地を幾度か折れると、花園神社の裏手に出た。

連れ込まれたのは『タイガーマンション』だった。『四海幇《スーハイパン》』のアジトの一つだ。

薄汚れた八階建ての建物だった。

丹治は男たちに背を押され、地階に通じる階段を降りた。

地下一階の半分は駐車場で、残りの半分は機械室だった。エアダクトやボイラーが見える。

ボイラーの向こう側に汪《ワン》がいた。

汪《ワン》は古ぼけた木製の椅子に腰かけ、煙草を喫《す》っていた。その足許に転がっているのは、岩城だった。

後ろ手に手錠を掛けられ、体をくの字に折り曲げられている。スラックスは膝の下まで下げられていた。剝《む》き出しのペニスは、電線の付いた紙挟み状の金属で締めつけられていた。電線は発電機のような機械と繋《つな》がっている。

岩城は気を失っていた。

スラックスから、アンモニアの臭いが立ち昇っている。性器に電流を通され、大男の元レスラーは尿失禁してしまったらしい。

「おまえの仲間、頭よくない。わたしの顔、じろじろ見てばかりいた」

汪《ワン》が岩城を見下ろしながら、蔑《さげす》む口調で言った。

「郴《チェン》がおまえのことを恨んでたぜ、見殺しにされたってな」

「人間、運が悪いか、いいか、どっちかね。郴《チェン》は、運わるかった。それだけのことね」

「中井は、ここにはいないようだな」

「あの人、いまごろは自分の家で寝てるよ」

「おまえが、『三合会《サムハップウィ》』から『四海幇《スーハイパン》』に鞍替えしてたとはな。香港マフィアは義理も筋も関係ないってわけか」

丹治は汪《ワン》を睨《ね》めつけた。

「郴《チェン》は死ぬまで口の軽い男だった。腕っぷし、強かったけどね」

「秩父の潰れたドライブインに監禁してた末永淳をどこに移したんだっ」

「わたし、知らない。そのこと、中井さんに訊く。それ、利口ね」

汪《ワン》が薄ら笑いをにじませ、二人の男に目配せした。

丹治は後ろ回し蹴りを放った。男たちが縺《もつ》れ合いながら、コンクリートの床に倒れた。丹治は前に踏み込み、二人の顔面と胸を蹴った。

男たちの武器を奪うつもりだった。

しゃがみ込んだとき、丹治の耳に汪《ワン》の声が届いた。

「無駄ね。この男、死ぬ」

「くそっ」

丹治は振り返った。

汪《ワン》が拳銃の銃口を岩城の頭に向けていた。消音器付きのヘッケラー&コッホP7だった。スライドは引かれている。ドイツ製の自動拳銃だ。

いま、無理をすることはないだろう。

丹治は抗《あらが》うことをやめた。

二人の男が起き上がり、交互に足を飛ばしてきた。狙われたのは胃と股間《こかん》だった。

丹治は幾度も擱み起こされ、蹴りまくられた。やがて、痛みに耐えられなくなった。膝をつくと、男たちに手錠を掛けられた。

丹治は男のひとりに突き倒され、俯《うつぶ》せになった。手錠の鍵は汪《ワン》に渡された。

別の男が丹治のベルトに手を掛けた。下半身を剝き出しにして、岩城と同じ方法で嬲《なぶ》る気なのだろう。

丹治は、ふたたび暴れた。転がりながら、両脚で男を蹴り倒す。男たちはむきになった。

汪《ワン》が二人の男に何か言った。中国語だった。

男たちはスラックスを引き下ろすことをやめ、丹治を床に押さえつけた。

汪《ワン》が椅子から立ち上がり、発動機に似た機械に近寄った。すぐにモーターが唸《うな》りはじめた。

——おれの体にも電気を流す気だな。もう逃げようがない。

丹治は観念した。

汪《ワン》が歩み寄ってきた。金属の電極棒を持っていた。グリップはゴムだった。

「すぐ殺す、つまらない。ゆっくりと殺す。それ、愉《たの》しいね」

汪《ワン》が屈《かが》んだ。二人の男が手を放すと、電極棒が首の後ろに当てられた。

次の瞬間、丹治は全身が硬直した。熱さと痺《しび》れが体中を駆け巡った。手脚《てあし》がぶるぶると震えはじめた。

丹治はもがいた。

しかし、いくらも体は動かなかった。強力な電流を通されたのだろう。ほどなく丹治は意識が混濁《こんだく》した。

目が霞み、視界が陽炎《かげろう》のように揺れはじめた。数秒後、何もわからなくなった。

それから、どれだけの時間が流れたのか。

丹治は、女の喘ぎ声で我に返った。

椅子に腰かけた汪《ワン》が、自分の両腿の上に若い女を跨《また》がらせていた。女は、さっき丹治の首筋に剃刀の刃を宛《あて》がったひとりだった。ウェイトレスだ。

制服姿だが、スカートの裾《すそ》は大きく捲《まく》られている。汪《ワン》も膝の下まで、スラックスを引き下ろしていた。

二人は性交中だった。

汪《ワン》は女の白い尻を揉《も》みながら、下から盛んに突き上げていた。女は汪《ワン》の太い首に両腕を回し、切れぎれに呻《うめ》いている。

丹治は岩城に視線を向けた。

岩城も意識を取り戻していた。丹治に気づくと、彼は声をあげそうになった。丹治は目顔《めがお》で、それを制した。

二人は合図し合って、少しずつ椅子に接近していった。

汪《ワン》と女の動きが激しくなった。女は自分の国の言葉で何か口走った。汪《ワン》の動きが一段と大きくなった。

女が弾みながら、ヒップをくねらせた。

二人は、ほとんど同時に昇りつめた。そのとき、巨体の岩城が自《みずか》ら転がった。汪《ワン》と女は交わったまま、椅子ごと倒れた。

丹治はいったん尻で上体を支え、一気に身を起こした。膝を発条《ばね》にしたのだ。

汪《ワン》は岩城に太腿で床に押さえられていた。

丹治は掛け寄って、汪《ワン》の頭を蹴った。汪《ワン》は脳震盪《のうしんとう》を起こし、気絶してしまった。

女は起き上がって、逃げようとした。

丹治は女の足を払った。女が横に転がった。スカートの裾が乱れ、秘部が丸見えになった。繁みは濃かった。

丹治は手錠を掛けられた両手首を女の細い首に回した。

「汪《ワン》のポケットから、手錠の鍵を出せ」

「オーケー、オーケー。わたし、言うこと聞くよ」

女が、たどたどしい日本語で言った。

丹治は急《せ》かした。女が這い進み、汪《ワン》の上着のポケットを探《さぐ》りはじめた。

岩城の手錠の鍵は右のポケットにあった。丹治のほうの鍵は反対側のポケットから出てきた。

女が先に岩城の手錠を解いた。岩城が丹治の手錠を外してくれた。

「少しつき合ってもらうぜ」

丹治は先に女に手錠を掛け、次に汪《ワン》の両手首の自由を奪った。岩城がスラックスのファスナーを引っ張り上げ、床から消音器付きの拳銃を拾い上げた。

「店のママのことを教えてくれ」

丹治は女に声をかけた。

「ママ、侯《ホウ》さんの奥さんね」

「侯《ホウ》って何者なんだ?」

「流氓《リューマン》の偉い男よ」

女が言った。流氓とはギャングのことだ。

「侯《ホウ》って男は、『四海幇《スーハイパン》』の幹部なのか?」

「そう、そう。侯《ホウ》さん、日本のボスね」

「このマンションにいるのか?」

「ここ、いない。侯《ホウ》さんとママ、厚生年金会館のそばにあるマンションにいるよ」

「マンションの名は?」

「『銀《しろがね》コーポラス』ね。部屋、九〇五号室よ」

「店に出てるのは、ママだけなのか?」

「そう。清美《チンミー》さんだけ」

「店に来る日本人の名を知ってるだけ教えてくれ」

丹治は言った。

「黒沼さん、中井さん、それから有名な政治家の秘書の男性も来たね。でも、その人の名前、思い出せない。中井さんと一度、来ただけ」

「有名な政治家って、誰なんだ?」

「国会議員ね。でも、名前忘れたよ」

「黒沼や中井が、なぜ、店に来るようになったんだ？」

「ママの話、わたし、聞いた。黒沼さん、台北《タイペイ》や高雄《ガオシオン》で、和食レストランやカラオケ店経営してる。その店のガード、『四海幇《スーハイパン》』がやってるね。だから、黒沼さん、台湾人と仲いい」

女がそう言い、出入口の方に目をやった。救いを求めるような眼差《まなざ》しだった。

岩城が女に訊いた。

「あんた、この禿《は》げの愛人なのか？」

「違う。それ、違うね。わたし、ママに言われて、汪《ワン》さんを慰めてあげただけ。汪《ワン》さん、香港の『三合会《サムハップウィ》』の情報、たくさん持ってる。だから、大切な人ね」

「そういうことか」

「この娘《こ》の見張りを頼む」

丹治は岩城に言った。

「ああ、わかった。旦那、失敗《ドジ》踏んじまって、済まねえ。日当はいらねえよ」

「その話は、後にしよう」

「そうだな」

岩城が女の片腕を取った。丹治は岩城の手からヘッケラー&コッホP7を捥《も》ぎ取り、足で汪《ワン》を横向きにさせた。

屈《かが》み込み、銃把《グリップ》の角で汪《ワン》のこめかみを何度か軽く撲《う》つ。汪《ワン》が唸って、自分を取り戻した。

「黒沼は、末永淳をどこに移したんだ？」

「知らない、本当に知らない。わたし、侯《ホウ》さんに頼まれた、中井さんの手伝いをしてやれって。だから、詳しいことは知らない」

「なら、侯《ホウ》って男に訊こう。弾除《たまよ》けになってもらうぜ」

丹治は汪《ワン》を摑み起こした。

岩城が女の手錠を片方だけ外し、ボイラー近くのパイプに繫げた。女が何か訴えた。

丹治たちは取り合わなかった。

機械室を出ようとしたとき、拳銃を所持している二人が戻ってきた。男たちは素早くベルトの下の拳銃を引き抜いた。

「路《みち》をあけろ」

丹治は怒鳴った。汪《ワン》も何か言った。

しかし、二人は怯《ひる》まなかった。すぐさま発砲してきた。二挺《ちょう》ともシグ・ザウエルP220だった。スイスのシグ社とドイツのザウエル社が共同開発した自動拳銃だ。自衛隊の標準拳銃として、十六、七年前から使われている。

「岩《いわ》、伏せろ」

丹治は元レスラーに言って、片膝をついた。

二発、ぶっ放す。威嚇射撃だった。

男たちは敢然と撃ち返してきた。数発の流れ弾が汪《ワン》の体に命中した。

汪《ワン》はバレリーナのように体を旋回させ、コンクリートの床に倒れた、それきり動かない。後ろで、女が悲鳴をあげた。

丹治は男たちの脚《あし》を狙って、たてつづけに二度、引き金を絞った。サイレンサーは、かすかな発射音を洩らしただけだった。

二人の男が倒れた。片方の男は拳銃を落とした。

もうひとりの男が、狂ったように銃弾を放ってきた。空薬莢《からやっきょう》が舞う。硝煙が濃い。

重い銃声が長く尾を曳《ひ》いた。

マンションにいる仲間たちが、すぐに駆けつけてくるはずだ。

「岩、ひとまず脱出だ」

「了解！」

岩城が身を起こした。

丹治は先に飛び出し、拳銃を構えている男の右腕を蹴った。拳銃が宙を泳いだ。

その隙《すき》に、丹治と岩城は階段の昇り口に突っ走った。

ステップに足をかけたとき、上から短機関銃《サブマシンガン》を腰撓《こしだ》めに構えた男がやってきた。丹治は一瞬早く、男の腿《もも》に銃弾を浴びせた。

被弾した男が階段を転げ落ちてきた。短機関銃イングラムM11《マックイレブン》のセレクターは全自動《フルオート》になっていた。

数十発の弾丸が銃口から飛び出し、壁やステップを穿《うが》った。

硝煙で、視界が極端に悪くなった。

丹治たち二人はやみくもに階段を駆け上がり、マンションのアプローチに出た。走りながら、植え込みの中にヘッケラー&コッホP7を投げ捨てる。

「旦那、花園神社に逃げ込もうや」

「暗い所は、かえって危険だ。人の姿の見える表通りまで突っ走ろう」

二人は全力疾走しはじめた。

追っ手の足音と怒号は、はるか後方だった。なんとか逃げ切れそうだ。

第四章　ビッグ・スキャンダル

1

携帯電話が着信音を響かせた。

丹治は眠りを破られた。

瞼《まぶた》が開かない。新宿から戻ったのは明け方だった。

自宅に帰りついても、しばらく寝つけなかった。敵に奇襲されるような気がしてならなかったからだ。丹治は手探《てさぐ》りで、ナイトテーブルの上にある携帯電話に腕を伸ばした。携帯電話を耳に当てる。

「丹治さんのお宅ですね？」

相手が確かめた。聞き覚えのある声だった。だが、とっさには思い出せなかった。

「末永孝二です」

「ああ、先日はどうも」

「実はですね、今朝《けさ》、近所の方から妙な話を聞いたんですよ。その老人によると、兄が二週間ほど前の夜明けに、わが家の塀《へい》をよじ登ってたというんです」

「塀をよじ登ってた?」

丹治は半身を起こした。

「ええ、そうなんです。その方はジョギングをしてたらしいんですが、間違いなく兄だったと言うんですよ」

「親父《おやじ》さんと気まずくなってるのに、わざわざこっそり実家を訪ねたのは何かを取りに行ったのか、あるいは何かを隠しに……」

「ぼくは、兄がこっそり写真の画像データか録音音声の類《たぐい》を隠しに戻ったんじゃないかと思ったんです。それで、さっき兄の部屋を調べてみたんですよ。ですが、そういった物は見つかりませんでした」

末永孝二が言った。

「きみのお兄さんが何かを実家に隠したんだとしたら、家屋《かおく》の中じゃないだろうね。夜明けに家の中に入ろうとしたら、家族に発見される恐れがあるから」

「そうですね。父と気まずい関係だったことを考えると、兄が自分の部屋に忍び込むことはあり得ないかもしれません」

「きみの家は庭が広かったな。お兄さんが写真の画像データを土の中に埋めたとは考えられないだろうか」

丹治は問いかけた。

「あっ、考えられますね。わが家には池もありますから、その中に隠したとも」

「ちょっと庭を調べてみてくれないか。こっちも、お宅に行ってみよう」

「お願いします」

「余計なことだが、会社のほうは大丈夫なのかい？」

「兄のことが気になって、仕事どころじゃありません。だから、会社には日に一度顔を出してるだけなんですよ」

「そう」

「とにかく、先に庭を調べてみます」

孝二が電話を切った。

丹治は腕時計を見た。あと十分ほどで午後一時になる。ベッドを抜け出たとき、また電話が着信音を発しはじめた。

今度の発信者は岩城だった。

「失敗《ドジ》やらかしたのに、十万も貰《もら》っちゃって悪かったな」

「気にするなって」

「旦那は気前がいいね。人間ができてるよ。それはそうと、これはおれの勘なんだけどさ、末永淳って国際ジャーナリストは侯《ホウ》って野郎が預かってんじゃねえのかな」

「うむ」

丹治は曖昧《あいまい》に唸《うな》った。まるで考えられないことではなかったが、なんとなく岩城の勘は外れているような気がしたからだ。

「おれ、なんだったら、『白　龍《ホワイト・ドラゴン》』の清美《チンミー》ってママを引っさらおうか。あのママを楯《たて》にすりゃ、侯《ホウ》に接近できると思うよ」

「それは後回しにして、中井の潜伏先を調べてみてくれ。それから、できれば黒沼賢吾の弱　点《ウィークポイント》もな」

「了解！　また、連絡するよ」

電話が切られた。

丹治は浴室に向かった。ざっとシャワーを浴び、外出の準備に取りかかった。

といっても、わずかな時間しかかからなかった。部屋を出て、地下駐車場に降りる。

上池台にある末永邸に着いたのは、二時前だった。

末永孝二は庭のあちこちを掘り起こしていた。土の匂いがあたりに漂っている。

丹治は庭に足を踏み入れた。と、土佐犬が低く唸りはじめた。

「龍馬《りょうま》、いいんだ。お客さんは悪い人じゃないんだよ」

孝二が飼い犬に言い諭《さと》した。土佐犬は、すぐにおとなしくなった。

「どうです？」

丹治は声をかけた。

「庭木の根方《ねかた》を一本一本調べて、草の間も探ってみたんですが……」

「そう。土を掘り起こした跡は?」

「ありませんでした」

孝二が小さなスコップにこびりついた泥を手で掻《か》き落としながら、残念そうに言った。少し汗ばんでいた。ブルーのダンガリーシャツに、白のチノクロスパンツという身なりだった。

「池は?」

「まだ調べてません」

「手伝おう」

丹治はウールジャケットを脱ぎ、それを庭木に引っ掛けた。

孝二が網を取ってくると言って、母屋《おもや》の向こうに消えた。丹治は長袖《ながそで》シャツの袖口を捲《まく》り、瓢簞《ひょうたん》形の池に近づいた。
四、五坪の広さはありそうだった。池のくびれた場所に石の橋が架《か》かっている。
やや緑色がかった池の中には、無数の錦鯉《にしきごい》がいた。体長三十センチ前後の鯉が多かった。池の畔《ほとり》では、亀《かめ》が甲羅《こうら》を干していた。

孝二が戻ってきた。

二棹《ふたさお》の網を手にしていた。丹治は片方の網を受け取った。

孝二が餌《えさ》を与え、鯉を片側に寄せ集めた。

丹治は鯉のいなくなった場所に網を静かに沈めた。孝二も、丹治に倣《なら》った。

池の底をいくら浚《さら》っても、密封された画像データは掬《すく》えなかった。

丹治は池の反対側にも網を入れてみたが、結果は同じだった。孝二が溜息《ためいき》をついた。

「お兄さん、銀行の貸金庫を借りてないかな？」

丹治は訊《き》いた。

「はっきりしたことは言えませんけど、多分、借りてなかったと思います」

「そうだろうね。貸金庫を借りてるんだったら、夜明けに人目を避けるようにして、ここに来るわけないもんな」

「ええ、そうですね」

二人は口を閉じた。

そのとき、土佐犬が急に吼《ほ》えた。丹治は大型犬を見た。

長い鎖を前肢《まえあし》に絡ませていた。立派な犬小屋にも鎖が二重に巻きついている。

「龍馬、左にゆっくり回るんだ。そそっかしいな、おまえは」

孝二が笑顔で言った。

しかし、土佐犬は逆方向に走りはじめた。そのとたん、犬小屋が傾《かし》いだ。結局、犬小屋は横転した。土佐犬は大きく跳《と》びのいていた。

「ばかだな」

孝二が目を細め、飼い犬に走り寄った。

まず前肢《まえあし》の鎖をほどき、犬小屋を抱え起こす。抱え起こしきらないうちに、孝二が叫んだ。

「丹治さん、ちょっと来てください」

「どうした？」

丹治は、孝二のそばまで走った。

孝二が犬小屋の屋根の裏側を指さした。そこには、銀色の袋が粘着テープで留《と》めてあった。

「写真の画像データかもしれないな」

「ええ」

孝二が粘着テープを引き剝《は》がし、犬小屋を起こした。すぐに袋の中身を検《あらた》めた。

やはり、写真の画像データだった。

丹治は画像データを再生してみた。

海の上に海上桟橋《メガフロート》のような物が浮かび、その上に一機の戦闘機が載《の》っている。型から察して、航空自衛隊のＦ－15Ｊイーグル戦闘機のようだ。

遠景は島影だった。その右側に、船らしき物が見える。だが、判然とはしない。

——ここに写ってる海は、東シナ海なんじゃないのか。

丹治はそんな気がした。

どのカットも似たような構図だった。船上から撮影したらしい。

「被写体は何なんです？」

孝二が訊いた。

丹治は戦闘機が写されていることだけを告げた。

「これ、空自《くうじ》の戦闘機みたいな」

「ああ、多分ね。きみの兄さんは『蛇頭《スネークヘッド》』の取材中に、見てはならないものを見てしまったようだな」

「どういうことなんです？」

「ここ四カ月足らずの間に、自衛隊の戦闘機や地上攻撃用ヘリが併《あわ》せて五機も海上や山岳地に墜落した」

「ええ、そうでしたね。しかも、どの事故も機体の破片やパイロットの死体は未確認のままだな」

「そうした不自然さを考えると、五つの墜落事故は偽装臭いね」

「ということは、何者かが墜落に見せかけて、戦闘機やヘリを強奪したと……」

「そういう推測は充分に成り立つと思うな」

「五機のパイロットたちは、どこかに亡命したんでしょうか？」

「いや、亡命じゃなさそうだね。亡命なら、機ごと強行着地するはずだよ」

丹治は言った。

「亡命が目的じゃないとしたら、パイロットたちがそれぞれウェポン・ブローカーに機を売りつけたんでしょうかね」

「そうじゃなかったら、自衛官の反乱かもしれないな」

「反乱ですって⁉」

孝二が目を丸くした。

「内閣の実権を握っているのは与党第一党の民自党だが、光明《こうめい》党や新保守党との連立政権である以上は暴走はできない」

「それはそうですね」

「光明党や新保守党に遠慮しがちな民自党のハト派議員に対し、ある種の危惧《きぐ》を抱いてる自衛隊関係者は少なくないと思うんだ」

「当然、防衛費が削減されるかもしれないという不安は持ってるでしょうね。そういうタカ派の自衛官たちがクーデターでも企《たくら》んでるんでしょうか？」

「クーデターといっても、本気で軍事政権の樹立を考えてはいないだろう。陸・海・

空の三幕僚長《ばくりょうちょう》が手を結び合わない限り、本格的なクーデターなど起こせるもんじゃないよ」

丹治は言った。

「そうでしょうね」

「しかし、小規模な反乱でも意味はあるはずだ。現連立政権の責任を問えるし、軍備の必要性を国民にアピールすることもできる」

「そうか、そうですね。丹治さんは、なかなか鋭いんだな」

「年上の人間をからかうもんじゃない。それはそうと、きみの家にルーペは？　画像データをもっとよく見たいんだ」

「拡大鏡なら、捨てるほどあります。父は顕微鏡を製造してるんで、レンズマニアなんですよ。どうぞ家の中に」

孝二が二つの網を庭石に凭《もた》せかけ、先にポーチの石段を駆け昇った。

丹治は、玄関ホール脇にある応接間に通された。手にしていた上着を羽織《はお》る。

応接セットも調度品も超高級品だった。壁に飾られた油彩画は、著名な画家の作品だ。複製画ではないだろう。

丹治は煙草に火を点《つ》けた。

半分ほど喫《す》ったころ、拡大鏡を取りに行った孝二が戻ってきた。木箱を持っている。

その中には、倍率の異《こと》なる各種のレンズが詰まっていた。丹治は煙草の火を消した。二人はコーヒーテーブルを挟んで、交互に画像にルーペを当てた。

丹治は最初に戦闘機を見た。

紛《まぎ》れもなく、Ｆ－15Ｊイーグル戦闘機だった。ただ、コックピットと垂直翼の機体番号は塗り潰《つぶ》され、灰色の機体と見分けがつかなくなっていた。

胴体上面に立っているのは、大型スピードブレーキだ。イーグル戦闘機は短い滑走路でも、離発着が可能だった。

海上桟橋《メガフロート》のような物は、特殊な軽合金で作られているようだ。だいぶ長い。百メートル以上はありそうだった。無数のドラム缶が、それを支えている。

筏《いかだ》にも似た造りの台船状の物はイーグル戦闘機を載《の》せたまま、二隻のタグボートに曳《ひ》かれていた。

島影の右に見えるのは貨物船だった。台湾の国旗が翻《ひるがえ》っている。

台湾の貨物船は、偶然に航行していただけなのか。そうではなく、タグボートの護衛船なのだろうか。島の地形に見覚えはない。

「丹治さん、この写真の海は東シナ海のようです」

孝二が画像に拡大鏡を当てたまま、自信ありげに言った。

「島に見覚えでも？」

「ええ、この島の形は見た記憶があります」

「直《じか》に見たのかい？」

丹治は訊いた。

「いいえ、写真集だったと思います。日本の島ばかりを撮ってる写真家の作品集の中に、同じ写真があったような気がするんですよ」

「その写真集は、どこで見たの？」

「本屋だったたか、図書館だったのかな」

「なんとか思い出してくれないか」

「えーと、あれは……」

孝二は一分近く唸っていたが、急に声を張り上げた。

「洗足池《せんぞくいけ》の近くにある区立図書館ですよ。これから、行ってみましょう」

「そうするか」

二人は同時に立ち上がった。

孝二が家の戸締まりをし、自分の黒いカローラに乗った。

丹治もジープ・チェロキーに乗り込んだ。孝二の先導で、区立図書館に向かう。

十分そこそこで、洗足池に着いた。緑に囲《かこ》まれた池は、中原街道《なかはらかいどう》に面していた。図書館は池の右手にあった。

丹治たちは図書館の駐車場にそれぞれ車を駐め、大急ぎで館内に入った。

目当ての写真集は、棚の中に納まっていた。

孝二がせっかちな手つきで、頁《ページ》を繰《く》っていく。指は、中ほどの頁で静止した。

見開きの頁には、映像データで見た島そっくりの風景が写っている。自然光で撮られた写真だった。日本の最西端にある与那国島《よなぐにじま》だ。

撮影メモには、島の西側から撮ったと記《しる》されていた。

「兄が撮影した島は、与那国島に間違いありませんよ」

「そうみたいだな。この島から台湾までは、わずかな距離だ。しかも、タグボートは南下してる」

「台湾政府軍が事件に関わってる可能性もあるんでしょうか？」

「それは、まだ何とも言えないな。ただ、このイーグル戦闘機が台湾の領海に運ばれ、パイロットも台湾に入国したとは考えられるね」

「台湾政府が絡んでないとしたら、台湾マフィアが……」

「台湾マフィアが絡んでるとしたら、『四海幇《スーハイパン》』だろうな」

丹治は、黒沼賢吾と『四海幇《スーハイパン》』の黒い関係について語った。

「ぼくも黒沼のことは知ってます。しかし、大物といっても、所詮《しょせん》は総会屋ですよね。

そんな男が、大それた陰謀のシナリオを練ったとは思えないな」

「きみが言ったように、首謀者は黒沼ではないだろう。『白龍《ホワイト・ドラゴン》』のウェイトレスの話によると、名の知れた国会議員の秘書が一度だけ店に顔を出したことがあるらしいんだ」

「それなら、その国会議員が黒幕という可能性もあるんじゃないでしょうか」

孝二がためらいがちに言った。

「考えられるね。黒沼と中井を徹底的にマークしてみよう」

「首謀者がはっきりしたら、後は警察に任せたほうがいいんじゃないですか。敵が巨悪なら、とても個人の力では……」

「そうだね。ところで、この画像データをワールド通信社の山岡明仁氏に渡してもかまわないかな」

丹治は打診した。

「何かお考えがあるようですね？」

「山岡氏にこの写真を新聞社やテレビ局に配信してもらって、犯人側にインパクトを与えたいんだ。この写真がマスコミで流されたら、犯人どもは兄さんを監禁する意味がなくなるわけだろう？」

「ええ、そうですね。しかし、秘密を知られた犯人側はおそらく兄を殺すだろうな」

孝二が言った。

「わたしもそのことは当然、考えたよ。確かに危険な賭ではあるね。やっぱり、写真の報道はまだ控えよう」

「そうしてもらえると、ありがたいですね」

「わかった。ただ、入江千佳さんや山岡氏に画像を見せて、調査の中間報告をしたい気もしてるんだが、どうだろう？」

「それは、かまいません。画像は丹治さんに預かってもらったほうが安全でしょうし」

「それじゃ、こいつは預からせてもらおう」

丹治は画像データを上着の内ポケットに入れた。孝二が分厚い写真集を棚に戻す。

ほどなく二人は図書館を出た。駐車場で別れることにした。孝二のカローラが見えなくなると、丹治は懐から携帯電話を摑み出した。

入江千佳は杉並区松庵《しょうあん》のマンションにいた。

丹治は画像データを発見するまでのことを報告し、一緒にワールド通信社日本支局を訪ねようと持ちかけた。

「ええ、わかりました。それじゃ、午後四時半に赤坂のジェトロビルの表玄関の前で落ち合って、山岡さんのオフィスに行きましょうか」

千佳が提案した。

「山岡さんにアポを取っといたほうがいいと思うがな」

「そうですね。多分、デスクにいるでしょうけど、わたしが電話しておきます」

「よろしく。それじゃ、後ほど！」

丹治は電話を切り、車をスタートさせた。

少々、腹が空《す》いていた。赤坂までなら、そう時間はかからない。

丹治は途中で腹ごしらえをして、赤坂に向かった。

ジェトロビルに着いたのは、四時二十分ごろだった。表玄関の前に、山岡明仁が待ち受けていた。

「スクープ写真の画像データを手に入れてくれたそうですね。ありがとうございました」

「末永氏の弟さんの希望もありますんで、まだ配信はしないでもらいたいんです。末永氏が殺される心配もありますんでね」

「わかりました。末永さんが生還するまで、配信は見合わせましょう」

「お願いします」

丹治は軽く頭を下げた。

ちょうどそのとき、入江千佳《の》が駆け込んできた。薄手のジョーゼットのワンピースを着ていた。きょうも息を呑むほど美しい。

「お二人をオフィスにお連れしたいところですが、部外者の方には遠慮願ってるんですよ。特ダネが洩《も》れたりしたこともあるんで、みんな、ちょっと神経質になってましてね。申し訳ありませんが、地階《した》のティールームでお話をうかがわせてください」

山岡が恐縮しきった顔で言い、丹治と千佳を地下一階のティールームに案内した。

三人は奥の席に坐り、揃《そろ》ってコーヒーを注文した。ウェイターが下がると、丹治は二人に問題の画像を見せた。

「このイーグル戦闘機は、宮崎県の第五航空団の機かもしれませんね。同型の機が沖縄本島の沖合で交信を絶って、レーダーからも消えましたから」

山岡が言った。千佳は喰い入るように画像を眺めていた。

丹治は紫煙をくゆらせながら、自分の推測を語った。口を結ぶと、山岡が言った。

「おそらく、この戦闘機のパイロットは台湾の犯罪組織の世話で、東南アジアのどこかの国に機ごと高く買われたんでしょう」

「一種の亡命ってことなのかしら？」

千佳が山岡に顔を向けた。

「形としては亡命ですが、思想的なバックボーンはないと思います」

「そうなんでしょうね」

「丹治さん、ほんの十分ほど画像データをお借りできませんか。拡大して、よく見たいんですよ。すぐに戻ってきます」

「そういうことでしたら、どうぞお持ちになってください」

「本当に十分で戻ってきます」

山岡は、あたふたと店から出ていった。

ワールド通信社の日本支局は、このビルの八階にある。十分は無理にしても、数十分で山岡は戻ってくるだろう。

丹治はそう思いながら、これまでの経過を千佳につぶさに話した。

話し終えても、山岡は戻ってこなかった。いったい何をしているのか。

三十分が過ぎたとき、丹治は厭《いや》な予感を覚えた。

「山岡氏のオフィスに行ってみよう」

「えっ⁉ でも、山岡さんはここで待っててほしいと言ってらしたでしょ?」

千佳が困惑顔になった。

丹治は支払いを済ませ、千佳と八階に上がった。

ワールド通信社日本支局には、受付嬢がいた。丹治は名乗って、山岡明仁との面会を求める。

少し待つと、小太りの五十年配の男が現われた。

「山岡です。あなたとは取材でお目にかかっているんでしょうか。ちょっとお名前とお顔が一致しませんで……」

「あなたと同姓同名の方が職場にいらっしゃいますか？」

「いいえ」

「くそっ、やられた。ちょっとオフィスを覗《のぞ》かせてください。事情は、後で説明します」

丹治は小太りの男に言って、勝手にワールド通信社日本支局に入った。

大急ぎで各室を覗いたが、画像データを持ち去った男の姿はなかった。丹治は受付カンターに戻った。

「いったい、どういうことなんです？」

小太りの男が訝《いぶか》しんだ。

「あなたの名を騙《かた》った男に、大事な画像データを騙《だま》し取られてしまったんですよ」

「わたしになりすました男がいたですって⁉」

「そうです」

丹治は言った。すぐに千佳が口を挟んだ。

「でも、わたしが電話するたびに若い女性がちゃんと『ワールド通信社日本支局』と名乗ってから、山岡さんに繋いでくれたのよ」

「おそらく、奴の名刺の電話番号は秘書代行会社のものだったんだろう。電話は、そこから転送されてたのさ」

丹治は千佳にそう言い、画像データを持ち去った男がくれた名刺を本物の山岡明仁に見せた。

「うちの会社の代表番号と二字だけ違いますね。住所や肩書は間違ってないな」

「山岡さん、おたくの会社はフリージャーナリストの末永淳氏に香港マフィアが仕切ってる『蛇頭《スネークヘッド》』のニューズストーリーの執筆依頼をされました？」

「ええ、それはしました。末永さんはとても張り切って、危険を覚悟で潜入取材をするとおっしゃってました。ただ、十日ほど前に本人から、しばらく連絡を絶《た》つという電話がありましてね」

「そのとき、彼は何か言ってました？」

「具体的なことは何も言いませんでしたが、ビッグ・スキャンダルを摑んだというような話をしてました」

「そうですか」

「失礼ですが、あなた方は？」

「末永氏の友人です。どうも失礼しました」

丹治は千佳を促《うなが》し、エレベーターホールに足を向けた。ホールで、千佳が低く言った。

「偽の山岡明仁は、犯人側の……」

「ああ、おそらく一味だろう。奴は末永氏が口を割りそうもないんで、きみに接近し、おれに画像データを探し出させたのさ」

「ひどい、ひどいわ。こんなことになったのも、わたしがあの男の悪巧《わるだく》みに気づかなかったからね」

「きみだけが悪いわけじゃないよ。おれも迂闊《うかつ》だったんだ。一度、ここに来てれば、奴が偽の山岡明仁だとわかったはずなんだが」

「敵に画像データが渡ってしまったら、末永さんは……」

「何とか奴の正体を暴いてやる」

丹治は低く吼《ほ》えた。

エレベーターが来た。二人は乗り込んだ。

一階ロビーに降りると、丹治は偽名刺の電話番号をプッシュした。

予想通り、そこは秘書代行会社だった。偽の山岡明仁は五分ほど前に契約解除の申し入れをしてきたという。

教えられた転送先は、虎《とら》ノ門《もん》にある雀荘《ジャンそう》だった。店主は見知らぬ人物に多額の謝礼と引き換えに携帯電話を貸し与えていたらしい。

——あの野郎が携帯電話を店主に返しに行くわけがない。雀荘を張っても仕方がないだろう。

丹治は乱暴に終了キーを押した。

2

頭の芯《しん》が重い。

昨夜は一睡もしていなかった。

丹治はバーボン・ウイスキーをストレートで呷《あお》りながら、自分の愚かさを罵倒《ばとう》しつづけた。入江千佳を杉並のマンションに車で送り届けたあと、彼は末永邸に回った。

正体不明の男に画像データを騙し取られてしまったことを告げると、末永孝二は顔面蒼白《そうはく》になった。

丹治は、ひたすら詫《わ》びた。孝二は無念そうだったが、露骨に咎《とが》めたりはしなかった。恨みがましいことも言わなかった。

それだけに、丹治はかえって辛《つら》かった。

ストレートに無能だと罵《ののし》られたほうが、はるかに気持ちは楽になっただろう。帰宅すると、丹治は買ったばかりのブッカーズの封を切った。冷蔵庫から氷を出すのも、なにか物憂《ものう》かった。

丹治はリビングのソファに坐り込み、バーボン・ウイスキーを生《き》で飲んだ。いつになく苦く感じられた。それでも飲まずにはいられなかった。朝陽《あさひ》がベランダを明るませたころ、ボトルが空になった。

丹治は飲みかけのスコッチ・ウイスキーも空けてしまった。それからは、ひっきりなしに煙草を吹かしつづけた。

いまは、午前十時を数分回っている。

室内には煙草の煙が澱《よど》み、空気は濁っていた。灰皿は、吸殻が山をなしている。

——このくらいのことでめげるなんて、おれらしくない。いい加減に気分を変えよう。

丹治は自分に言い、勢いよくソファから立ち上がった。

ベランダ側のサッシ戸を大きく開け放ち、部屋の換気をする。冷たい水で顔を洗うと、いくらか気持ちが引き締まった。

丹治はふたたびリビングソファに腰かけ、自衛隊機の事故に関わる新聞記事の切抜きに目を通しはじめた。先日、未樹が持ってきてくれたスクラップである。

陸上自衛隊のベルAH-ISヒューイ・コブラは三機消息を絶ったが、それぞれの機にガナーとパイロットが各一名ずつ乗り込んでいた。併《あわ》せて六人ということになる。

航空自衛隊のF-15Jイーグル戦闘機二機には、おのおの一名の乗員しか乗り込んでいない。合計八名の自衛隊員の生死がわからないままだ。

丹治は、地上用攻撃ヘリの所属部隊と墜落地点と思われる場所を確認した。

東部方面隊第一師団（東京都）所属機は、信州の北アルプス付近に墜落した模様と報じられている。その日、槍《やり》ヶ岳、穂高《ほたか》岳、剣《つるぎ》岳一帯に乱気流が渦巻《うずま》いていたことは、気象庁の観測データではっきりしている。

自衛隊機が全力をあげて捜索に当たったが、機体や乗員は発見できなかった。

同機に乗っていた二十九歳のガナーは独身だったが、三十二歳のパイロットは妻帯者だった。

四国の土佐湾沖で消息を絶ったヒューイ・コブラは、中部方面隊第十三旅団（広島県海田町）の所属ヘリだ。ガナーとパイロットはともに三十歳で、まだ独身だった。

ガナーは射撃の国体競技で、準優勝している。

三機目は、西部方面隊第四師団（福岡県春日市）の所属だった。

機は玄界灘《げんかいなだ》沖でエンジン・トラブルが発生したことを告げ、そのまま交信を絶った。

ガナーは三十一歳、パイロットは二十九歳だ。どちらも結婚はしていない。

丹治は、航空自衛隊のイーグル戦闘機の記事も二度読んだ。

最初の機は西部航空方面隊第五航空団（宮崎県新富町）に所属し、沖縄本島の北東沖で消えている。

二機目は南西航空警戒団第九航空団（沖縄県那覇市）の戦闘機で、ごく最近、波照《はて》間《ま》島の東《ひがし》海上で交信不能に陥《おちい》り、そのまま海中に没した模様だ。

二機のイーグル戦闘機のガナー兼パイロットは二十八歳と二十九歳で、両者とも未婚者だった。

――山岳地で消息を絶った東部方面第一師団のヘリを除き、四機は海上でレーダー網から掻《か》き消えてるな。

丹治は煙草をくわえた。

四機は海上栈橋《メガフロート》に舞い戻り、東シナ海に運ばれたのではないのか。確証はなかったが、そう思えた。

丹治は一服し終えると、生死不明のガナーやパイロットの家族の反応を探《さぐ》ってみることにした。記事には、彼らの住所も載《の》っていた。ＮＴＴの番号案内に八人の自宅のナンバーを問い合わせ、ひとりずつ電話をかけていった。

しかし、七人の家の受話器は外れなかった。

連絡が取れたのは、沖縄の那覇市に親兄弟と住んでいた川平誉《かびらほまれ》だけだった。川平は数日前に波照間島の沖で消息を絶ったイーグル戦闘機のガナー兼パイロットだった。

受話器を取ったのは川平誉の母親だ。

「わたし、去年まで航空自衛隊にいた者で、中村《なかむら》といいます」

丹治は、すらすらと言った。とっさに思いついた嘘だった。

「そうですか」

「息子さんの事故のことを新聞やテレビで知りまして、とても驚きました。ご心配ですね」

「ええ」

川平の母の声は、さほど沈んでいなかった。妙だ。どういうことなのか。

「それで、息子さんのご遺体はもう収容されたんでしょうか？　そうなら、焼香させてもらいたいと思いまして、お電話させてもらったんです」

「………」

「お母さん、どうされたんです？」

「あなた、倅《せがれ》とはどういったおつき合いだったんでしょう？」

「ぼくのほうが年上なんですが、息子さんとは妙に気が合いましてね、親しくさせてもらってました」

「そうなの。だったら、あなたにはお話ししたほうがいいわね」

「なんの話なんです？」

丹治は先を促《うなが》した。

「倅は、誉《ほまれ》は生きてるんですよ」

「えっ。しかし、彼の着衣の一部が海上で発見されたと報じられてましたよね？」

「はい。ですけど、息子は無事なんです。きのうの午後、誉がこっそり家に電話をしてきたんですよ」

「ほんとですか⁉　それはよかった。川平君は脱出に成功したのか。しかし、なんだって、そのことをマスコミに黙ってるんでしょう？」

「誉は高価な戦闘機を墜落させたことに、とても責任を感じてるようでした。だから、もう世間に顔を出せないと言ってました」

川平の母親が涙で喉《のど》を詰まらせた。

——やっぱり、事故は偽装の疑いが濃いな。

丹治は確信を深めた。

「誉は子供のころから、人一倍、責任感の強い子だったんです。息子が不憫《ふびん》で不憫で……」

「川平君はどこにいるんです？　わたしが彼を説得しますよ。イーグル戦闘機は確かに三十億円もする機ですけど、わざと墜落させたわけじゃないんです。彼がそんなに自分を責《せ》める必要はありませんよ」

「わたしも、そう言ったんです。けれど、あの子は心を痛めて」

「お母さん、川平君はどこにいると言ってたんです？」

「それが、居所《いどころ》はとうとう教えてくれなかったの。でも、パラシュートで脱出したから、どこも体は傷《いた》めてないと言ってました」

　川平の母は、また涙にくれた。

　丹治は少し間《ま》を取ってから、呟《つぶや》くように言った。

「川平君は今後、どうする気なんだろう？」

「日本にはいられないから、台湾に密入国するつもりだと言ってたわ。それで、ほとぼりが冷めたら、必ず日本に戻ってくると言ってました」

「台湾に親しい友人でもいるんでしょうか？」

「いいえ、そういう話は一度も聞いたことはありません」

「そうですか」

「もし誉から連絡があったら、あなたのことを必ず伝えます。中村さんでしたね？」

　川平の母親が念を押し、先に電話を切った。

　――川平誉は台湾マフィアの手引きで、密入国する気なんだろう。その段取りをつけたのは、黒沼賢吾にちがいない。末永が撮《と》ったイーグル戦闘機は、もう台湾に運ばれてしまったんだろうか。

　丹治は携帯電話の終了キーを押した。

　それを待っていたように、着信音が響いた。発信者は入江千佳だった。

「丹治さん、テレビのニュースを観《み》てました？」

「いや、今朝《けさ》はまだニュースは一度も観てないんだ」

「たったいま、相模《さがみ》湖で若い男性の切断された胴体と両腕が発見されたというニュースが。それから、井《い》の頭《かしら》公園の繁みで腰と両脚がバラバラにされたものが見つかったらしいの。頭部はどちらにもなかったらしいんだけど、もしかしたら、末永さんの……」

「考えすぎだと思うね」

「でも、警察の調べによると、切断されたのは昨夜だろうって。それに、相模湖と井の頭公園のものは、同一人物の断片と思われると言ってたんです」

「最近、その種の死体遺棄《いき》が増えてるんだ。犯行が昨夜だったとしても、末永氏が被害者とは限らないさ」

　丹治は異論を唱えた。しかし、彼自身も悪い予感を覚えはじめていた。

　画像データを手に入れてしまえば、敵はもう末永淳には用がなくなる。秘密を知られた以上、彼を抹殺《まっさつ》しなければならない。

　犯人グループが昨夜のうちに、末永を殺害したとも考えられる。

「そうよね。丹治さんがおっしゃるように、死体をバラバラにして湖や公園に棄《す》てるという事件が多くなったから」

「物事をあまり悪いほうに考えないほうがいいな」

「ええ、そうします」

千佳が言った。

丹治は携帯電話を持ち替え、川平誉一等空曹が生存しているらしいということを手短に伝えた。

「それじゃ、一連の自衛隊機の事故は偽装だったのね」

「おそらく、そうなんだろう。八人のガナーやパイロットは全員無事だろうし、三機のヒューイ・コブラと二機のイーグル戦闘機も無傷と考えていいだろうな」

「偽装事故で手に入れた五機をどこかの国に売る気なのかしら、強奪グループは？」

千佳が自問口調で言った。

「そうじゃないとしたら、何か政治的な陰謀で戦闘機やヘリを使う気なんだろう。たとえば、小規模なクーデターを企んでるとかね」

「どちらにしても、末永さんは中国人の集団密航や麻薬の洋上取引の現場写真を撮《と》ったからではなく、自衛隊機の偽装事故を裏付ける写真を撮影したために拉致《らち》されてしまったのね」

「それは、もう間違いないだろう」

「山岡明仁さんに化けた男は、いったい何者なんでしょう？」

「首謀者の側近と思われるが、まだ何とも言えないな。大物総会屋の黒沼賢吾をマークしつづけてれば、必ず何か手がかりを摑めると思うよ」

「丹治さん、あまり無理をなさらないでね」

「おれの手に負えなくなったら、警察の協力を仰《あお》ぐさ」

丹治は電話を切ると、大型テレビのスイッチを入れた。選局ボタンを押しつづけたが、どの局でもニュースは報じられていなかった。

丹治は腰を上げ、ドア・ポストから朝刊を引き抜いた。

居間に戻り、社会面を開く。千佳が伝えてきた死体遺棄《いき》の事件は、まだ記事になっていなかった。

死んだ郴《チエン》のことは派手に報道されたが、汪《ワン》のことは今日も報じられなかった。『四《スー》海幇《ハイバン》』のメンバーが速《すみ》やかに汪《ワン》の遺体を処理したにちがいない。

ざっと新聞を読むと、丹治は帝都経済研究所に電話をかけた。

黒沼や秘書の中井がオフィスにいるとは思えなかったが、念のために電話をしてみたのである。やはり、受話器は外れなかった。

――岩《いわ》が何か耳よりな情報をキャッチしてくれてるといいんだが……。

丹治は長椅子に身を横たえた。

ぼんやりと天井を眺めていると、次第に瞼が重くなってきた。目を閉じて間もなく、眠りに落ちた。

インターフォンで起こされたのは、午後四時過ぎだった。

丹治は上瞼を擦《こす》りながら、インターフォンの受話器を外した。何か届け物らしかった。

丹治は三文判を手にして、玄関に急いだ。一応、念のためにドア・スコープを覗く。

ドアの前には、帽子を目深《まぶか》に被《かぶ》った若い男が立っていた。丸越デパートの包装紙のかかった四角い箱を大事そうに抱えている。

丹治はドアを押し開けた。

その瞬間、男が包装箱を落とした。ほとんど同時に、腰の後ろから青竜刀を引き抜いた。刃渡りは四十センチ近い。

丹治は左手でドア・ノブを強く引いた。

ドアが男の肩口に当たった。男は少しよろけた。

丹治はドアを引き寄せたまま、男の膝頭《ひざがしら》のすぐ上を蹴《け》りつけた。あまり知られていないが、そこは泣き所の一つだ。配達員を装った男が顔をしかめて、腰を落とした。

丹治はドアをいったん押しやり、すぐさまノブを勢いよく手繰《たぐ》った。男は、ドアとフレームの間に体を挟まれる恰好《かっこう》になった。

丹治は右手で、男の襟首をむんずと摑《つか》んだ。玄関の中に男を引きずり込む肚《はら》だった。

男が伸び上がって、青竜刀をほぼ垂直に振りおろした。刃風《はかぜ》は重かった。

丹治は体を斜めにし、すかさずドアを手前に引いた。

今度は、男の腕がドアとフレームに嚙《か》まれた。丹治は力まかせにノブを引っ張った。

男が唸って、刃物を落とした。無機質な音が聞こえた。

丹治は青竜刀を拾い上げると同時に男の手首を強く引いた。

男が前のめりに玄関タイルの上に倒れた。

丹治は刃物の背で、男の頭頂部を叩《たた》いた。骨が鳴った。男が両手で頭を抱え、長く呻《うめ》いた。丹治は男の片方の耳を抓《つま》み、厚みのある刃を当てた。

「『四海幇《スーハイパン》』だなっ」

「わたし、日本語わからない」

「さっきインターフォンで喋《しゃべ》ったときは、日本人並の話し方だったぜ」

「…………」

「おい、なんとか言え！」

「何も言いたくない」

男が言い放った。

丹治は無言で刃を手前に引いた。外耳の上部から、血の条《すじ》が垂れはじめた。

男は歯を剝《む》いたきりで、口を割ろうとしなかった。

「片方の耳をそっくり落としてやろう。それでもいいのかっ」

丹治は声を張った。男が一呼吸し、小声で言った。

「侯《ホウ》の兄貴に頼まれたんだ。兄貴も日本人の友達に頼まれたとか言ってた」

「その友達ってのは誰なんだ？」

「そこまでは知らない」

「なら、侯《ホウ》に訊いてみよう」

「あんた、兄貴に近づかないでくれ」

「なぜだ？」

「あんたを殺《や》り損なったおれは、仲間に消される」

「おれの知ったことかっ。さっさと消えろ！」

丹治は男の頭を平手で叩いた。

「おれを見逃してくれるのか？」

「間抜けな殺し屋なんか相手にできるかっ」

「あんたに借りをつくりたくないね。いいことを教えてやる」

男が起き上がりながら、恩着せがましく言った。

「何を気取ってるんだ？」

「ドアの向こうにある箱は、殺人凶器なんだ。蓋を開けたとたん、発条《ばね》仕掛けの毒針が顔面に突き刺さって、一分もしないうちに死ぬ」

「妙な野郎だな」

「あの箱は持って帰るよ。でも、侯《ホウ》の兄貴のとこには戻れない。友達のいる大阪へ行くよ」

「流氓《リューマン》暮らしに愛想《あいそ》を尽かしたようだな」

丹治は言った。男はそれには答えずに、真顔《まがお》で忠告した。

「あんた、ここを出たほうがいい。侯《ホウ》の兄貴は、蛇のようにしつこい性格なんだ。おそらく次々に殺し屋をここに送り込んでくるね」

「他人《ひと》のことより、てめえのことを心配しやがれ」

「そうだな」

男はにっと笑い、背を向けた。丹治は、すぐに声をかけた。

「ちょっと待て。おまえ、本当に殺しの依頼人を知らないのか？」

「見当はついてる。黒沼って男だよ」

「やっぱりな。侯《ホウ》は、日本人の男をどこかに監禁してないか？　そいつも教えてくれ」

「そういうことはしてないと思う」

「そうか。日本語がうまいな。どこで習ったんだ？」

「海賊版の日本のテレビドラマだよ。台湾には、闇《やみ》のケーブルテレビがたくさんあるんだ」

「なるほど。こいつは持って帰れ」

「いいのか⁉」

男が驚きながら、丹治の差し出した青竜刀を受け取った。丹治は、まったく無防備だったわけではない。男がいつ反撃してきても、対処できる体勢をとっていた。

「お互いに、しぶとく生き抜こう」

男は青竜刀を腰の後ろに隠すと、部屋の外に出た。それから包装箱をひょいと抱えあげ、すたすたと歩きはじめた。

おかしな殺し屋だ。丹治は苦笑し、居間に戻った。
五、六分が過ぎたころ、岩城から電話がかかってきた。
「中井将也って野郎は、練馬の貫井にあるマンションに住んでたよ。『中村橋レジデンス』ってマンションなんだが、ここ数日、家には帰ってねえな」

「そうか。ところで、黒沼の弱点は？」

丹治は質問した。

「あったよ。黒沼は、シャム猫を病的なほどかわいがってるらしいんだ。その猫をさらえば、黒沼を誘《おび》き出せるんじゃねえの？」

「しかし、邸《やしき》の中に忍び込むのは難しいだろう。それをやれるんだったら、黒沼自身を押さえられる」

「それもそうだな。おっと、肝心なことを報告しなきゃ。旦那、関東義友会の権藤理事の愛人のことを憶《おぼ》えてるだろう？」

「鳥海理奈《とりがいりな》のことだな」

「ああ。その理奈って女がさ、黒沼賢吾の愛人でもあるんだよ」

「それは確かな情報なんだな？」

「もちろん、偽《ガセ》じゃねえよ。理奈って女は上大崎のマンションのほかにも、近くに部屋を借りてもらってるんだ。そのマンションは目黒区の三田にあったよ。そこは黒沼に借りてもらってるんだ」

「上大崎と三田なら、山手線の線路を挟んで斜め前同士じゃないか」

「ああ。理奈って女は二つのマンションを行ったり来たりして、やくざの親分と大物総会屋の二人を手玉にとってるんだろう。いい度胸してるぜ」

岩城が言って、口笛を吹いた。

「ほんとだな。黒沼が通ってる三田のほうのマンション名は？」

「『シャトー三田』だよ。そっちの部屋は五〇五号室だ。旦那、もしかしたら、権藤と黒沼はどっかでつながってるんじゃねえの？　二人は〝兄弟〟でもあるわけだしさ」

「おそらく黒沼は、理奈から権藤が香港の『三合会《サムハップウィ》』の出迎え蛇頭をしてることを探り出し、末永拉致事件の黒幕は権藤だと見せかけたかったんだろう」

丹治は言った。

「だとしたら、黒沼は権藤の愛人と知りながら、理奈に接近したってことになるな」

「おおかた、そうなんだろう」

「旦那、そのへんを調べてみなよ」

「そうしよう」

「今回の情報は、おれのサービスだからさ。ほんじゃ、また!」

岩城が快活に言って、電話を切った。黒沼を締め上げる前に、理奈から情報を集めることにした。

丹治は携帯電話の終了キーを押した。

3

扉が開いた。

丹治はエレベーターを降りた。

五階だった。『シャトー三田』である。

丹治はガス会社のガス漏れ検査員になりすまして、表玄関のオートロック・ドアを開けさせたのだ。理奈は少しも怪しまなかった。

丹治は五〇五号室に急いだ。

午後六時十三分だった。各戸の玄関ドアは黒色で、金モールがあしらわれている。高級クラブのドアを連想させる配色だ。

丹治は、理奈の部屋のインターフォンを鳴らした。

ややあって、部屋の主の声がスピーカーから流れてきた。

「ドアのロックは外しておきました」

「失礼します」

丹治は玄関に入り、素早くローファーを脱いだ。

玄関ホールから短い廊下を進み、リビングルームに入る。

理奈はカラフルなレオタード姿だった。ジャズダンスのＤＶＤを観《み》ながら、均斉のとれた四肢《しし》をダイナミックに動かしている。後ろ向きだった。

「おれだよ」

丹治は声をかけた。理奈が体ごと振り向く。

「あっ、あなたは⁉」

「きみは掛け持ちで、二人の男の愛人を務めてたんだな」

「え？」

「とぼけるなよ。二人の男というのは、権藤と総会屋の黒沼賢吾だ」

「なんで、なんでわかっちゃったの!?」

「まあ、いいじゃないか。それより、ＤＶＤを停《と》めてくれ」

丹治はそう言い、勝手に北欧調のリビングソファに腰かけた。

居間は十畳ほどの広さだ。間取りは１ＬＤＫだった。上大崎のマンションより狭かったが、家具や調度品は安物ではなかった。左手に寝室があった。

理奈がＤＶＤを停止させ、リビングセットに歩み寄ってきた。

「あたしが権藤と黒沼の両方の世話になってること、誰から聞いたの？」

「その道のプロが教えてくれたのさ。二人のパトロンは、きみが掛け持ちしてることを知ってるのか？」

丹治は問いかけ、脚《あし》を組んだ。

「黒沼のほうは知ってるわ。彼はそのことを承知の上で、あたしの世話をしたいって……」

「どういうきっかけで、黒沼と親しくなったんだ？」

「三カ月ほど前、あたしの車が黒沼の車に追突されたのよ。たいした損傷じゃなかったんだけど、黒沼は新車を買ってくれたの。それだけじゃなく、迷惑料だとか言って、五百万円もくれたのよ。そんなことで、なんとなくね」

理奈はそう言うと、正面のソファに坐った。怯《おび》えてはいなかったが、いくらか不安そうだった。

丹治はセブンスターに火を点けてから、理奈を見据《みす》えた。

「黒沼のアプローチの仕方は不自然だな」

「それは、あたしも感じたわ。彼は権藤のことを話しても、ちっともビビらなかったしね」

「おそらく、黒沼はきみから権藤に関する情報を引き出す目的で接近したんだろう」

「それ、正解だわね。黒沼は毎月百五十万円もお手当をくれてるんだけど、ちゃんとセックスできる体じゃないのよ」

理奈は少しも恥じらいを見せなかった。

「つまり、インポってことか？」

「そうなの。黒沼は猫みたいにあたしの全身を舐《な》め回して、指を使うだけ。だから、変だとは思ってたのよ」

「黒沼は権藤のことを根掘り葉掘り訊いたのか？」

「それほどでもなかったけど、権藤が香港マフィアと会ってるんじゃないかなんてことは訊かれたわ。あたしはよく知らないから、答えようがなかったけどね」

「そうか。きみがこっちのマンションにいるわけだから、今夜、黒沼はここに来ることになってるんだな？」

丹治は煙草の灰を落とした。

「うん、十時ごろ来るって言ってたわ。あなた、何を調べてるの？　黒沼は何か悪いことをしてるのね？」

「そういうことは、あまり興味を持たないほうがいいな」

「わかったわ」

「黒沼は大久保のオフィスには顔を出してないようだが、ずっと成城の自宅に引きこもってるのか？」

「紀尾井町《きおいちょう》のホテル・オオトモに泊まってるとか言ってたわ。あたしには、ルームナンバーを教えてくれなかったけどね。愛人に電話なんかされたら、たまらないと思ってるんじゃない？」

理奈が屈託《くったく》なげに言った。

「黒沼はホテルから、ここに直行する気なんだろうか」

「八時ごろ、六本木のスポーツクラブで誰かと会うと言ってたわ。黒沼はスカッシュに凝《こ》ってるのよ、スカッシュって、知ってるでしょ？　壁にボールぶつけて、撥《は》ね返った球《たま》を打ち合うやつ」

「知ってるよ。スポーツクラブの名は？」

丹治は指先に熱を感じて、慌てて煙草の火を揉み消した。フィルターの近くまで灰になっていた。

「確か『ＪＪクラブ』だったわ。ロアビルのそばにあるとか言ってた」

「きみは、黒沼の秘書の中井って男を知ってるか？　眉のそばに小豆大《あずきだい》の疣《いぼ》のある奴だ」

「名前だけは知ってるわ。黒沼がここから、その人によく電話してたから」

理奈が言って、赤い唇にヴォーグを挟んだ。細巻き煙草だった。

丹治は先夜のイラマチオのことをふと思い出した。理奈の舌技は卓抜だった。

「黒沼は台湾人とつき合ってるんだろう？」

「うん、そうみたいね。台北《タイペイ》や高雄《ガオシオン》に和食レストランやカラオケ店なんかを持ってるそうよ」

「侯《ホウ》って名に聞き覚えは？」

「名前は聞いたことがあるわ。歌舞伎町《かぶきちょう》で台湾レストランを経営してる人でしょ？」

「ああ」

「その人の奥さん、ものすごく色っぽい美人なんだってね。黒沼ったら、そのママが相手をしてくれれば、インポが直るかもしれないなんて冗談を言ってたわ」

理奈が微苦笑し、煙草を深く喫《す》いつけた。尖《とが》らせた官能的な唇はセクシーだった。

——これで、黒沼と『四海幇《スーハイパン》』の繋がりがはっきりしたな。やっぱり、黒沼は権藤と『三合会《サムハップウィ》』の関係を嗅《か》ぎつけ、九仁会の中島組や関東義友会の権藤組に末永淳を拉致するよう仕向け、死んだ汪《ワン》と郴《チェン》にフリージャーナリストを横奪《よこど》りさせたんだろう。

丹治は推測の裏付けを得た気がした。

理奈が煙を口から吐き出し、短くなったヴォーグを灰皿の底に捩《ねじ》りつけた。女にしては少々、荒っぽい消し方だった。

「黒沼は財界人ばかりじゃなく、かなり大物の政治家ともつき合いがあるはずだ。具体的な名を聞いたことは？」

「民自党の元総理大臣の森内昇《もりうちのぼる》や元防衛大臣の鹿戸健太郎《しかどけんたろう》なんかとは、何度も会ったことがあるみたいよ」

「それから？」

丹治は畳みかけた。

「元国交大臣の君塚靖《きみづかやすし》とも親しいようなことを言ってたわ。それから、旧蒼生党《そうせいとう》の議員のパーティーなんかには、必ず出席してたみたい」

理奈が言って、脚を組んだ。

蒼生党は六年ほど前に民自党を離れた若手議員たちで結成された新党である。メンバーは、およそ六十人だった。

旧連立政権ではリーダーシップを執《と》ったが、その後、分裂してしまった。党首だった有働亮一《うどうりょういち》は数十人の同志と最大野党の民主クラブに入り、現在は代表代行を務《つと》めている。有働は七十三歳だが、政界の策士として知られている。蒼生党党首時代は、その独善的な言動がしばしばマスコミで叩かれたものだ。

いま有働は、民主クラブの参謀的な存在だ。政権奪回をめざしているのだろう。

「旧蒼生党の中で特に親交が深そうな議員は？」

丹治は訊いた。

「元首相の羽根沢悟《はねざわさとる》さんや有働亮一さんなんかの名はちょくちょく……」

「そう」

「ねえ、権藤のパパに黒沼のことは黙っててもらえる？」

「きみがおれのことを黒沼に喋らなければな」

「あたし、あなたのことは何も言わない。もちろん、権藤にだって、余計なことは喋らないわ。だって、あたしたちは〝秘密〟を共有し合った仲だもんね」

理奈が艶っぽく笑った。物欲しげな目つきになっていた。

「おれたちはセックスこそしてないが、確かにエクスタシーを与え合った」

「そう、そうなのよね。どうせなら、もっと危ない関係になっちゃわない？　あなたのフィンガーテクニック、なんか忘れられなくって」

「体で保険を掛けておきたいってわけか」

「そんな計算なんかないわよ。一度、ちゃんとお手合わせを願いたいだけ。どう？」

「いいだろう」

丹治はゆっくりと立ち上がった。

理奈も腰を浮かせた。丹治はコーヒーテーブルを回り込み、理奈を抱き寄せた。理奈が爪先《つまさき》立って、瞼を閉じた。

丹治は唇を重ねた。そのとたん、理奈が舌を潜らせてきた。貪《むさぼ》るようなキスだった。

二人は舌を絡め、唇を吸い合った。

丹治は舌を閃《ひらめ》かせながら、派手な色のレオタードを脱がせにかかった。肌に深く喰い込んでいて、いくらか剝《は》がしにくい。

それでも数分で、理奈を全裸にした。かすかに汗の匂いがする。だが、不快ではなかった。

黒々とした飾り毛は、恥丘にへばりついていた。窮屈《きゅうくつ》なコスチュームに押さえつけられていたせいだろう。

「一緒にシャワーを浴びない？」

理奈が丹治の股間をまさぐりながら、甘く誘いかけてきた。

「悪いが、フルコースにはつき合えないな」

「そうなの。でも、一応、ベッドに行きましょうよ」

「いや、ここで充分だ」

丹治は理奈の繁みを搔き起こし、彼女を後ろ向きにさせた。

「ここで？」

「ああ」

「ワイルドね」

理奈が長椅子の上で膝立ちになり、ヒップを後ろに突き出した。両腕は背凭《せもた》れに掛けられている。

丹治はスラックスから、猛《たけ》りはじめた分身を摑み出した。

指で、理奈のはざまを探《さぐ》る。しとどに濡《ぬ》れていた。感じやすい突起は、こりこりに痼《しこ》っていた。生ゴムのような手触りだ。

丹治は指の腹でクリトリスを圧《お》し転がしながら、ギタリストのように二枚の花びらを搔き震わせた。理奈は息を弾ませ、時々、裸身を震わせた。

丹治は空《あ》いている手で、理奈の乳房を揉《も》んだ。みっしりと肉の詰まった胸は、ラバーボールのように弾む。

指に挟んだ乳首をしごきたてると、理奈は甘美な呻きを洩《も》らした。

丹治は、ぷっくりと膨れ上がった合わせ目を大きく捌《さば》いた。濡れた音が猥《みだ》りがわしかった。

理奈が、ぐっと尻を突き出した。肛門《アヌス》は小さく息づいていた。やや色素が濃い。

丹治は一気に押し入った。

わずかに押し返してくるような反応があった。熱く潤《うる》んでいたが、密着度は強かった。

理奈が腰をくねらせはじめた。

丹治は両手で理奈の性感帯を刺激しながら、リズムを刻みつづけた。肩胛骨《けんこうこつ》や背骨の窪みに舌を滑走させると、理奈は啜《すす》り泣くような音を上げた。

丹治はスラストを速《はや》めた。

ほんの数分で、理奈は最初の沸点《ふってん》に達した。そのとたん、締めつけが強まった。

丹治はがむしゃらに動いた。

それにつれ、長椅子も床を滑った。かまわず突きまくった。捻《ひね》りも加える。

少し経つと、ふたたび理奈が極みに駆け昇った。唸りながら、溶《と》けると口走った。

その後は、間歇《かんけつ》的に身を震わせた。

丹治も限界を迎えていた。

ほどなく放った。理奈の内部で、分身が嘶《いなな》いた。理奈が長く唸り、体を弛緩《しかん》させた。

丹治は余情を味わってから、ゆっくりと腰を引いた。

理奈が向き直り、萎《な》えたペニスを口に含んだ。後始末をしてくれる気になったらしい。丹治は、されるままになっていた。

理奈は熱心に舌を使った。いったん力を失った分身が膨れ上がりそうになった。丹治は照れ臭さと誇らしさを同時に感じた。

「もう充分だ」

丹治は分身を引き抜き、スラックスの中に納めた。

「もう一度できそうなのに」

「機会があったら、今度はベッドで愉《たの》しもう」

「あたしは、いつでも大歓迎よ」

理奈が紗のかかった目を向けてきた。

丹治は玄関ホールに向かった。後ろで、理奈が溜息をついた。

部屋を出ると、丹治は時刻を確かめた。

七時数分前だった。六本木までは三十分もかからない。

マンションの近くに駐《と》めておいた車に乗り込むと、丹治は変装に取りかかった。

グローブボックスから、付け髭《ひげ》を取り出す。頬髭《ほおひげ》と口髭がワンセットになったものだった。それを貼《は》りつけ、頭髪をくしゃくしゃにした。さらに、ボストン型の素通し眼鏡をかける。

――この車は目立ちすぎるな。レンタカーを借りよう。

丹治はJR目黒駅に向かった。

駅前の権之助坂《ごんのすけざか》を下《くだ》って、山手《やまて》通りを突っ切った。少し先にレンタカーの営業所がある。

そこで、メタリックグレイのスカイラインを借りた。ジープ・チェロキーよりも車高はぐっと低い。エンジンは快調だった。

丹治はレンタカーで六本木に向かった。

『JJクラブ』は造作なく見つかった。丹治はスカイラインを路上に駐め、スポーツクラブに入った。

七時四十二分過ぎだった。

六階建てのスポーツクラブは、まだ新しかった。トレーニングルームのほかに、ティーラウンジもあった。ジュースの自動販売機も見える。

一階ロビーに受付カウンターがあった。

受付で会員証を呈示し、トレーニングルームに向かうようになっているらしい。カウンターには、二十代の男女がいた。丹治は受付に歩み寄った。

「いずれ入会するつもりなんだが、ちょっと見学させてもらえないかな」

「原則として、会員の方が同伴されていませんと……」

男の方が答えた。

「会員の黒沼さんとロビーで待ち合わせてるんだ。約束は八時だったんだが、少し早めに着いちゃってね」

「黒沼さまのお知り合いでしたか。どうも失礼いたしました」

「先に見学させてもらってもいいかな？」

「はい、どうぞ。黒沼さまがお着きになりましたら、お客さまをお呼びしますので、お名前をお教えください」

「中村という者だが、呼び出しはいいよ。スカッシュのコートのあたりで待ってるから」

丹治はエレベーターホールに急いだ。

スカッシュのコートは、地下一階にあった。だが、あえてエレベーターに乗った。あくまでも見学者を装う必要があったからだ。

六階まで上がり、階段をゆっくりと下《くだ》った。各階では老若男女が思い思いにトレーニングマシンと格闘していた。インストラクターたちがマン・ツー・マンで指導に当たっている。入会金は、かなり高額なのだろう。

丹治は地下一階に降りた。

手前に更衣室があり、細長いコートは四つに仕切られていた。廊下と反対側は壁になっている。床には、白いラインが引いてあった。

更衣室寄りの二面は使用されていた。

手前のコートには、中年の白人の男女が入っている。多分、夫婦だろう。廊下側は半透明なプラスチックボードが天井から床面まで張られ、ボールがコートの外に出ないような造りになっていた。

二つ目のコートでは、大学生らしい男たちがプレイしていた。

どこかの道楽息子たちだろう。二人とも、スイス製の超高級腕時計を手首に飾っていた。

ラケットもボールも、テニスのものよりはひと回りほど小さい。

空いている二面のコートを通り過ぎ、丹治は大きな観葉植物の葉陰に身を潜《ひそ》めた。

白いウエア姿の黒沼賢吾が現われたのは、八時十五分ごろだった。

黒沼はショートパンツのヒップポケットに突っ込んであった携帯電話をベンチの上に置くと、ひとりでボールを打ちはじめた。

だいぶ打ち馴《な》れている様子だ。

球《たま》を相手のコートに落としては、すぐに壁に向かって打ち返す。同時に、黒沼は自分のコートに戻り、ラケットを泳がせた。

五分ほどすると、スタイルのいい女が黒沼のブースに入っていった。『白龍《ホワイト・ドラゴン》』のママだった。清美《チンミー》という名だったはずだ。

黒沼は清美《チンミー》とボールを打ちはじめた。

二人はボールを目で追いながら、何か話している。ほぼ密室状態のブースでの会話は、丹治の耳には届かなかった。

清美《チンミー》は三十回ほどラケットを振ると、右隣のブースに移った。いつの間にか、そこでは色の浅黒い四十歳前後の男がひとりでプレイをしていた。

顔つきが日本人とは少し違う。侯《ホウ》かもしれない。清美《チンミー》が男に走り寄り、何か耳打ちした。

すると、男は黒沼に無言でうなずいた。黒沼は軽く頭を下げた。

──奴らは、いつもここで密談してるんだな。

丹治は二つのコートを等分《とうぶん》に見た。

清美《チンミー》と侯《ホウ》らしい男は三十分もすると、ブースを出た。黒沼は休み休みながらも、球を打ちつづけた。

清美《チンミー》たちが引き揚《あ》げて間もなく、更衣室から見覚えのある男がやってきた。

ワールド通信社日本支局の山岡明仁になりすまし、まんまと画像データを詐取《さしゅ》した人物だ。丹治は飛び出したい衝動を抑《おさ》え、じっと息を詰めた。

男は黒沼のいるコートに入り、そのまま壁に向かった。

黒沼が横に並び、ボールを打ちはじめた。

二人は壁を叩きながら、何か真剣な顔つきで話をしている。ほとんど背を見せているので、唇の動きはわからない。

丹治はコートに躍《おど》り込み、黒沼たち二人を蹴り倒したい気持ちに駆られた。そして、末永淳を一刻も早く救出したかった。

しかし、黒沼たちが素直に首謀者の名を吐くとは思えない。写真データを持ち逃げした男の正体を突きとめ、そこから黒幕を割り出すほうが賢いやり方だろう。

丹治は静かに足を踏み出し、一階の受付カウンターに急いだ。

カウンターには、さきほどの若い男がいた。

「黒沼さまにはお会いになれました？」

「ああ、コートの前でね。黒沼さんの今夜のビジターは誰だったかな。何かのパーティーで一度お目にかかってるんだが。お名前を忘れたまま、ご挨拶《あいさつ》するのもどうかと思ってね」

丹治は鎌《かま》をかけた。

「重信裕輔《しげのぶゆうすけ》さまです」

「そうだ、重信さんだったな。黒沼さんと同じ仕事をされてるんだっけ？」

「いいえ。確か重信さまは、民主クラブの有働亮一《うどうりょういち》代表代行の公設秘書をされてるはずですが」

受付の男が控え目に言った。

「思い出したよ、そうだったね。さっそくご挨拶しておかなくちゃな」

「あのう、入会のパンフレットを差し上げましょうか？」

「帰りに貰うよ」

丹治はにこやかに言って、カウンターから離れた。

五機の自衛隊機を墜落事故に見せかけて強奪させたのは、民主クラブの有働代表代行なのだろうか。

旧連立政権を短命で終わらせることになった蒼生党は一野党になってから、いっこうに意気があがらなかった。立場も弱くなっていた。そんなわけで、党の分裂後、有働一派は民主クラブ入りしたのだ。

有働は何かとてつもない謀《はかりごと》で、現政権を崩壊させたいと考えているのか。あるいは、重信は有働とは別の人間のために連絡役を務めているのだろうか。

重信を少し泳がせることにした。

丹治は地下一階に駆け降りた。

4

更衣室から人が現われた。

背広姿の重信裕輔だ。九時四十分過ぎだった。

黒沼はブースのベンチに腰かけ、誰かに電話をかけていた。相手は理奈なのかもしれない。

重信は、同じ階にある駐車場に足を向けた。

丹治は忍び足で重信を追った。駐車場には、いくつかの人影があった。

重信が黒塗りのシーマに乗り込んだ。ドア・ロックを外すのを見届け、丹治はさりげない足取りで駐車場のスロープを登った。

スロープは歩行禁止になっていたが、幸運にも係員には見咎められなかった。『Jクラブ』を出ると、レンタカーまで突っ走った。

乗り込み、少しスカイラインをバックさせる。

少し待つと、スポーツクラブの地下駐車場から黒いシーマが出てきた。重信のほかには誰も乗っていない。

重信の車は、スカイラインの脇を走り抜けていった。

丹治はレンタカーを発進させた。

シーマは外苑東《がいえんひがし》通りに出て、青山一丁目の交差点まで直進し、右に折れた。青山通りを少し走り、赤坂見附で外堀《そとぼり》通りに入った。

有働亮一事務所は二番町にある。重信は、まっすぐ事務所に戻るのだろうか。

シーマは紀尾井町の裏通りを抜け、料亭『喜久川《きくかわ》』に入っていった。保守系の大物政治家たちがよく利用している料亭だ。

丹治はスカイラインを料亭の少し先に駐めた。

通行人を装いながら『喜久川』の植え込みの中に身を潜める。灌木《かんぼく》が多かった。

重信が車を降り、料亭の中に入っていった。

どうしたことか、ＳＰ《セキュリティー・ポリス》らしい人影は見当たらない。現職の閣僚はもちろん、元総理大臣や副総裁にもＳＰがつく。

ＳＰがいないところをみると、料亭の客に大物の政治家はいないようだ。

重信は、単に有働亮一を迎えにきただけなのか。

十分ほど待つと、『喜久川』の広い玄関から有働が姿を見せた。その後に、重信が従っている。

有働は腫《は》れぼったい目を和ませ、八十歳近い女将《おかみ》に愛嬌《あいきょう》をふりまいていた。有働たち二人の後ろから六十八、九歳の痩《や》せた男が出てきた。

元防衛大臣の鹿戸健太郎《しかどけんたろう》だ。鹿戸は民自党のタカ派議員のひとりで、国防の強化を政治スローガンにしていた。

東西のイデオロギーの対立という図式が崩れた今日では、鹿戸は時代遅れの政治家と見られていた。現に民自党のベテラン代議士でありながら、党内では孤立しているようだった。

老女将に見送られて、鹿戸が先に自分の秘書とともに車に乗り込んだ。有働が深々と頭を下げた。

首謀者は有働なのだろうか。

丹治は、民主クラブの代表代行を見つめた。

鹿戸の乗った大型車が車寄せを半周し、料亭を出ていった。

重信がシーマの後部ドアを開け、有働を車に乗せた。穏《おだ》やかにドアを閉めて、自分も運転席に乗り込んだ。

丹治はレンタカーに駆け戻りたかった。

しかし、いま植え込みから飛び出すわけにはいかない。そんなことをしたら、見送りの女将や仲居たちに見つかってしまう。

有働を乗せたシーマが丹治の目の前を通過していった。右のターンランプが灯っている。

女将や仲居が引っ込むと、丹治はスカイラインに駆け寄った。

車首を切り替え、シーマを追った。重信の車は信号待ちをしていた。丹治は、運の強さに感謝したい気分だった。

シーマは外堀通りから青山通りを走り、やがて世田谷区の閑静な住宅街に入った。

どうやら重信は、有働を自宅に送り届けるようだ。

――重信がひとりになったら、奴を痛めつけよう。

丹治は意を固めた。

シーマが白い家屋《かおく》の前に停まり、有働が降りた。そのまま門扉《もんぴ》を潜《くぐ》り、家の中に消えた。表札は見えなかったが、有働の自宅だろう。

すぐにシーマが走りはじめた。重信も自宅に帰る気なのか。彼が家族持ちなら、家の中に押し入るわけにはいかない。年齢から考えて、独身ではなさそうだ。

――今夜は、奴の自宅を突きとめておくだけにするか。

丹治はそう考えながら、尾行しつづけた。

シーマは玉川通りに出て、用賀ランプの手前でガードレールに寄った。

そこには見覚えのある男が立っていた。

鎖鎌に似た奇妙な武具の使い手だ。五分刈りの男は、須貝恒久という名だったのではないか。須貝は今夜も黒ずくめだった。入江千佳と初めて会った晩、彼女は須貝のことを自分の知り合いだと言っていた。もしかすると、千佳も共犯者のひとりなのかもしれない。

丹治は暗然とした。

須貝がシーマの助手席に乗り込んだ。重信が車を発進させた。二人は落ち合って、どこかに出かけることになっていたらしい。

丹治もレンタカーを走らせはじめた。

シーマは用賀ランプから、高速道路に入った。そのまま東京IC《インターチェンジ》を抜け、東名高速道路に進んだ。

富士ICで降り、国道一三九号線を北上していく。

この先には朝霧高原があるはずだ。しかし、そこに行くなら、富士宮道路を通ったほうがずっと早い。

丹治には、目的地の見当がつかなかった。

重信の車は国道を四十分ほど走ると、急に山道に入った。静岡県の田貫《たぬき》湖の少し先の山道だった。あたりは静岡と山梨の両県に跨《また》がる長者《ちょうじゃ》ヶ《が》岳《たけ》の山裾《やますそ》だ。民家は、ほとんど見当たらない。道の両側は、うっそうとした自然林だった。

丹治はスピードを落とした。あまり近づきすぎると、重信たちに怪しまれることになる。

時々、わざと停止し、ヘッドライトも消した。同じ車が尾《つ》けていると思われないための小細工だった。

道は一本だ。少しぐらい遅れても、マークした車を見失うことはないだろう。

丹治は慎重に追尾しつづけた。しばらく走ると、シーマのエンジン音がまったく聞こえなくなった。尾行に気づかれてしまったのか。

丹治は素早くエンジンを切った。

むろん、ヘッドライトも消した。耳に神経を集め、目を凝《こ》らす。

動く人影はなかった。足音も響いてこない。

丹治は、そっと車を降りた。闇が濃い。敵の姿は捉《とら》えにくいが、自分の動きも相手には覚《さと》られないだろう。

丹治は中腰で山道を進んだ。中腹《ひら》のせいか、夜気がいくらか冷たい。

数百メートル行くと、急に視界が展《ひら》けた。

すぐ真下に、擂鉢状《すりばちじょう》の谷が横たわっていた。そこには、格納庫のような建物があった。灯火が幾つか見える。

大型のトレーラートラックやコンテナトラックが五、六台並んでいた。大型トラックが山道を走れるわけはない。多分、谷の向こう側に広い道路があるのだろう。

プレハブ造りの建物も三棟並んでいた。

その横に、数台の乗用車が見える。丹治は懐から小型の暗視望遠鏡《ノクト・スコープ》を取り出した。イギリスの危機管理コンサルタント会社をやめるときに退職金代わりに貰ったものだ。赤外線を使った旧式のノクト・ビジョンではない。ハイテクを結集した最新型だった。

長さ二十センチ弱で、直径三センチの変哲もない筒《つつ》にしか見えない。

しかし、その性能は優《すぐ》れていた。粒子《りゅうし》は細かく、夜間でも物がくっきりと見える。背景も赤くなったりはしない。

丹治はレンズに目を当て、倍率を最大にした。

距離が、ぐっと縮まった。鉄条網はなかった。防犯カメラも見当たらない。

だが、谷底の平坦《へいたん》な場所を囲むように細いワイヤーが張り巡らされていた。ワイヤーには、ほぼ十メートル間隔に黒っぽい果実のような塊《かたまり》がぶら下がっている。手榴弾《しゅりゅうだん》だった。侵入者がワイヤーに触《ふ》れたとたん、手榴弾の安全ピンが外れる仕組みになっているにちがいない。

——こんな大がかりな仕掛け爆弾《ブービー・トラップ》をセットできるのは、自衛隊関係者ぐらいだろう。

丹治は谷の斜面を下《くだ》りはじめた。

下生《したば》えに、掘り起こされたような箇所はなかった。対人地雷は埋められていないらしい。

丹治は斜面を半分ほど滑り降り、ふたたび暗視望遠鏡を覗いた。

黒塗りのシーマは、プレハブ造りの建物のすぐ横に駐《と》められている。だが、重信や須貝の姿はなかった。すでに建物の中に入ってしまったようだ。

丹治は谷底まで降り、ワイヤーの下を潜《くぐ》り抜けた。

何事も起こらなかった。ひとまず安堵《あんど》し、格納庫のような蒲鉾《かまぼこ》型の建物に忍び寄った。細い光が洩れている。

不意に誰が現われるかもしれない。

丹治は匍匐《ほふく》で前進した。衣服は、たちまち泥塗《まみ》れになった。

そのことは少しも気にならなかった。進み方がのろく感じられ、ひどくもどかしい気持ちだった。わずか百メートルも離れていなかったが、数倍も遠いように思えた。

それでも一度も休まずに、目的の建物にたどり着いた。

丹治は壁にへばりつき、隙間《すきま》から内部を覗き込んだ。

オレンジ色の作業服を着た男たちが十五、六人いた。その大半が工具を手にしている。

男たちが組み立てているのは、ヘリコプターだった。

しかも三機ともベルAH－ISヒューイ・コブラだ。墜落したと見せかけて騙し取った陸上自衛隊機にちがいない。敵はヒューイ・コブラを分解し、パーツを密《ひそ》かにここに運んだのだろう。

航空自衛隊のＦ－15Ｊイーグル戦闘機は見当たらなかった。

消えた二機は台湾マフィアの手によって、どこかの国に売却されてしまったのか。それとも、東シナ海のどこかに海上桟橋《メガフロート》ごと隠されているのか。

丹治はドイツ製の超小型カメラで、内部の様子を写す。シャッターは十度ほど押した。

丹治は格納庫のような建物から離れ、全体の写真を幾枚か撮った。

トレーラートラックやコンテナトラックも写した。乗用車も撮《と》った。どれもナンバーの写るアングルを選んだ。

丹治は、ふたたび地べたに這《は》いつくばった。

さきほどと同じように、肘《ひじ》を使ってプレハブ造りの建物に近づいていく。三棟とも窓は明るかった。

ようやく丹治は、右端の建物に達した。

窓のカーテンは半分、開いていた。そこから内部を覗く。三、四十代の男たちが四人いた。

四人とも私服だったが、軍人のように動きがきびきびとしていた。男たちは机の上に首都圏の地図を拡《ひろ》げ、何やら検討している様子だ。

丹治は片腕をそっと伸ばし、二度シャッターを押した。

真ん中の建物は、宿舎に使われているようだった。二段ベッドが通路の左右に連《つら》なっている。

十二人の男がいた。いずれも筋骨隆々とした若者だった。それぞれが流行《はや》りの服をまとっているが、一般市民には見えない。現役の自衛官だろう。

武器や制服はどこにもなかった。どこか一カ所にまとめて保管されているのだろうか。

丹治は、十二人の顔もカメラに収めた。

左端の建物の中には、五人の男がいた。

重信と須貝も混じっていた。ほかの三人は五十年配だった。陸将補か、一等陸佐クラスの幹部自衛官かもしれない。

丹治は五人の姿を写した。

超小型カメラを上着の内ポケットに戻したとき、背後で笛が高く鳴った。振り向くと、格納庫に似た建物の近くに二つの人影があった。

すぐに真ん中の建物から、数人の男が飛び出してきた。拳銃や自動小銃を握りしめている。全員、編上靴《へんじょうか》だ。

丹治は走りだした。

左に逃げ、斜面を這い上がりはじめる。すぐに、あたりが明るんだ。照明弾が放たれたのだろう。

振り返りかけると、無数の銃弾が飛んできた。衝撃波が風を招き、下草をそよがせた。

土塊《つちくれ》が雹《ひょう》のように頭上から降ってきた。

丹治は身動きできなかった。少し経つと、照明弾の効力がなくなった。暗くなると、丹治は必死に斜面を登った。

ワイヤーに吊された手榴弾が炸裂《さくれつ》し、その爆風が背を撲《う》った。生きた心地がしなかった。炸裂音が轟《とどろ》くたびに、自然に体が強張《こわば》った。

また、夜空が明るくなった。

丹治は身を伏せ、暗くなるのを待った。武装した男たちの数は増える一方だった。彼らは声をまったく立てずに、猟犬のように猛然と追ってくる。

無駄弾も、ほとんど使わなかった。あくまでも冷徹だった。

──追ってくる奴らは、陸自のレンジャー部隊かもしれないな。

丹治は、そう思った。

下の方で、エンジンの始動音が聞こえた。何人かが車で先回りをして、丹治の逃げ道を塞《ふさ》ぐ気らしい。

丹治は車の走行音を聞きながら、必死に斜面を登った。

放たれた銃弾が足許《あしもと》に着弾する。そのつど、心臓がすぼまった。

ジグザグを切りながら、なんとか高みまで登った。右手に原生林が拡《ひろ》がっている。

丹治は、その中に走り入った。

樹木を縫《ぬ》いながら、奥に向かう。追っ手の足音も速くなった。

三たび、照明弾が夜空で弾《はじ》けた。

銃弾が唸りをあげながら、後ろから飛んでくる。樹皮や小枝が弾き飛ばされた。

丹治は獣のように這いながら、少しずつ進んだ。このまま逃げても、しまいには追い詰められてしまうだろう。

丹治は樫《かし》の大木によじ登った。地上三メートルほどの高さに太い枝があった。

その枝に足を掛け、樹幹に抱きつく。葉はかなり繁っていた。

数分後、追っ手の男たちが真下を走り抜けていった。

丹治は、そのまま動かなかった。まだ油断できない。

思った通り、ほどなく男たちが引き返してきた。

丹治は息を殺した。

男たちは何か言い交わしながら、山道の方に向かった。レンタカーが発見されるのは、もはや時間の問題だ。

敵はレンタカーの営業所に問い合わせ、借り主が丹治であることを知るだろう。レンタカーは放置したまま、歩いて麓《ふもと》まで降りることにした。

丹治は樫の大木から滑り降りると、男たちとは逆方向に歩きだした。スカイラインの中には私物は残していなかった。

――うまくヒッチハイクできればいいがな。

丹治は獣道《けものみち》をたどって、下山しはじめた。

第五章　殺人部隊の奇襲

1

レンタカーの営業所は明るかった。

二十四時間営業だった。間もなく夜が明ける。東の空は、わずかに白みはじめていた。

午前四時半だった。

丹治は目黒通りの際《きわ》に立って、営業所の様子をうかがっていた。所内に幾つかの人影があった。敵の人間とも考えられる。迂闊《うかつ》には近づけない。

丹治は煙草に火を点《つ》けた。

セブンスターは折れ曲がっていた。長者ヶ岳で匍匐前進したせいだろう。

怪しい秘密基地のある長者ケ岳の麓《ふもと》に下《くだ》ると、丹治は通りかかった地元の若者の車に同乗させてもらった。しかし、富士ＩＣのずっと手前で降りなければならなかった。

気のいい若者はＩＣの入口まで送ってくれると言ったが、その言葉に甘えるわけにはいかなかった。彼の家からICまでは、かなり遠かった。

二台目の車は、なかなか捕《つか》まえられなかった。

一時間近く待ったころ、山梨の暴走族の一団がやってきた。

丹治は彼らの単車や改造車《シャコタン》を停止させ、事情を話した。すると、髪を金色に染めた少年が快《こころよ》く自分のセリカに乗せてくれた。

ICの入口でも、そう簡単にはヒッチハイクさせてもらえなかった。丹治の泥まみれの服装が胡散《うさん》臭さを与えたのだろう。

十数台目に、やっと同乗を許された。そのドライバーは幸運にも、目黒区内の住民だった。こうして、さきほど東京に舞い戻ってきたのである。

レンタカーの営業所から、数人の男たちが出てきた。

丹治は煙草を足許《あしもと》に落とし、目を凝《こ》らした。

先頭の男は中井だった。黒沼賢吾の秘書だ。後ろの二人は初めて見る顔だった。『四海幇《スーハイパン》』の者だろう。中井たち三人は、車道に駐《と》めてあった銀灰色のメルセデス・ベンツに乗り込んだ。Uターンし、目黒駅方面に走り出した。

——おそらく奴らは、おれのマンションの前で待ち伏せする気になったんだろう。

丹治は目黒通りを横切り、レンタカーの営業所に足を向けた。

営業所には、三十一、二歳の男がいるだけだった。きのう、丹治がスカイラインを借りたときの係員だ。

「ああ、どうも」

男の笑みは不自然だった。

「いま、ここから三人の男が出ていったよね」

「は、はい」

「連中は、おれを待ってたんだろう？」

丹治は訊いた。

係員は何か言いかけ、急に口を噤《つぐ》んだ。

「奴らは何者だと言ったんだい？」

「警察の方だと……」

「笑わせやがる。奴らは、ごろつきだよ。おれは、あいつらの仲間に長者ヶ岳って山の中で殺されそうになったんだ」

丹治は、借りた車を放置してきた場所を詳しく教えた。

「うちは乗り捨ては認めてませんので、お客さまが規定通りに車をここまで運んでいただきたいんですがね」

「割増料金を払うよ。おれがのこのこ長者ヶ岳に戻ったら、車ごと焼き殺されるかもしれないんだ」

「そんな……」

「頼むから、こっちのわがままを聞いてくれないか」

「わかりました。前例のないことですが、今回は特別に」

係員が折れた。丹治はスカイラインのキーを返し、迷惑料として五万円払った。

「ちょっと訊きにくいことなんですが、うちの車が何か悪いことに使われたなんてことはありませんよね？」

「さっきの連中は、おれが何をやったと言ってた？」

「現金輸送車を襲って、三億四千万円を強奪《ごうだつ》したと……」

相手が伏し目がちに答えた。

「そんな大金をせしめた人間が、わざわざ借りた車のことで来ると思うかい？」

「いいえ」

「そうだろう？　奴らは偽刑事だよ」

「そういえば、警察手帳も見せてくれませんでしたね」

「三人のうち二人は、日本語のアクセントがおかしくなかったかい」

「ええ、ちょっと変でしたね。あの二人は何者なんです？」

「おそらく、台湾マフィアのメンバーだろう。奴らが、また来たら、すぐに一一〇番したほうがいいな」

丹治は事務所を出て、自分のジープ・チェロキーを入念に点検した。

妙な細工はされていなかった。車に乗り込み、恋人の未樹のマンションに向かう。

目黒通りを少し走ると、山手通りにぶつかった。交差点を左折し、中目黒方面に進む。

十数分で、未樹のマンションに着いた。

だが、丹治はすぐには車を降りなかった。未樹を起こすのが気の毒に思えたからだ。

といって、自分のマンションに戻れば、中井たち三人を相手に闘わなければならなくなる。

雑魚《ざこ》どもを叩きのめしたところで、あまり意味がない。いまは疲れきった体に休息を与えたかった。

丹治はシートを倒し、瞼を閉じた。

ほどなく眠りに引きずり込まれた。仮眠から醒《さ》めたのは、午前八時半ごろだった。

丹治は未樹の部屋に向かった。

インターフォンを鳴らすと、未樹の声で応答があった。

「出張ホストクラブの者ですが」

丹治はお道化《どけ》た。

「ここはケア付きの老人ホームよ」

「たまには、こういうジョークのキャッチボールも悪くないな」

「ずいぶん早いわね。ちょっと待ってて」

未樹の声が熄《や》んだ。

じきに玄関のドアが開けられた。丹治は玄関に入った。

「泥だらけじゃないの。何かあったのね」

「どうってことないさ。それより、おまえさんの嗅覚《きゅうかく》は鋭いな」

「なんのこと?」

未樹が訊いた。パジャマ姿ではなかった。

「一連の自衛隊機の墜落事故は偽装だったよ」

「やっぱり!」

「詳しいことは奥で話そう」

丹治は靴を脱ぎ、居間まで歩いた。

室内には、コーヒーの馨《こうば》しい香りが漂っていた。丹治はリビングソファに腰かけた。

未樹が二人分のコーヒーを運んできた。

丹治は昨夜のことを順序立てて話した。

口を結ぶと、正面に坐った未樹が言った。

「有働《うどう》と元防衛大臣の鹿戸健太郎が共同シナリオを練って、現政権をぶっ潰《つぶ》そうと考えてるんじゃない？　たとえば、泉田《いずみだ》総理をはじめ、全閣僚をタカ派の自衛官たちに処刑させるとか」

「総理や各大臣を抹殺しても、いまの連立政権が崩壊するわけじゃない。三与党が話し合って、新しい首相や大臣を速《すみ》やかに選出すればいいわけだからな」

「そうか、そうね。それなら、現内閣に政治的な責任を負わせることが犯人グループの狙《ねら》いなのかもしれないわ」

「おそらく首謀者は、内閣不信任案を出す気なんだろう。民自党のベテラン議員の中には、光明党や新保守党とまで手を結んで政権を掴んだ河原《かわはら》民自党総裁の政治手段を苦々しく思ってる者が少なくないからな」

　丹治は言って、コーヒーをブラックで啜《すす》った。

「そうね」

「まだ顔の見えない首謀者が内閣不信任案を提出すれば、賛成票は意外に多いかもしれない。黒幕はそのあたりのことをきっちり読んでから、この陰謀を練ったんだろう」

「そういう策略に長《た》けてるのは有働よね。有働が民族主義者に近い元防衛大臣の鹿戸健太郎を煽《あお》って、タカ派の自衛官を密かに集めさせたんじゃない？　それで、自衛隊機を五機いただいた。鹿戸の考えに同調する陸・海・空の幹部は当然いるだろうし、そうなれば、レーダーに細工することは可能でしょ？」

未樹が問いかけてきた。

「おまえさんの推測は、大筋では間違ってないと思うよ。しかし、有働亮一が筋書きをひとりで書いたのかどうか」

「有働はアンダーボスに過ぎないと言うの？」

「おれは、有働亮一の後ろに超大物がいるような気がしてるんだ。多分、民自党の元老クラスの大物政治家が裏で糸を操《あや》ってるんだろう」

「元老というと、総理大臣や副総理の経験者よね？」

「ああ」

「森内昇、大利根安道《おおとねやすみち》、海堂敏光《かいどうとしみつ》なんてところかしら？」

「黒幕がいるとすれば、そういった元老たちのひとりだろうな」

丹治は、またコーヒーを口に運んだ。

「民自党だけで政権を執《と》れなかったことを最も嘆《なげ》いているのは、戦時中に海軍将校だった大利根安道よね？」

「大利根は、自分の所信声明をマスコミに語っている。そういう人物は、裏工作はしにくいんじゃないか」

「そうかもしれないわね。当然、マスコミは大利根に目を向けてるだろうから」

未樹がそう言い、マグカップを摑《つか》み上げた。素顔で、口紅も引いていない。それでも充分に魅惑的だった。

「現政権について、ずっとコメントを避けつづけてるのは森内昇だな。しかし、いまや森内の影響力はあまりない。海堂は元老の中では最年少だし、派閥も小さいしな」

「拳《けん》さん、わたし、何か手伝うわよ。拳さんは犯人グループに顔を知られちゃってるから、尾行や張り込みはしにくいでしょ？」

「ずいぶん気が利くな。さては、三百万円そっくり持ってかれたな？」

丹治は単刀直入に訊いた。

「当たり！　△印の中穴だったんだけどなあ。まさか外れるとは思ってなかったのよ」

「やっぱり、そうか」

「当分、返せそうもないから、筋肉労働で少しでも借りを返したいの」

末樹が殊勝《しゅしょう》な言い方をした。さすがに気が咎《とが》めたのだろう。

「あの三百万は、くれてやるよ。その代わり、有働亮一と秘書の重信裕輔をとことんマークしてみてくれ」

「オーケー。有働の顔は知ってるけど、重信って秘書の写真は？」

「写真はないんだ」

丹治は重信の特徴と『ＪＪクラブ』に通っていることを教えた。

「車は黒塗りのシーマね？」

「ああ。しかし、警戒して、車を替えてるかもしれないな」

「考えられるわね。でも、重信って秘書はわかると思うわ」

「おまえさんの車は？」

「きのうの夕方、車検工場から戻ってきたわ」

「そうか。少しガソリン代を渡しておこうか？」

「そのぐらいは何とかなるわよ」

末樹がいったん言葉を切り、すぐに言い重ねた。

「それより、末永淳の恋人の入江千佳って女性も敵の一味なんじゃない？」

「その可能性はありそうだな」

丹治は、杉並にある千佳のマンションに電話をかけた。受話器は、なかなか外れない。

千佳は部屋にいないのか。電話を切ろうとしたとき、先方が出た。

「はい、豊和松庵《ほうわしょうあん》リースマンションでございます」

年配者らしい男の声が告げた。

「この電話番号は、入江千佳さんのナンバーのはずだがな」

「入江さんは、きのうの午後にここを引き払いました。ここは、家具や電話付きのリースマンションなんですよ。わたし、管理人です」

「入江千佳は、いつから部屋を借りてたんです？」

丹治は自分の間抜けさに呆《あき》れながら、早口で訊いた。

「二週間前ですね。うちは週単位で、お貸ししてるんです」

「マンションにリースという文字は書かれてなかったと思うがな」

「おっしゃる通りです。元々、このマンションは一般の賃貸住宅として建てられたんですよ。しかし、思うように入居者が集まらなかったものですから、リースマンションにしたわけです」

「そうだったのか。部屋を借りるときに、住民票の写しか何か提出してもらってるんでしょ？」

「いいえ、そういったものは何もいただいておりません。予《あらかじ》め週ごとにお部屋代を前払いしていただいておりますので、こちらではお客様の連絡先を書いてもらうだけです」

管理人が言った。

「それじゃ、申し訳ありませんが、入江千佳の連絡先を教えてください。わたしは、彼女にある調査を依頼された者です」

「それがですね、連絡がつかなかったんですよ」

「どういうことなんです？」

「入江さん、部屋にネックレスをお忘れになったんです。それで、あの方が書かれた連絡先に電話をしたんですが、そこは小学校だったんですよ。住所も、その学校のものでした」

「そうですか。どうもありがとうございました」

丹治は通話を切り上げた。

「依頼人は、やっぱり……」

「ああ、犯人グループの一員だろう」

「拳《けん》さんは美人に弱いから」

未樹が茶化すように言った。丹治は苦笑するほかなかった。

「入江って女は、重信って秘書の愛人か何かなんじゃない？」

「そうかもしれない。それにしても、たいした女だ。末永淳の身を本気で案じてるように見えたからな」

「女のわたしなら、きっと入江千佳の名演技も見抜けたと思うけどな」

「あんまり、おれをいじめないでくれ」

「拳さん、入江千佳と寝たの？　だいぶショックを受けてるみたいだから」

未樹が、いたずらっぽく言った。

「おれは依頼人と寝るような男じゃないよ」

「単に、そういうチャンスがなかっただけでしょ？」

「末樹には、かなわねえな」

丹治は苦く笑って、今度は末永の実家に電話をかけた。

少し待つと、孝二が電話口に出た。丹治は名乗って、最初に入江千佳のことを話した。さらに、これまでの経過を伝えた。

孝二の声は暗く沈んでいた。ほとんど質問もしなかった。

「なんだか様子がいつもと違うね。何かあったのかい？」

丹治は気になって、そう問いかけた。

「兄は殺されました」

「お兄さんの頭部が発見されたのか⁉」

「いいえ、それはまだです。しかし、兄が死んだことは九十九パーセント、間違いはないでしょう。相模湖や井の頭公園で見つかった胴体や手脚から、それが確定的になったんです。血液型や指紋なんかが、兄のものと一致したんですよ。さらに決め手となることもわかりました」

孝二が涙声で言った。

「決め手って、どんな？」

「兄は子供のころに左の鎖骨《さこつ》を複雑骨折したことがあるんです。そのとき、手術で補強金具を入れたんですよ。手術痕《あと》も金具もありましたから……」

「間に合わなくて、申し訳ない」

「丹治さん、兄の頭部を早く見つけ出してください。両親が今夜、帰国するんです。父たちに、顔のない兄のバラバラ死体を見せるのは惨《むご》すぎます」

「その仕事は必ずやり遂《と》げます。もちろん、報酬はいりません」

丹治はきっぱりと言った。末永淳を救出できなかったことで、彼は責任を感じていた。

「当然、謝礼は用意します。ですから、一日も早く兄の頭部を探してほしいんです」

「ベストを尽くしましょう」

「お願いします」

孝二はそう言うと、男泣きに泣きはじめた。

「ひとりじゃ、辛いよな」

「やっぱり、ショックで……」

「ちょっとお宅にうかがおう。それじゃ、あとで」

丹治は通話を打ち切り、未樹に国際ジャーナリストの死を伝えた。未樹は辛そうに首を振った。

「着替えの服と下着を買ってきてもらえないか」

丹治は所持金を未樹にそっくり渡し、浴室に足を向けた。

2

携帯電話は沈黙したままだ。

丹治は少し焦《じ》れてきた。ジープ・チェロキーは、日比谷高校のグラウンドの脇に駐《と》めてある。千代田区の永田町だ。

丹治は国会周辺を走りながら、有働亮一事務所前に張り込んでいる未樹からの連絡を待っていた。しかし、携帯電話はいっこうに鳴らない。

ここに車を駐めたのは、十五分ほど前だった。もうじき、午後四時になる。末永孝二を慰め、都心に来たのは正午過ぎだった。

どうやら有働も重信も本部事務所に引きこもっているらしい。

丹治は、未樹の携帯電話の短縮ナンバーをプッシュした。ワンコールで、未樹が電話口に出た。

「まるで動きがないようだな?」

「そうなのよ。さすがに退屈してきたわ」

「だからって、居眠りなんかしないでくれよ」

丹治は言った。

「ご心配なく」

「それから、言った通りに時々、レンタカーを動かしてるか？　同じ場所にずっと車を駐めてると、どうしても怪しまれるからな」

「その点も安心して。二、三十分置きに、小まめに車を移動させてるから」

「そうか」

「拳《けん》さん、いま、どこなの？」

「日比谷高校の近くだ。もう少ししたら、国会議事堂の方に行ってみるよ」

「そう。何か動きがあったら、すぐに連絡するわ」

未樹が電話を切った。

丹治は携帯電話を懐に戻し、煙草をくわえた。火を点《つ》けたとき、脳裏に入江千佳の美しい顔が浮かんだ。説明のつかない怒りが胸に拡《ひろ》がった。

考えてみれば、出会いから不自然だった。なぜ、もっと早く千佳の罠《わな》に気がつかなかったのか。

看破《かんぱ》していれば、末永淳は無惨な殺され方をしなくても済んだはずだ。孝二の打ちひしがれていた様子を思い出すと、心臓の被膜《ひまく》がひりひりと痛んだ。気分が重い。

セブンスターを喫《す》い終えると、丹治は車を走らせはじめた。直進し、国会議事堂に向かう。

議事堂前の通りには、夥《おびただ》しい数の車が渋滞していた。

よく見ると、警察の装甲車が連《つら》なっていた。赤いパイロンと鉄柵《てっさく》で車線制限が行なわれ、一般車はことごとく検問を受けていた。

何かあったようだ。

丹治は車を横道に入れ、永田町小学校の方に回った。

小学校の筋向《すじむ》かいにある民自党本部の前にも、装甲車が並んでいた。むろん、通行止めだった。

丹治は衆議院議長公邸の前を抜け、いったん外堀通りに出た。

ヒルトンホテルの脇を通り、首相官邸をめざす。首相官邸周辺も通行禁止になっていた。

やむなく迂回《うかい》し、外堀通りの向こう側の赤坂三丁目の裏通りに車を駐めた。

すぐにカーラジオのスイッチを入れた。チューナーをＮＨＫに合わせる。

「繰り返し、臨時ニュースを申し上げます。自衛官と思われる武装集団によって、東京の主要道路、鉄道、橋などが分断され、羽田空港ターミナルが占拠されました」

男性アナウンサーが叫ぶように言った。

――やっぱり、敵はクーデターを企んでたんだな。

丹治は音量を高めた。

「ほぼ首都は制圧された模様です。ただいま、新しい情報が入りました。武装グループがSPたちを射殺し、首相官邸に押し入りました。閣議室に居合わせた泉田総理、河原外務大臣、吉川《よしかわ》法務大臣など七人の閣僚が人質に取られました。また、国会議事堂、議員会館も犯人グループに占拠されました」

アナウンサーが言葉を切り、すぐに言い継《つ》いだ。

「海上自衛隊の護衛艦も二隻乗っ取られ、東京湾も封鎖されました。さらに毎朝新聞の東京本社、民放の関東テレビ局も占拠されました。陸・海・空の自衛隊や警視庁機動隊が鎮圧《ちんあつ》に向かいましたが、総理など政府首脳をはじめ、大勢の職員や一般市民が人質に取られていることから、事態の収拾にはだいぶ時間がかかりそうです」

またもや、アナウンサーが言葉を切った。

「なお、反乱自衛官の正確な数はまだわかっていません。少なくとも、数百人にのぼると思われます。反乱軍を率《ひき》いている人物も、まだ不明です。あっ、報道局のスタジオに……」

アナウンサーが狼狽《ろうばい》し、悲鳴を放った。数発の銃声が交錯し、放送が中断された。

反乱隊員がスタジオに乱入したのだろう。

丹治はラジオのスイッチを切り、グローブボックスから双眼鏡を取り出した。すぐに車を飛び出し、外堀通りを突っ切った。

ヒルトンホテルの前を抜け、できるだけ首相官邸に近づいた。

官邸の上空に、二機のヘリコプターが見えた。

丹治は双眼鏡を目に当てた。どちらも、ベルAH－ISヒューイ・コブラだった。

両機には、それぞれガナーとパイロットが乗り込んでいた。

二機とも機体番号は消されている。昨夜、長者ヶ岳の秘密格納庫で組み立てられていた地上攻撃用ヘリコプターにちがいない。

前席に坐ったガナーたちは、交互に二十ミリのM197を吼《ほ》えさせている。首相官邸を包囲している陸上自衛隊東部方面隊第一師団や警視庁の機動隊を威嚇《いかく》しているのだろう。

官邸の向こう側の総理府ビルの上空には、十機近いヘリコプターが空中停止《ホバリング》していた。防衛大臣直轄《ちょっかつ》部隊のヘリコプター団だった。彼らも、反乱軍に手出しができないようだ。

丹治は双眼鏡を国会議事堂に向けた。

もう一機のヒューイ・コブラが舞っていた。皇居の上空には、二つの機影があった。

航空自衛隊のF－15Jイーグル戦闘機だった。

二機とも東シナ海のどこかから、密《ひそ》かに飛来したのだろう。

どちらもミサイルを搭載していた。

いつの間にか、周囲には野次馬が群れていた。民放テレビ局の中継車もあちらこちらに見える。

何か情報が得られるかもしれない。

丹治は双眼鏡を黒の綿ブルゾンのポケットに突っ込み、東日本テレビの中継車に駆け寄った。

ブルゾンやチノクロスパンツは今朝《けさ》、未樹が買い揃《そろ》えてくれたものだった。

中継車のそばに、放送記者らしい三十歳前後の男が立っていた。男には、ビデオカメラが向けられている。カメラマンのかたわらにいるディレクターが合図《キュー》を送った。

「永田町の現場です。首相官邸に立て籠《こも》った犯人たちは、何も要求していないようです。また、人質の閣僚たちは全員無事なようです。警視庁は防衛省筋《すじ》からの情報で、反乱に加わった自衛官の人数をほぼ把握しました。陸自が約百二十人、空自が四十五人前後、海自がおよそ八十五人です。総勢二百五十人前後と思われます。反乱軍の指揮を執《と》っているのは、西浦穂積《にしうらほづみ》陸将補と判明しました。陸将補は現場の最高位である陸将に次《つ》ぐ位で、旧軍隊では将官に当たります」

放送記者が取材ノートを見た。

「西浦指揮下に四、五人の一等陸・海・空佐がいる模様です。ほかは陸・海・空の一・

二・三等尉、準尉、曹《そう》、士《し》など各階級の隊員で構成されています。自衛隊の正規部隊が首都の各地に配置されていますが、対応に苦慮しています。いったん、現場からの報告を打ち切ります」

ライトが消された。放送記者がハンカチで額の汗を拭《ぬぐ》った。

丹治は車に駆け戻った。

未樹に事件のことを報せるつもりだった。携帯電話の数字キーを押しかけたとき、着信音が響きはじめた。

丹治は携帯電話を耳に当てた。

「わたしよ」

未樹だった。

「永田町の騒ぎのことは？」

「知ってるわ。退屈しのぎにラジオを聴いてたら、臨時ニュースが流れてきたの」

「そうか。で、有働か重信が動きだしたんだな？」

「ええ。重信の運転で、有働が出かけるとこなの。車はシーマじゃなく、黒のベントレーよ」

「尾行して、二人の行き先を突きとめてくれ。おれは、永田町の騒ぎをもう少し見届けたいんだ。未樹、慎重に行動してくれ」

丹治は、通話を終わらせた。

ふたたびラジオを点《つ》ける。NHKの第一放送はクラシック音楽を流していた。報道局は依然として、武装集団に占拠されているらしい。

民放の各局はクーデターに関するニュースを報じていたが、どの局からも新しい情報は得られなかった。

丹治は煙草に火を点けた。

元プロレスラーの岩城が電話をかけてきたのは、数十分後だった。

「旦那、永田町で大変な騒ぎが起きてるぜ」

「いまごろ、寝ぼけたことを言うな。おれは首相官邸の近くにいるんだ」

「なんでえ、そうだったのか」

「岩、民放テレビはどんなニュースを流してた？」

丹治は訊いた。

NHKと関東テレビでは何も放送されていないという。他の民放局も事件のアウトラインを繰り返しているだけらしい。

「そりゃそうと、なんで旦那がそんな所にいるんだよ？　末永淳って奴の拉致《らち》事件と何か関係でもあるのかい？」

岩城が不思議そうに言った。

「そうか、おまえには末永淳が偶然に撮った写真のことをまだ話してなかったんだな」

「末永は、洋上取引の写真を撮ったんじゃねえの？」

「それだけじゃなかったんだよ」

丹治は消えた五機の自衛隊機のことを話し、首謀者を突きとめかけていることも打ち明けた。

「旦那、ボスがわかったら、たっぷり強請《ゆす》ってやろうや。どうせなら、イーグル戦闘機一機分ぐらいの銭《ぜに》をさ」

「三十億は無理でも、うまくやりゃ、十億円ぐらいは強請れるかもしれない」

「おれもなんか手伝うよ。何もしねえんじゃ、分け前を貰《もら》いにくいからな」

「おまえのばか力が必要になったら、声をかけるよ」

「それじゃ、待機してらあ。まとまった銭が入ったら、〝億ション〟でも買っちまうかな」

岩城が明るく言って、先に電話を切った。

――呑気《のんき》な奴だ。

丹治は携帯電話を懐に戻した。

そのとき、頭上でジェット機の爆音がした。イーグル戦闘機がビル群を掠《かす》めるように飛んでいた。反乱軍の一機だろう。

——長者ヶ岳で撮った写真だけでも首謀者は震え上がるだろうが、できれば西浦陸将補の証言が欲しい。それが無理なら、パイロットの川平誉《かびらほまれ》あたりの告発音声でもかまわないんだが……。

丹治は昏《く》れなずみかけている空を振り仰《あお》ぎながら、胸底で呟《つぶや》いた。

もう一本煙草を喫《す》ってから、またもやラジオのスイッチを入れる。

「……臨時ニュースです。首相官邸に立て籠《こ》もっていた反乱自衛官たちが泉田首相など人質を解放し、次々に投降しています。国会議事堂や議員会館を占拠していた者たちも自動小銃や拳銃を捨て、次々と投降している模様です。また、ＮＨＫ、関東テレビ、毎朝新聞東京本社に押し入った者たちも退去中です」

若い女性アナウンサーは、さらに言葉を重ねた。

「海上自衛隊の護衛艦二隻も、第一護衛隊群が無血で取り戻しました。ただ、犯人側の三機のヘリコプターと二機のイーグル戦闘機は、いまも都心の上空を旋回中です。陸上自衛隊東京方面隊第一師団や航空自衛隊航空隊は無線で五機のパイロットに投降を呼びかけるとともに、迎撃の準備も整えています。いま入ったニュースによりますと、羽田空港ターミナルビルに立て籠もっていた六人も投降しました」

丹治は少しボリュームを上げた。

その直後だった。夕空に砲声が轟いた。

丹治は双眼鏡を摑んで、車を降りた。首相官邸のあたりを見上げる。

一機のヒューイ・コブラが三つの機関砲から、二十ミリ弾を吐いていた。七十ミリのロケット弾も発射された。

ビルの間に、赤い炎が見えた。黒煙が立ち昇っている。

二機のヒューイ・コブラは、それぞれ国会議事堂と議員会館の上空に浮かんでいた。どちらも、機関砲とロケット弾を放っていた。

爆炎が幾つも閃《ひらめ》いた。

どうやら三機のガナーは、投降した仲間の自衛官を皆殺しにするつもりらしい。

地上の正規自衛隊の各部隊は反撃する気配がなかった。都心部でヘリコプターやイーグル戦闘機を撃ち落としたら、大惨事を招くことになるからだろう。

三機のヒューイ・コブラは永田町上空から、三方面に散った。二つの放送局、新聞社、羽田空港にいる投降自衛官の口を封じに行く気なのだろう。

二機のイーグル戦闘機は東京湾方面に飛び去った。

丹治は運転席に戻って、ラジオに耳を傾けた。

「……警察の護送車が次々に狙い撃ちされ、投降した自衛官たちは射殺されました。首相官邸、国会議事堂、議員会館のあたりは、まるで戦場のようです。ロケット弾に爆破された護送車や装甲車は炎に包まれ、烈《はげ》しく燃えています。警察や自衛隊関係者の死傷者数は、まだ掴めていません。中部航空方面隊の入間《いるま》基地から迎撃《げいげき》機が相次いで飛び立ちましたが、首都圏上空での空中戦は避けられる見通しです。詳報が入りましたら、ただちにお伝えします」

アナウンサーの声が途絶えた。

――首謀者は最初っから一部の反乱隊員だけを残して、大半の要員は消すつもりだったにちがいない。西浦陸将補たち幹部は、とうに逃げたはずだ。下っ端《したっぱ》隊員は利用だけされて、あっさり殺されちまったわけか。愚かな連中だ。

丹治は首謀者の腹黒さに烈《はげ》しい憤《いきどお》りを覚えた。

われ知らずに、ステアリングを拳《こぶし》で叩きつけてしまった。

数十分が過ぎたころ、残りの投降隊員がすべて殺されたことをラジオが伝えた。三機のヒューイ・コブラと二機のイーグル戦闘機は正規自衛隊機に包囲されると、川崎のコンビナートの上空に結集したらしい。

敵も悪知恵が発達している。コンビナートの上を旋回している限り、正規自衛隊機の迎撃機に撃ち墜《お》とされる心配はない。燃料が切れるまでに、何か脱出の手立てを講じているのだろう。

それから十分も経《た》たないうちに、思いがけないニュースが流れてきた。

反乱軍の五機が地上からロケットランチャーで撃墜され、川崎のコンビナートが爆発炎上したというのである。

榴弾《りゅうだん》でヒューイ・コブラやイーグル戦闘機を撃《う》ち墜《お》としたのは、もちろん正規の自衛隊ではない。首謀者は口封じのための殺人部隊を二重に用意していたのだ。

おそらくロケットランチャーを使ったのは、陸自の特殊部隊の者たちだろう。そうだとしたら、首謀者は自衛隊に多くのシンパを持つ人間にちがいない。

元防衛大臣の鹿戸健太郎がビッグボスなのか。一瞬、そんな思いが胸中をよぎったが、丹治はその考えを打ち消した。また、有働ひとりでも絵図は画《か》けない。

——未樹からの連絡がないな。

丹治は長嘆息した。

そのすぐ後、携帯電話が鳴った。発信者は未樹だった。

「いま、わたし、意外な所にいるの」

「もったいつけないで、早く言ってくれ」

丹治は急《せ》かした。

「国際政治学者の入江政寿《いりえまさとし》の鎌倉の自宅の前よ。有働と重信の二人は邸内に入ったまま、まだ出てこないわ」

「入江政寿だって⁉　それじゃ、千佳は……」

「ええ、入江政寿の末娘よ。わたし、近所の人に確かめたの」

未樹が言った。

入江政寿は、かつて防衛大学の学長を務めたこともある右翼の論客だ。学長を辞した後、民自党の国会議員になった。七年ほど前に外務大臣になったものの、わずか半年で大臣の席を棒に振ってしまった。

第二次大戦時の日本軍の侵略行為を正当化し、内外から非難されたからだ。入江政寿は自説を曲げずに、自ら政界を去った。その後は、私立女子大の学長などを務めている。もう七十代の半《なか》ばだ。

「入江政寿は民自党の河原総裁などハト派を痛烈に批判する文章を総合雑誌に、ちょくちょく発表してるわよね？」

「ああ。思想的には偏《かたよ》ってるが、気骨はある。だから、保守系のタカ派議員や自衛隊の軍備拡張派の教祖的な存在になったんだろう」

「入江は光明党や新保守党なんかと手を結んだ民自党の執行部が赦《ゆる》せない気持ちになって、有働《うどう》亮一や元防衛大臣の鹿戸を焚きつけて、現政権の弱体ぶりを国民にアピールしたかったんじゃない？」

「大筋は、そんなとこだろう。もう一度、政権を牛耳《ぎゅうじ》ってみたいと考えてる有働と民自党内で孤立してる鹿戸が協力を申し出たんだと思う」

丹治は言った。

未樹が短い悲鳴をあげ、暴《あば》れる気配が伝わってきた。丹治は未樹に呼びかけた。

そのとき、乱暴に電話が切られた。

未樹は敵に見つかり、入江邸に引きずり込まれたにちがいない。入江の自宅は、確か鎌倉の雪の下にある。

丹治は車を急いでスタートさせた。

3

坂の上に若い女が立っていた。

入江千佳だった。ヘッドライトの光の中で、千佳は美しく輝いていた。ワンピース姿だ。

丹治は一瞬、千佳を撥ね跳《と》ばしたい衝動を覚えた。

だが、すぐに思い留《とど》まった。そんなことをしたら、入江政寿は即座に人質の未樹を殺すだろう。

丹治は坂道を登りきり、車を千佳のかたわらに停止させた。

未樹の車は見当たらない。左の角地に、数寄屋《すきや》造りの大きな家屋が建っていた。

入江邸である。敷地は五百坪はありそうだ。大谷石の塀に囲まれていた。庭木も多い。

千佳が皮肉っぽい笑みを浮かべ、運転席に近づいてきた。

丹治はパワーウインドーを下げた。

「女はどこだ?」

「お客さまは、客間にいらっしゃるわ」

「たいした女だな」

「あなた、長者ヶ岳で撮ってはいけない写真を撮ったそうね」

「なんのことだ」

「白《しら》を切ると、末永淳と同じことになるわよ」

千佳が冷然と言い放った。

「わかった。メモリーは渡してやろう。ただし、人質と交換だ」

「メモリーを渡しなさいっ」

「女が無事なことをこの目で確かめたら、渡してやる」

丹治はエンジンを切ると、すぐさま車を降りた。

同時に、千佳の右腕を捩《ねじ》上げた。千佳が痛みを訴えた。

「暴れると、肩が脱臼《だっきゅう》するぜ」

丹治は千佳を前屈《まえかが》みにさせ、形のいい尻を軽く膝で蹴りつけた。

その直後、何か黒っぽい塊《かたまり》が闇の中から飛んできた。分銅だった。

丹治は首を竦《すく》め、暗がりを透《す》かして見た。

鎖鎌に似た武具を手にした須貝が立っていた。路面に落ちた分銅は、すぐに引き戻された。

「お嬢さんから手を放せ」

「てめえは、入江政寿の書生か何からしいな」

丹治は言った。

「先生のお名前を呼び捨てにするな！　きさまの面を叩き潰《つぶ》してやるっ」

「その前に、この女の肩の骨が折れることになるぜ。てめえは引っ込んでろ！」

「そうはいかない」

須貝が腰の後ろから、消音器付きの自動拳銃を取り出した。ワルサーＰＰＫ／Ｓだった。

「てめえに撃てるのかっ」

「おれを怒らせる気らしいな」

「気取ってやがるのか！」

丹治は挑発した。須貝の反応を探《さぐ》りたかったからだ。

須貝は無言で、一発放った。

発射音は小さかった。空気の洩《も》れるような音しか聞こえなかった。銃弾は、丹治の側頭部すれすれのところを通過していった。

射撃の心得はあるようだ。際どい威嚇射撃ができるほどだから、腕は悪くないらしい。

「わかったよ」

丹治は千佳を自由にしてやった。

須貝が丹治の背後に回った。重厚な木製の門扉は開いていた。

前庭は、料亭のような造りだった。玉砂利の敷かれた場所に、四台の車が駐めてあった。未樹が借りたレンタカーも置かれている。

「どうぞお入りになって」

千佳が抑揚《よくよう》のない声で言った。

玄関の三和土《たたき》は四畳半ほどもあった。式台は磨《みが》き込まれ、光沢を放っている。

丹治は奥の広い和室に通された。

床の間を背にして、総白髪の入江政寿が坐っていた。大島紬《つむぎ》に角帯という身なりだった。

漆《うるし》塗りの大きな座卓の前には、有働亮一と秘書の重信が並んでいた。二人とも正坐だった。三人は冷酒を飲んでいた。

「やあ、どうも」

　重信が片手を軽く挙げた。丹治は、ベルトの下に隠した超小型ＩＣレコーダーのスイッチを入れた。

「あんたは最初っから、おれに末永淳の撮《と》った写真の画像データを探させる気だったんだなっ」

「そういうことだ。きみのおかげで、危ない画像データを手に入れることができたよ。きみが妙な気を起こさなければ、礼の一つも言うんだがね」

「末永淳を始末したのは黒沼なのかっ。それとも、『四海幇《スーハイパン》』の侯《ホウ》に任せたのか！」

「その質問には答えられんね。それより、きみが長者ヶ岳で撮影した写真のメモリーは？」

「その前に、おれの女を……」

「いいだろう」

　重信が立ち上がり、仕切り襖《ふすま》をいっぱいに開いた。

　未樹は白い紐《ひも》で両手と両脚を縛られ、座敷に転がされていた。横向きだった。口には革《かわ》の防声具を嚙《か》まされている。

　未樹は丹治の顔を見ながら、首を小さく振った。写真のメモリーを渡すなという意味だろう。

「千佳、きみは下がりなさい」

入江政寿が自分の娘に命じた。

千佳がうなずき、すぐに廊下に出た。雪見障子戸《ゆきみしょうじど》は、ぴたりと閉ざされた。

須貝がワルサーＰＰＫ／Ｓを重信に渡し、分銅の付いた鎖を短く振り回しはじめた。

「美人の顔がぐちゃぐちゃに潰《つぶ》されたら、どうなるんだろうね」

有働亮一が高笑いをした。腫《は》れぼったい上瞼の下の両眼には、歪《ゆが》んだ光が宿っていた。

「二つの条件を呑んでくれたら、メモリーは渡そう」

丹治は、入江政寿と有働の顔を等分に見た。

入江が江戸切子《きりこ》のグラスを口に運んでから、短く問いかけてきた。

「条件とは？」

「人質を先に帰らせてくれ。彼女は、あんたたちがやったことは何も知らないんだ。おれが無理に頼んで、彼女にベントレーを尾行してもらっただけなんだよ」

「きみは、そこにいる彼女に惚《ほ》れてるようだね。それで、もう一つの条件とは？」

「末永淳の雁首《がんくび》をどうしたのか、それを教えてもらいたい。顔のない遺体を火葬場に運ぶんじゃ、遺族がたまらない気持ちになるだろうからな」

「きみの言いたいことはよくわかった。しかし、どちらの条件も呑むわけにはいかんね」

「おれたち二人も殺す気らしいな」

「須貝君、ちょっと頼む」

入江が黒ずくめの男に声をかけた。

須貝が気合の籠った返事をし、分銅を勢いよく振り回しはじめた。すかさず重信が丹治の片腕を摑み、サイレンサーの先端を首筋に押し当てた。

未樹が恐怖に身を竦《すく》ませた。

「おれの負けだ」

丹治は綿ブルゾンのポケットから、写真のメモリーを取り出した。

それを重信が引ったくり、須貝に命じた。

「急いで確認してくれ」

「はい」

須貝が鎖を手繰り寄せ、メモリーを受け取った。すぐに部屋を出ていった。

丹治は重信の右腕を払いのけ、未樹に歩み寄った。防声具を外す。

「済まない、未樹」

「謝らなきゃならないのは、こっちよ。黒ずくめの男に捕まったばかりに……」

未樹が詫びた。

丹治は未樹を抱え起こし、縛《いまし》めを解《と》いた。

「おい、勝手な真似をするな」

重信が血相を変えて、丹治たちのいる部屋に駆け込んできた。

「撃ちたきゃ、撃ちやがれ。その代わり、学者先生のお宅が血糊《ちのり》や肉の欠片《かけら》で汚れちまうぜ」

「き、きさま！」

「薄汚え政治屋の腰巾着《こしぎんちゃく》に撃てるわけねえよな」

丹治は鼻先で笑った。

重信が逆上し、ワルサーＰＰＫ／Ｓの銃身を握った。銃把《グリップ》で、丹治の頭を撲《なぐ》る気になったらしい。

丹治は身構えた。拳銃を奪うチャンスだった。

だが、そのチャンスは訪れなかった。有働に窘《たしな》められ、重信は冷静さを取り戻した。

さすがに策士の有働は、挑発には乗ってこなかった。丹治が武器を奪う機会をうかがっていることを見抜いているようだった。

「プリントアウトが済むまで、そこでおとなしくしてたほうがいいな」

有働はそう言って、未樹に粘《ねば》っこい視線を向けた。

未樹が有働の視線に気づき、両手で膝を隠した。

「いい女だ。きみ、わたしの第四秘書になる気はないかね⁉　長生きしたいんだったら、真剣に考えてみたほうがいいぞ」

「豚の秘書になるくらいだったら、死んだほうがましよ」

「威勢がいいね」

有働が余裕ありげに笑ってみせた。だが、三角の両眼は一段と尖《とが》っていた。

須貝が戻ってきたのは、およそ三十分後だった。

メモリーとプリントアウトの束《たば》を手にしていた。入江と有働がプリントアウトを見る。

「こんなものがマスコミの手に渡ったら、大変なことになってました」

「そうだね」

入江が有働に言い、須貝に焼却するよう命じた。須貝はメモリーとプリントアウトを掻《か》き集め、ほどなく下がった。

それから間もなく、千佳が二人の男を伴って部屋に入ってきた。

黒沼賢吾と中井将也だった。二人とも、ノーリンコ54を手にしていた。中国製のトカレフだ。

「しくじらんようにな」

入江が総会屋の大物に声をかけた。

「先生、ご安心ください」

「早く二人を連れてってくれ。目障《めざわ》りで酒がまずくなる」

「はい、すぐに」

黒沼が中井に目で合図した。

丹治と未樹は立たされた。黒沼、中井、重信の三人に前後を挟まれ、二人は庭に連れ出された。少し遅れて、千佳が家の中から出てきた。

「あなたとは、これでお別れね。ちょっぴり名残《なごり》惜しいわ」

「だったら、別れのキスをしてくれ」

「いいわよ」

「できたら、ディープキスを頼む」

丹治は千佳を楯《たて》にするつもりだった。

千佳が弾むような足取りで歩み寄ってきた。丹治の前にたたずみ、瞼を閉じた。丹治は千佳の顎《あご》に手を添え、顔を上げさせた。

その瞬間、千佳が膝頭で丹治の股間《こかん》を蹴り上げた。不意討《ふいう》ちだった。丹治は急所を押さえて、長く唸った。

「女だからって、あまり甘く見ないことね」

千佳が勝ち誇ったように言い、数歩退《さ》がった。

三人の男が軽蔑《けいべつ》の笑みを浮かべた。

丹治と未樹は、それぞれ自分の車の運転席に坐らされた。丹治の真後ろに黒沼、未樹のリア・シートには中井が乗り込んだ。二人の男はノーリンコ54を握ったままだった。

「車を出せ！」

黒沼が銃口で、丹治の後頭部を押した。

丹治はジープ・チェロキーを発進させた。未樹のレンタカーが従《つ》いてくる。

鎌倉の市街地を抜けると、海岸通りを走らされた。国道一三四号線だ。江の島、茅ヶ崎、平塚、大磯を通過すると、二宮町を縦走させられた。

停止を命じられたのは、小高い丘の上だった。小田原厚木道路から、数キロ山側に寄った場所だ。近くに送電塔がそびえている。

あたりに民家は一軒もなかった。

丹治と未樹は、車から引きずり降ろされた。二人は数百メートル歩かされた。

立ち止まらされた場所には、古びたアトリエ風の建物があった。電灯が瞬《またた》いている。

建物の中に誰かいるようだ。

丹治たち二人は、建物の中に押し込まれた。

玄関ホールのそばに、十五畳ほどの板の間があった。その奥に台所か何かがあるらしい。

「獲物を連れてきたぜ」

黒沼が奥に声をかけた。

仕切りドアが開き、チャイナドレスをまとった清美《チンミー》が現われた。『白龍《ホワイト・ドラゴン》』のママだ。

清美の後ろから、色の浅黒い男が出てきた。先日、六本木のスポーツクラブで見かけた男だった。

「あの男は、『四海幇《スーハイパン》』の侯《ホウ》だな?」

丹治は黒沼に話しかけた。

「そうだ。侯《ホウ》は若い時分、製材所で働いてたんだよ。そのせいか、切断マニアでな。末永の首の切り口なんか、みごとなもんだったぜ」

「末永を秩父の潰れたドライブインから、ここに連れてきて……」

「麻酔で眠らせて、侯《ホウ》がバラバラに切断したのさ」

「雁首はどこにあるんだ?」

「ここさ。ホルマリン漬《づ》けにして、ちゃんと保存してある。そこらに埋めたんじゃ、野犬に掘り起こされちまうからな」

黒沼はそう言い、清美《チンミー》に目顔《めがお》で何か告げた。

清美《チンミー》が奥の部屋に走り入った。侯《ホウ》が残忍そうな笑みを浮かべた。清美はガラス容器を抱えて、板の間に戻ってきた。

未樹が口許を手で押さえ、床に頽《くずお》れた。

容器の中には、末永淳の生首《なまくび》が入っていた。ゆらゆらと揺れ動いていた。

――赦《ゆる》してくれ。

丹治は短く合掌した。

侯《ホウ》が床に片膝をつき、ハッチを開けた。床下《ゆかした》の収納庫から、エーテルの壜《びん》、青竜刀、大庖丁、十数枚のスポーツタオルなどを取り出した。

「床に腹這いになれ」

黒沼が命令した。

丹治は屈《かが》み込むと見せかけ、黒沼にローキックを浴びせた。

黒沼《ハジ》が転がった。丹治は黒沼の右手首を蹴り、すぐに高く跳《と》んだ。

「撃くぞ」

中井がノーリンコ54を構えた。末樹が中井の腰に組みついた。

銃口が下がった。

丹治は体を水平に泳がせ、連続蹴りを浴びせた、狙ったのは、右腕と喉《のど》だった。

中井が万歳《ばんざい》をするような恰好《かっこう》で、後ろに倒れた。ノーリンコ54が床を滑った。幸いにも、暴発はしなかった。未樹が這《は》って、ノーリンコ54を拾い上げた。

黒沼が起き上がって、目で拳銃を探している。丹治は得意の〝稲妻ハイキック〟を見舞った。空気が大きく揺れた。

黒沼は、まるで雷に打たれたように床に転倒した。丹治は、黒沼のノーリンコ54を拾い上げた。

「動かないで！」

未樹がノーリンコ54を両手で握り、中井の動きを封じた。

侯《ホウ》が青竜刀を摑んだ。丹治は、背を見せた清美《チンミー》を追った。肩を摑んで、捻り倒す。

清美《チンミー》が床に転がった。弾《はず》みで、チャイナドレスの裾《すそ》が大きく捲《まく》れ上がった。

清美《チンミー》はパンティーを穿《は》いていなかった。恥毛は、すっかり剃《そ》り落とされていた。

「おまえの趣味らしいな」

丹治は侯《ホウ》に言い、清美《チンミー》の亀裂《きれつ》に銃口を埋めた。清美《チンミー》は痛みを訴えたが、石のように動かなくなった。

侯《ホウ》が何か叫びながら、青竜刀を振りかざした。そのまま、勢いよく走ってきた。

丹治はノーリンコ54の銃口を侯《ホウ》に向けた。

そのとき、侯《ホウ》の体が何かに吹き飛ばされた、鮮血もしぶいた。銃声は轟かなかった。

未樹が発砲したのではない。

丹治は玄関ホールに目をやった。

関東義友会の権藤理事が五人の男を従えて、板の間に躍《おど》り込んできた。権藤は、消音器を装着したヘッケラー&コッホVP70Zを握っていた。ドイツ製のピストルを兼ねた短機関銃《サブマシンガン》だ。

予《あらかじ》め初弾を薬室《チェンバー》に送り込んでおけば、三点連射が自在に可能になる。ホルスター兼用のストックを装着すれば、九ミリ弾を十九発装弾できる。アフリカや中南米の開発途上国では、人気のあるマシンピストルだ。

「なんで、あんたが⁉」

丹治は権藤を直視した。

「黒沼の野郎が理奈に接近して、『三合会《サムハップウィ》』の汪《ワン》や郴《チエン》を抱き込んで、おれの裏ビジネスのことを警察《サツ》に密告《チンコロ》したことがわかったのさ。それで、組の若いのに黒沼をマークさせてたんだ」

「なぜ、おれを救《たす》けたんだい？」

「別に、あんたの加勢をしたわけじゃねえ。黒沼だけじゃなく、台湾マフィアにも恨みがあっただけさ」

権藤はそう言うと、黒沼と中井にも九ミリ弾を撃ち込んだ。どちらも、わざと急所を外している。

「黒沼たちをじわじわと殺す気らしいな」

「当たりめえよ。そこにいる女は股《また》が裂けるまで、うちの若い連中に愉《たの》しませてやる」

「こいつらの始末は、あんたに任せよう」

丹治はノーリンコ54の銃身を清美《チンミー》の体内に深く押し込み、静かに立ち上がった。

超小型ICレコーダーの停止ボタンを押し、黒の綿ブルゾンを脱いだ。それで生首の入ったガラス容器をすっぽりと包み、丹治は懐に抱え込んだ。

「わたし、日本のやくざ《ギャングスター》も好きよ。みんなに一回ずつさせてあげるから、殺さないで」

清美《チンミー》が震え声で哀願し、チャイナドレスを脱ぎはじめた。股の間にはノーリンコ54が埋まったままだった。

権藤がせせら笑って、組員のひとりを手招きした。呼ばれた男は、早くもスラックスの前をテントのように突っ張らせていた。

仲間たちが囃《はや》し立てはじめた。

「権藤さん、金で話《ナシ》つけてもらえねえか」

黒沼が腹を押さえながら、苦しそうな声で言った。権藤は黒沼に歩み寄ると、無言で黒沼の太腿に銃弾をのめり込ませた。

「どうか救《たす》けてください」

中井が血みどろの肩口を押さえて、涙声で命乞いした。未樹からノーリンコ54を受け取った組員が中井を蹴り上げ、その口の中に銃身を突っ込んだ。

中井は歯をかちかちと鳴らしながら、子供のように泣きはじめた。小便も垂らしていた。

「哀れな女ね」

未樹が言った。

丹治は振り返った。全裸になった清美《チンミー》が、権藤組の若い組員の昂《たか》まりを舐《な》め回していた。その近くで、侯《ホウ》がもがき苦しんでいた。

「行こう」

丹治は未樹を促《うなが》し、先に外に出た。これから、末永の実家に行くつもりだった。

4

獲物《えもの》の姿が見えた。

丹治は岩城に目配せして、太いコンクリートの支柱に隠れた。藤沢にある有名デパートの地下駐車場だ。

末永淳の生首《なまくび》を上池台の実家に届けた夜から、四日が経《た》っていた。午後三時過ぎだった。

黒沼、中井、侯《ホウ》、清美《チンミー》の射殺死体が伊豆の山中で発見されたのは、一昨日の早朝だ。捜査の手は、まだ権藤には伸びていない。このまま迷宮入りすることになるだろう。

クーデターの指揮を執《と》った西浦陸将補は、きのうの正午過ぎに警視庁に出頭した。西浦は自分がクーデターの計画を練り、陸・海・空の有志を募《つの》ったと供述している。

墜落事故に見せかけて強奪した五機については乗員と地上レーダー要員が示し合わせて、レーダー・コンピューターを狂わせたと自白した。

海上栈橋《メガフロート》を用意したのは、反乱自衛官たちらしい。二機のイーグル戦闘機はシートで覆い、そのまま東シナ海に浮かぶ無人島の入江に隠してあったという。三機のヒューイ・コブラはできるだけ小さく分解し、エンジンやパーツを長者ケ岳に搬送《はんそう》したと自白している。

西浦は、二百数十人の反乱自衛官の名を素直に明かした。だが、そのうちの百八十人はすでに故人だ。

五機のガナーやパイロットが投降した仲間たちを射殺したことは、予定にない行動だったと強く主張している。また、ヒューイ・コブラを榴弾《りゅうだん》で撃墜させた犯人グループには、まるで心当たりがないと空とぼけてもいる。

西浦陸将補は何らかの見返りと引き換えに、罪を自分ひとりで引っ被《かぶ》る気なのだろう。

入江千佳と須貝が近づいてきた。

須貝はデパートの包装箱や袋を両手いっぱいに抱えていた。サンドベージュのスーツ姿の千佳はハンドバッグを手にしているだけだった。

二人が紺色のサーブに歩み寄った。スウェーデン製の車だ。

丹治と岩城は、二人の背後に忍び寄った。どちらも強力な高圧電流銃《スタンガン》を隠し持っていた。素肌に数万ボルトの電流を送ると、並の人間は十秒以内に昏倒《こんとう》してしまう。

丹治は運転席側にいる須貝の後ろに迫った。五分刈りの書生は、きょうも黒っぽい服を着ていた。大男の岩城は、千佳の背後に回った。

千佳たち二人は何か話し込んでいて、丹治と岩城にはまるで気づかない。丹治たちは高圧電流銃の電極を獲物の首筋に当て、スイッチボタンを押した。

アンテナ状の電極が打ち震え、放電音を刻んだ。須貝と千佳はかすかに呻き、その場に崩れた。

丹治は視線を泳がせた。

近くに人影はなかった。係員のいるブースからは見えない場所だった。

丹治と岩城は、ぐったりとした二人を後部座席に乗せた。コートで、人質の体を隠す。

岩城が巨体を縮めて、運転席に入った。

丹治は助手席に坐った。フロアマットの隅に、鎖鎌に似た武具があった。あとで何かの役に立ちそうだ。

サーブが走り出した。

丹治は体を捻って、千佳と須貝の手の甲に数分ずつ電極を当てた。電流を送ると、二人の手は震えた。

六万ボルトの高圧電流銃だが、数秒当てただけでは四、五分で意識が戻ってしまう。これで、しばらく目を覚まさないだろう。

丹治はセブンスターに火を点けた。

サーブは江ノ電の線路沿いに走り、逗子《ずし》方面に向かった。千佳たち二人を葉山《はやま》の森《もり》戸《と》にある知人の別荘に連れ込む手筈《てはず》になっていた。

森戸神社のそばにある白い別荘に着いたのは、二十数分後だった。

岩城が気を失っている二人をひとりずつ肩に担《かつ》ぎ、別荘の中に運び入れた。丹治は奇妙な武具を摑んで、別荘の大広間《サロン》に入った。

サロンのガラス戸越しに、海を眺める。海原は鈍《にぶ》く光っていた。もう秋になったせいか、ヨットや水上バイクの数は少なかった。

広いサロンには、エメラルドグリーンのカーペットが敷き詰められている。総革張りのリビングソファは、オフホワイトだった。奥に和室があり、二階はドーマー窓付きの寝室が三室あった。

丹治たちは千佳と須貝の衣服を脱がせ、素っ裸にした。

岩城が、予《あらかじ》め用意していた小型ビデオカメラで二人の姿を撮影しはじめた。丹治はソファに腰かけ、缶ビールのプルトップを引き抜いた。

「ただ、裸を撮《と》るだけじゃ、能がねえな」

岩城が撮影を中断し、広いサロンを眺め回した。

飾り棚の上にガラスの花器に入ったドライフラワーがあった。岩城はドライフラワーを一本抓《つま》み上げ、千佳の足許にうずくまった。

両脚を大きく開かせ、アネモネの乾いた茎を性器に挿《さ》し挟んだ。千佳はわずかに身じろいだだけだった。

「変態め」

丹治は笑顔で言い、バドワイザーで喉を潤《うるお》した。

岩城は千佳の真珠色のショーツを拾い上げると、それを須貝の頭に被《かぶ》せた。そして、さまざまなアングルから撮影に取りかかった。丹治は黙って見ていた。

少し経つと、岩城が言った。

「旦那、この女に突っ込んじゃってもいいかい？　観音さまを眺めてたら、おっ立ってきたんだよ」

「好きなようにしろ。ただし、ビデオに撮るぞ」

「そりゃ、ねえよ」

「おまえの顔は撮らないようにしてやる」

丹治は言った。

「そういうことなら、別に問題はねえか」

「どうする？」

「いいよ」

岩城がのっそりと歩いてきて、ビデオカメラを差し出した。

丹治は受け取り、ファインダーを覗《のぞ》いた。

岩城がスラックスとトランクスを踝《くるぶし》まで下げ、千佳の股の間にひざまずいた。千佳の両脚をM字の形に掬《すく》い上げると、黒光りしたペニスをずぶりと埋めた。

と、千佳が目を開けた。すぐには事態が呑《の》み込めない様子だった。ぼんやりと岩城の顔を見上げている。

岩城が千佳の両脚を床に押さえつけ、荒々しく動きはじめた。

千佳が必死に抗《あらが》い、何か叫んだ。だが、大男に組み伏せられては逃《のが》れようがない。

丹治は少し気が重かったが、千佳の引き攣《つ》った顔と裸身をビデオに収《おさ》めた。二つに折られた体は、毬《まり》のようによく弾んだ。

岩城の抽送《ちゅうそう》が速くなった。

千佳が須貝に救いを求めた。岩城が千佳の唇を塞《ふさ》ぎ、やがて果てた。千佳が声を殺しながら、静かに泣きはじめた。丹治はビデオカメラを顔から離した。

岩城が身を起こし、千佳のスカートで自分のペニスを拭《ぬぐ》った。

「反応がねえ女を抱いても、面白くねえや」

「それにしちゃ、たいして保《も》たなかったじゃないか」

「ここんとこ、マリアがあれ《い》だからな」

「まあ、いいさ」

丹治は笑った。

岩城が身繕《みづくろ》いをしはじめた。そのとき、須貝の足が宙を舞った。岩城は蹴られて、尻から床に落ちた。

丹治はソファの下から、分銅《ふんどう》の付いた鎖を掴み上げた。

須貝が立ち上がった。丹治は分銅を投げつけた。

分銅は須貝の鳩尾《みぞおち》にめり込んだ。

須貝が唸って、大きくよろけた。岩城が須貝に組みつき、バックドロップをかけた。

逆落《さかお》としは、みごとに決まった。須貝は脳天を打ち、体をくの字に丸めた。

「この野郎、ふざけやがって」

岩城が須貝を羽交《はが》い絞めにし、千佳の足許に引きずっていった。丹治は、岩城に声をかけた。

「何をする気なんだ？」

「この野郎に、おれのマラを舐《な》めさせてやる」

「それも悪くないが、どうせなら、二人にシックスナインをやってもらおう」

「そいつは面白《おもしれ》えや」

岩城が好色そうな笑みを浮かべた。

「お嬢さんに変なことはできん！」

須貝が声を張り上げた。千佳も自分の服で胸を隠し、上体を起こした。

「わたしたちに、おかしなことをさせないで」

「いや、やってもらう」

「なぜ、そんなひどいことをさせるの？」

「あんたは、このおれを罠に嵌《は》めた。その罰さ」

丹治は鎖を振り回し、分銅を二人の人質の近くに何度も落とした。

須貝は反抗的だった。丹治は容赦なく、分銅を須貝の背や腰に叩きつけた。須貝は少しずつ従順になった。

ついに二人は観念し、性器を舐《な》め合う姿勢をとった。その淫《みだ》らな様《さま》を岩城がビデオカメラで撮影しつづけた。千佳は喘《あえ》ぎ声を洩らすようになったが、須貝の体はいっこうに昂《たか》まらなかった。

「岩、もう赦《ゆる》してやるか？」

「そうだな」

岩城は二人を引き離すと、用意してあった結束バンドで人質の自由を奪った。

丹治はビデオテープのカセットを抜き、岩城に投げ放った。岩城はそれを両手でキャッチし、すぐに玄関から出ていった。

「ビデオを父に届ける気なのね！」

千佳が狼狽気味に言った。

「そうだ。あんたの父親がどう出てくるか楽しみだよ」

「父を強請《ゆす》る気なの⁉」

「まあな」

「父は脅《おど》しに屈《くっ》するような男じゃないわ」

「その通りだ。先生には強い味方が……」

須貝が言いさし、急に口を引き結んだ。丹治は鎖を短く振り回しはじめた。

「入江政寿は陸自の特殊部隊員崩れをボディーガードにしてるようだな？」

「………」

須貝は答えようとしない。

丹治は分銅で須貝の肋骨《ろっこつ》を砕《くだ》いた。それでも、口を割ろうとしなかった。今度は片方の膝頭を潰《つぶ》した。須貝は体を左右に揺さぶって、獣じみた唸り声を発した。

「そろそろ喋らないと、鼻が潰れるぜ」

「くそっ、そうだよ。彼らは特殊な訓練を積んだ連中なんだ。必要とあれば、殺人も厭《いと》わない。素人《しろうと》なんかに太刀打ちできるわけがない」

「殺人部隊は何人いるんだ？」

「ちょうど十人だよ」

「そいつらが仲間の五機を榴弾《りゅうだん》で撃《う》ち墜《お》として、川崎のコンビナートを爆発炎上させたわけだな？」

「ああ」

「あの爆発で、二十五人以上の工場関係者が死んでる。どうしても赦《ゆる》せねえな」

丹治は立ち上がって、須貝に歩み寄った。

須貝の眼球が恐怖で膨れ上がった。丹治は高圧電流銃《スタンガン》の電極棒を須貝の首に押し当て、スイッチボタンを押しつづけた。

須貝は体を震わせながら、じきに気を失った。

丹治は千佳に顔を向けた。

「あなたが父たちを強請《ゆす》らないと約束してくれたら、わたし、あなたの女になってもいいわ」

「そして、いつかおれに毒でも盛るつもりかっ」

「わたし、それほどの悪女じゃないわ。父と同じように、骨抜きになってしまった日本の将来を憂《うれ》えてるだけよ。あなたを利用したことは後悔しはじめてるの」

「もう遅いな。しばらくおねんねしててくれ」

「いやよ、いや！」

千佳が必死にもがいた。

丹治は表情を変えずに、電極棒を千佳の腰に当てた。強い電流を送ると、千佳は目を剝《む》いた。そのまま悶絶《もんぜつ》した。無様《ぶざま》な恰好だった。

──美人も台なしだな。

丹治はソファに戻り、残りのビールを飲んだ。生温《なまぬる》くなっていた。

岩城が舞い戻ってきたのは、数十分後だった。

二人の人質は、まだ意識を取り戻していなかった。岩城が報告した。

「ビデオは入江政寿に直《じか》に手渡してきたよ。娘と書生を押さえたって言ったら、さすがに顔色が変わったぜ」

「ご苦労さん。それじゃ、そろそろ入江に電話をしてみよう」

丹治は携帯電話の数字キーを押しはじめた。

受話器を取ったのは、当の入江だった。入江の妻は数年前に病死している。

「ビデオを観《み》た感想はどうだ？」

丹治は真っ先に訊いた。

「きさまらは、なんて卑劣なことを！」

「よく言うぜ。あんたは末永淳を虫けらのように殺し、クーデターに関《かか》わった仲間も平然と始末させた」

「大義のためには、小さな犠牲はやむを得ない」

入江が昂然《こうぜん》と言い放った。

「思い上がった野郎だ。録音音声を十億円で売ってやろう」

「な、なんの録音音声だ⁉」

「昨夜《ゆうべ》、あんたの家にお招きいただいたときに、おれは超小型ＩＣレコーダーを忍ばせといたんだよ。あんたと有働の密談は鮮明に収録されている。音声、聴《き》きたいかい？」

「そんなもの……」

「有働や鹿戸に相談して、十億円を工面するんだな。現金が集まらなかったら、有価証券でもいい」

「そんな大金は、とても無理だ」

「今夜の午前零時まで待ってやろう。それまでに金を用意しなかったら、娘を殺す！」

丹治は別荘のある場所を詳しく教え、先に電話を切った。

「旦那、入江は銭《ぜに》を用意すると思うかい？」

岩城が問いかけてきた。

「いや、殺人部隊をここに送り込んでくるだろう」

「だろうな。それじゃ、計画通りに……」

「ああ、そうしよう」

丹治はうなずいた。

窓の外が暗くなるまで、彼は缶ビールを飲みつづけた。下戸《げこ》の元プロレスラーは板チョコとドロップを交互に口の中に放り込んだ。

午後七時になると、丹治たちは二人の人質を寝袋に入れた。高圧電流銃で眠らせておいた千佳と須貝は、まったく暴《あば》れなかった。

二人の人質を岩城のクライスラーのトランクルームと後部座席に乗せ、丹治たちは別荘を後《あと》にした。

部屋の電灯は消さなかった。千佳のサーブも、カーポートに残してきた。

葉山マリーナまでは、ほんのひとっ走りだった。

桟橋の端には、未樹が調達したクルーザーが舫《もや》われていた。全長は二十メートル近かった。

丹治と岩城は寝袋をヨットのジブセールですっぽりと包み、それぞれ人質を肩に担《かつ》ぎ上げた。丹治は千佳のほうを受け持った。

ヨットマンたちの姿がちらほら見えたが、誰も怪訝《けげん》そうな目は向けてこない。二人がヨットの帆を担いでいると思ったのだろう。

クルーザーの脇の桟橋には、未樹が立っていた。

縞柄《しまがら》の長袖トレーナーの上に、白いヨットパーカを羽織《はお》っていた。下は細身の黒いジーンズだ。未樹は小型船舶の操縦免許を持っている。プロのダイバーだけあって、海に関する知識は豊富だった。

丹治たち二人は、人質をクルーザーの船室《キャビン》に運び入れた。

船室は割に広かった。エキストラベッドを含め、寝台は三つもあった。

調理室《ギャレー》やトイレはもちろん、シャワールームまで付いていた。オーナーは製薬会社の二代目社長だった。

未樹がボルボのエンジンを唸らせはじめた。

クルーザーが微速《スロー》で走りだした。大きく迂回《うかい》して、森戸の沖合に回る。海岸から百数十メートル離れた海上で錨《アンカー》を落とした。

丹治はドラムリール付きの釣竿《つりざお》を持って、左舷《さげん》の甲板《デッキ》に出た。海沿いのホテルやマンションの灯火が思いのほか近くに見える。

丹治は夜釣りを楽しむ振りをしながら、頻繁に暗視望遠鏡《ノクト・スコープ》を目に当てた。

さきほどまでいた白い建物は、手を伸ばせば届きそうだった。バルコニーの浮き彫《レリー》りまで《フ》、くっきりと見える。

海は凪《な》いでいた。舷《ふなばた》を打つ波の音も小さかった。近くに船影は見えない。

少し経つと、未樹が船室から現われた。

「どう？」

「まだ殺人部隊は別荘に近づいてないな。岩《いわ》は？」

「寝袋の口を開けたんで、人質を監視してるわ」

「そうか。潜《もぐ》りの準備はできてるな？」

「ええ、完璧《かんぺき》よ。それから、仕掛け花火の用意もね」

「花火か。そいつはいい」

丹治は薄く笑った。

それから十分ほど経《た》ったころ、ノクト・スコープに動く人影が映った。確認できた影は六つだった。ある者は地元の漁師のような恰好もしていた。自転車で別荘の周囲を走る者もいた。

仕事帰りのサラリーマン風に見える男もいた。

六人はさりげなく別荘に接近し、庭の繁みやバルコニーの下に潜り込んだ。

男のひとりがパイプのような物を構えた。催涙弾か、煙幕弾が仕込まれているにちがいない。大広間のサッシ戸が割れ、弾が撃ち込まれた。

男たちが一斉に顔面にマスクを当て、家の中に突入した。それぞれ拳銃を手にしていた。やはり、殺し屋集団だ。

割れた窓から、白い煙が噴き出しはじめた。

少しすると、六人の男は別荘から飛び出してきた。男たちはマスクを服の下に隠し、白い建物から速《すみ》やかに遠ざかった。

――さすがに、みごとなもんだ。

丹治は暗視望遠鏡《ノクト・スコープ》を上着の内ポケットに仕舞い、かたわらの末樹に殺人部隊のことを話した。

それから携帯電話を使って、入江政寿の自宅に電話をかける。

電話口に出たのは若い男だった。少し待つと、入江の声が響いてきた。

「きさま、生きてたのか⁉」

「陸自のレンジャー隊員崩れも、たいしたことねえな」

「どこにいるんだ？　千佳の声を聴かせてくれ。まさか娘をもう……」

「殺しちゃいないよ、二人とも」

「ほんとだな？」

「ああ。ただし、今度、小細工を弄《ろう》したら、娘と須貝は殺すぜ」

「わかってくれ。どうしても金の工面がつかなかったんで、やむなく荒っぽい方法で娘たちを奪回しようと思ったんだ。もちろん、きみを殺せとは命じていない」

「それは、どうだかな」

丹治は厭味《いやみ》たっぷりに言った。

「ほんとだ。密談音声を手に入れるまでは、たとえ殺したくたって、手を出せないじゃないか」

「銭は、まるっきり用意してないのか？」

「さっき、重信君が五千万円の現金とＮＴＴの株を一万株ほど持ってきてくれたんだ」

「よし、それで手を打ってやろう」

「ほんとかね!?」

入江が声を上擦《うわず》らせた。

「ああ。ただし、こっちの条件をすべて呑んでもらうぜ」

「なんだね、条件って？」

「有働のクルーザーは、きょうも油壺《あぶらつぼ》のヨットハーバーにあるな？」

「あると思うが……」

「午前零時までに、そのクルーザーにあんたと有働、それから鹿戸と重信の四人が乗り込んで城ヶ島へ出ろ」

「海の上で取引をする気なのかね？」

「そうだ。錨《いかり》を落としたら、操船クルーは下船させるんだ。モーターボートか、エンジン付きのゴムボートを用意しておくんだな」

「わ、わかった」

「金と株券は密封して、タイヤかブイに括りつけておけ。それを受け取り次第、娘たちは引き渡す。殺人部隊の影が見えたら、取引はしない。むろん、二人の人質は始末する。いいな！」

「わかったよ。あんた、有働君のクルーザーのことは？」

「知ってる。いつか週刊誌のグラビアで見たからな。確か艇名は、『スージー号』だったよな？」

「ああ、そうだ」

「『スージー号』が停止したら、こちらが近づく」

丹治は電話を切って、未樹と岩城を呼び寄せた。

大型クルーザーが停止した。

午後十一時四十八分過ぎだった。城ヶ島沖だ。海は暗かった。

丹治は暗視望遠鏡《ノクト・スコープ》を少しずつ横に移動させはじめた。

『スージー号』のデッキには、入江政寿、有働、重信、鹿戸の四人が立っていた。操船員《クルー》が二人いるほか怪しい人影は見えない。十人の殺人部隊は船内のどこかに潜《ひそ》んでいるのだろう。

少しすると、有働のクルーザーから船外機付きのゴムボートが海面に降ろされた。二人の操船員がボートに乗り移り、ほどなく『スージー号』から離れた。

丹治はノクト・スコープを目から離した。

すぐそばに、ウエットスーツに身を固めた未樹がいた。すでに二本のエアボンベを背負い、ウエイトベルトやロングフィンもつけている。

シークナイフや水中ライトを腰に提《さ》げていた。タイマー付きの時限爆破装置はウエストポーチの中だ。

オルゴールほどの大きさだが、箱の中にはダイナマイト七本分に相当する高性能炸《さく》薬《やく》が入っている。岩城が裏社会の人間から譲ってもらったコーズマイト2号だった。ダム建設や古いビルの解体などに使われている。

「水中ライトは深く潜《もぐ》ってから、点《つ》けてくれ」

丹治は未樹に言った。

未樹がうなずき、エアホースとマウスピースの具合を再点検した。バース・ブリッジから、彼女は静かに海に入った。

足からだった。未樹の顔が見えなくなると、墨色の海面が小さく泡立《あわだ》った。

丹治たちのクルーザーから、『スージー号』までは五、六百メートルしか離れていない。

――未樹、うまくやってくれ。

丹治は祈って、船室に降りた。岩城が寝袋の中に手を突っ込み、千佳の乳房を弄《もてあそ》んでいた。

二人の人質は、もう意識を取り戻していた。

「岩《いわ》、遊んでる場合じゃない。早くデッキに出て来い」

丹治は先に甲板に上がった。

待つほどもなく、岩城がやってきた。

「旦那、銭と株券をいただいてから、花火を打ち上げてもいいんじゃねえの?」

「中途半端な金を貰っても仕方ない。それに、入江はおそらく一千万そこそこの〝見せ金〞を詰めてるだけだろう」

「そうかね。なんかもったいねえ気もするけどな」

「今回は銭のことは考えるな。それより、海から殺し屋がやってくるかもしれない。

よく海面を見ててくれ」

丹治は岩城を船首の方に行かせ、自分は船尾に回った。

右舷《うげん》を覗き、左舷に体の向きを変えたときだった。

風切り音が頬を掠《かす》めた。水中銃《スピアガン》の銛《もり》だった。銛には、紐《ひも》が付いていた。

丹治は紐を手繰《たぐ》った。細長い水中銃が縁板《ブルワーク》に引っかかった。

銛を握って、船縁《ふなべり》に走る。黒いウエットスーツを着た男が縁板に両手を掛け、まさによじ登ろうとしていた。

丹治は銛を相手の肩口に突き立て、甲板に引きずり込んだ。腰からシーナイフを抜き取り、エアホースを断ち切った。マスクを外し、男の喉《のど》に切っ先を突きつける。

「入江の回し者だな」

「くそっ」

「この周《まわ》りに、仲間は何人潜《もぐ》ってる？」

「おれだけだ」

「ふざけるな！」

丹治は言うなり、男の顔面を蹴った。男は横に転がった。

「岩、気をつけろ。この船の下に敵がいるぞ」

「いま、ひとりをやっつけたとこだよ。片腕をへし折ってやった」

岩城が息を弾ませながら、大声で言った。

丹治は左右を見た。海面に水泡は生じていない。

クルーザーに潜水で忍び寄ってきたのは、二人だけのようだ。

丹治は、未樹のことが心配になった。『スージー号』の近くにも、敵の殺し屋が潜っているにちがいない。

岩城がエアボンベを背負った男を引きずってきた。

丹治は、その男のエアボンベを二本とも外した。

どちらも十二リットルのボンベだ。水深十メートル程度なら、一本で三、四十分は潜っていられるはずだ。ボンベ一本にエアを詰めると、約十七キロの重さになる。

丹治は二人の男の背に、ボンベを一本ずつ投げ落とした。男たちはデッキの上を転げ回りはじめた。

「『スージー号』の下には、何人潜ってる?」

丹治は、どちらにともなく訊いた。二人は黙したままだった。

「てめえら」

岩城がいきり立って、ボンベで男たちの頭を交互に強打した。二人は手脚《てあし》をぶるぶると痙攣《けいれん》させはじめた。

「じきに死ぬだろう」

「海に捨てちまおうや」

二人は、死にかけの殺し屋たちを海中に投げ落とした。ボンベや水中銃も捨てた。

それから十数分が流れたころ、未樹が無事に戻ってきた。

「有働のクルーザーの下に、敵の人間が潜ってなかったか？」

丹治は未樹を摑み上げながら、開口一番に訊いた。

「ええ、二人いたわ。でも、ひとりずつ海底に引きずり込んで、空気自動調節器《エアレギュレーター》のバルブを閉じてやったら、パニックを起こして、浮上していったわ」

「で、仕掛け花火は？」

「ばっちりセットしたわ。五分後に爆発するはずよ」

未樹は二本のボンベと足ひれ《フィン》を外すと、慌《あわ》ただしくコックピットに入った。すぐに錨《アンカー》は巻き揚《あ》げられ、エンジンが唸りはじめた。

「旦那、キャビンの二人はどうする？」

「手足を自由にしてやって、裸のまま海に放り込もう。運がよけりゃ、海上保安庁の警備艇に救出されるだろう」

「あの二人は、泳げるのかね？」

「さあな。金鎚《かなづち》だったら、運が悪かったと諦《あきら》めてもらうさ」

丹治は岩城と船室に駆け降りた。千佳と須貝の針金を解《と》き、デッキまで歩かせた。

二人とも股間を隠す余裕を失っていた。

「わたしたちをどうする気なの⁉」

「魚になってもらう」

「海に落とす気なのねっ。いやよ、わたし、二、三十メートルしか泳げないんだから」

「おれも百メートルがやっとなんだ。頼む、やめてくれーっ」

千佳の語尾に、須貝の声が被《かぶ》さった。

「死にたくなかったら、犬掻《いぬか》きでもなんでもするんだな」

岩城がそう言い、二人の背を力まかせに突いた。

千佳と須貝は叫びながら、頭から海に没した。

クルーザーが速度を上げた。全速前進《フルアヘッド》らしい。

千佳と須貝の頭が波間に見え隠れしている。二人は逆方向に泳いでいた。千佳は『スージー号』に向かっている。

幾度か、有働の大型クルーザーに乗せてもらったことがあるのだろう。

ややあって、左後方で凄《すさ》まじい爆発音がした。砲声に似た轟きだった。

丹治は振り返った。

『スージー号』が真っ二つに裂け、真紅の炎に包まれていた。夜の海は緋色《ひいろ》に染まっていた。

「花火の季節じゃねえけどな」

岩城がうそぶき、アーモンドチョコを噛みしだいた。小気味いい音だった。

さらに爆発音が数度轟き、巨大な炎が四方に飛び散った。

船体の欠片《かけら》が、火の粉のように舞い上がった。水柱はビルほどの大きさだった。

――もう誰も生きちゃいないだろう。

丹治はセブンスターをくわえた。

甲板の風は強かった。髪が縺《もつ》れるように逆立《さかだ》ち、チノクロスパンツの裾がはたはたと鳴った。火の点《つ》きが悪い。

丹治はライターの炎を両手で囲《かこ》った。

本書は二〇〇四年二月に角川春樹事務所より刊行された
『非道　裏調査員シリーズ』を改題し、大幅に加筆・修正
した作品です。

本作品はフィクションであり、実在の個人・団体などとは
一切関係がありません。

文芸社文庫

疑惑

闇刑事《デカ》

二〇一六年十二月十五日　初版第一刷発行

著　者　南英男
発行者　瓜谷綱延
発行所　株式会社　文芸社
〒一六〇-〇〇二二
東京都新宿区新宿一-一〇-一
電話　〇三-五三六九-三〇六〇（代表）
〇三-五三六九-二二九九（販売）
印刷所　図書印刷株式会社
装幀者　三村淳

ISBN978-4-286-18220-9

[文芸社文庫　既刊本]

火の姫　茶々と信長
秋山香乃

兄・織田信長の命をうけ、浅井長政に嫁いだ於市は於茶々、於初、於江をもうけるが、やがて信長に滅ぼされる。於茶々たち親娘の命運は——？

火の姫　茶々と秀吉
秋山香乃

本能寺の変後、信長の家臣の羽柴秀吉が後継者となり、天下人となった。於市の死後、ひとり残された於茶々は、秀吉の側室に。後の淀殿であった。

火の姫　茶々と家康
秋山香乃

太閤死して、ひとり巨魁・徳川家康と対決する於茶々。母として女として政治家として、豊臣家を守り、火焰の大坂城で奮迅の戦いをつらぬく！

それからの三国志　上　烈風の巻
内田重久

稀代の軍師・孔明が五丈原で没したあと、三国志は新たなステージへ突入する。三国統一までのその後のヒーローたちを描いた感動の歴史大河！

それからの三国志　下　陽炎の巻
内田重久

孔明の遺志を継ぐ蜀の姜維と、魏を掌握する司馬一族の死闘の結末は？　覇権を握り三国を統一するのは誰なのか⁉　ファン必読の三国志完結編！

[文芸社文庫　既刊本]

トンデモ日本史の真相　史跡お宝編
原田　実

日本史上の奇説・珍説・異端とされる説を徹底検証！　文庫化にあたり、お江をめぐる奇説を含む2項目を追加。墨俣一夜城／ペトログラフ、他

トンデモ日本史の真相　人物伝承編
原田　実

日本史上でまことしやかに語られてきた奇説・珍説・伝承等を徹底検証！　文庫化にあたり、「福澤諭吉は侵略主義者だった?」を追加(解説・芦辺拓)。

戦国の世を生きた七人の女
由良弥生

「お家」のために犠牲となり、人質や政治上の駆け引きの道具にされた乱世の妻妾。悲しみに耐え、懸命に生き抜いた「江姫」らの姿を描く。

江戸暗殺史
森川哲郎

徳川家康の毒殺多用説から、坂本竜馬暗殺事件の謎まで、権力争いによる謀略、暗殺事件の数々。闇へと葬り去られた歴史の真相に迫る。

幕府検死官　玄庵　血闘
加野厚志

慈姑頭に仕込杖、無外流抜刀術の遣い手は、人を救う蘭医にして人斬り。南町奉行所付の「検死官」が、連続女殺しの下手人を追い、お江戸を走る！

[文芸社文庫　既刊本]

蒼龍の星㊤　若き清盛
篠　綾子
三代と名づけられた平忠盛の子、後の清盛の出生の秘密と親子三代にわたる愛憎劇。やがて「北天の王」となる清盛の波瀾の十代を描く本格歴史浪漫。

蒼龍の星㊥　清盛の野望
篠　綾子
権謀術数渦巻く貴族社会で、平清盛は権力者への道を。鳥羽院をついで即位した後白河は崇徳上皇と対立。清盛は後白河側につき武士の第一人者に。

蒼龍の星㊦　覇王清盛
篠　綾子
平氏新王朝樹立を夢見た清盛だったが後白河との仲が決裂、東国では源頼朝が挙兵する。まったく新しい清盛像を描いた「蒼龍の星」三部作、完結。

全力で、1ミリ進もう。
中谷彰宏
「勇気がわいてくる70のコトバ」――過去から積み上げた「今」を生きるより、未来から逆算した「今」を生きよう。みるみる活力がでる中谷式発想術。

贅沢なキスをしよう。
中谷彰宏
「快感で生まれ変われる」具体例。節約型のエッチではなく、幸福な人と、エッチしよう。心を開くだけで、感じるような、ヒントが満載の必携書。